新☆ハヤカワ・SF・シリーズ

5052

宇宙の春

COSMIC SPRING
AND OTHER STORIES

BY

KEN LIU

ケン・リュウ

古沢嘉通編・訳

TOKYO
HAYAKAWA
BOOKS

A HAYAKAWA
SCIENCE FICTION SERIES

COSMIC SPRING AND OTHER STORIES
by
KEN LIU

Edited and translated by
YOSHIMICHI FURUSAWA
First published 2021 in Japan by
HAYAKAWA PUBLISHING, INC.
This book is published in Japan by
direct arrangement with
BAROR INTERNATIONAL, INC.
Armonk, New York, U.S.A.

カバーイラスト　牧野千穂
カバーデザイン　川名　潤

目次

宇宙の春

宇宙の春

Cosmic Spring

——ここにわれわれは、終わりなく膨張と収縮のサイクルを繰り返す宇宙モデルを発表します。定義上、時間のはじまりも終わりもなく、初期条件を定義する必要もありません。

ポール・J・スタインハート、ニール・トゥロック「サイクリック宇宙モデル」『サイエンス』誌二九六巻五五七二号（二〇〇二年）一四三六—一四三九頁
(Available at https://arxiv.org/pdf/hep-th/0111030.pdf)

量子ビットが重ね合わさる。情報がもつれ、切り離される。意識がふたたび現れる。

どれくらい眠っていたのかわからない。できるだけ大事に使ってきたものの、島船のタンクに残されているエネルギーはほとんどなくなっていた。

深淵のなかにかすかな輝きが。おそらく絶対温度数千度の光だ。わたしが目を覚ましたのはそのせいだ。

わたしは進路を変え、ことによると宇宙最後の星かもしれないものにまっすぐ向かう。

宇宙は真冬だ。それが六・七兆年にわたる調査のうえで、わたしが下した結論である。

わたしは秋に生まれた。それは、島船のデータバンク経由で知ったことだ——データバンクのかなりの部分はわたしの若いころにはまだ機能していた——秋は、緋色と濃紅色のとき、ルビー色とガーネット色のとき、朱色と深紅色のときだった。宇宙はそうした色味を帯びた赤い恒星に照らされていた。それらの赤い恒星は、

ビロードのような暗い空に模様を描き、わたしは退屈しのぎにその模様に名前をつけた――〈論理ゲートの菱形〉、〈量子ビット四次元立方体〉、〈二個の正方形を用いた三平方の定理証明問題〉。

これらの移りゆく空の印に従って島船を操縦し、恒星から恒星へ飛び移りながら、消えつつある炎を刈り取った。赤い恒星群はとても小さく、衰弱しているため、島船に燃料をくべるためのエネルギーを吸い上げるには、地表近くをかすめ飛ばねばならないことがままあったが、その温かさは宇宙全体の極寒の虚無にはない安堵感を与えてくれた。

ときおり、恒星群のそばを通り過ぎる際、奇妙で驚くべき生き物と出会った。なかにはわたしのような放浪者もいて、それぞれの島船を操縦していた。

「どこから来たんだい?」

「覚えていない」

「どこへ行くんだい?」

「わからない」

「まあ、とにかく、幸運を!」

われわれは挨拶を交わし、おたがいの言語を学び、星の炉床のまわりで物語をわかちあってから、数十億年後、それぞれの方向へ渋々別れた。

生き物のなかには、生まれ故郷を離れようとしない者もいた。彼らの島船は、知性を有せず、永遠の軌道に固定されていた。その手の連中は、わたしの船が接近すると萎縮し、わたしを神と崇め立てたり、悪魔と罵ったりしたものだ。そんなときには、次の恒星への旅に必要な分の燃料を集めて、長く留まらないよう努めた。彼らを気の毒に思った。航海できない島船に縛りつけられた運命なのだから。

海賊もいた。連中はわたしの船に乗りこみ、燃料を奪おうとした。何度か戦うはめになり、その過程で一部の記憶が破壊された。幸いなことに、いつも最後にはスタタイト光帆に光子を勢いよくぶつけてどうにか逃れ、宇宙塵のなかを緊急発進して彼らを置き去りにできた。

近づいていくにつれ、前方の輝きは冷えつつある。その星が黒色矮星になってしまい、永久に深淵のなかに姿を消してしまわないうちにたどり着ければいいのだが。先へ進もうという衝動は、進化していようといまいと、生物の本性だ。

故郷が恋しい。たとえもう故郷がなくなっていたとしても。

だけど、まわりにはどこにもほかに星はない。わたしには選択肢がなかった。

赤い星々はみずからのなかに落ちこみ、小さな雪玉のように白く光りはじめた。それらはやがて灰色になり、色褪せ、消え失せた。

秋が冬に変わった。

出会う島船はどんどん少なくなった。縮みゆく恒星から恒星への旅は長くなり、わたしはもはや若いころのような整備をできなくなった。メモリ・バンクが次々と故障していった。懸命にコピーし、転写し、もつれ合わせ、検証したものの度重なる苦痛に充ちた決断を繰り返したあげく、わたしは自分の一部が死んでゆくのに任せるほかなかった。

わたしは何者なのか？

わたしはなぜここにいるのか？

島船とはなにか？

まだ損なわれていない数少ない記憶を呼び起こして、わたしは答えをまとめようとした——

はるか昔、宇宙が真夏を迎えていたころ、星々はあらゆる色相と色彩と色調でとても明るく輝き、合わさって光の川や海になっていた。それらの恒星のまわりには数多くの島船があり、その島船の上で生命がはじまった。

恒星のひとつは、太陽と呼ばれていた――島船のひとつは地球と呼ばれていた。そこに生息する生き物は、人と呼ばれていた。

人が地球から散らばっていって久しく時が流れても、彼らは故郷の島を忘れなかった。そこは一種の聖地として保存されていた。ときおり、彼らは戻ってきて、保守作業をおこなった――崩れかけている建物をプラスティネーション技術で補強保存したり、崩壊の危険が迫っている量子メモリ・バンクを再びもつれ合わせたり、太陽が膨張し、赤く輝きはじめると、島船を少しだけ遠ざけたり、太陽が死んだときに地球が自力で動けるように、スタタイト光帆と光子エンジンで島船の改造をおこなって、小型の恒星のようにしたりした。

人はメモリ・バンクのなかのいにしえの物語に耳を傾け、新たな物語を語るためにも故郷へ戻ってきた。

太陽が冷えるにつれ、やってくる人の数はどんどん少なくなった。やがて彼らはまったく来なくなった。

そこのメモリ・バンクのなかでわたしは生まれた。人が島船の管理者として行動するようわたしをこしらえたのか、それともわたしは量子ビットと確率のなかで、スピンし、サイクルし、カスケードし、爆発的に発生し、生きて死ぬ情報のパターンから進化したのか?

わたしにはわからない。

どうでもいいことじゃないか?

人がもはや故郷に戻ってこなくなると、わたしは出帆した。

わたしはその恒星に到着する――だが、それはもはや恒星ではなくなっているのに気づく。

まあ、かつては恒星だったのかもしれない。主系列に属している恒星で、宇宙のほかの恒星同様、燃え盛ったあげく、萎んだ星。だが、もう恒星ではない。

なにものかが、もしかするとそれを取り巻いている島船に生まれた存在が、自分たちの故郷の恒星がすべての燃料を使い尽くして萎んでしまうのを見たくないと考えた。人がおこなったように未知の世界へさまよい出るのではなく、彼らはほかの恒星に牽引装置を取りつけ、故郷へ引っ張りこみ、捕らえた恒星たちから水素とヘリウムを取りだし、先祖の炉床のなかに注ぎこんで、少しでも長く故郷が居住可能でいられるようにしようという唯一の目的を抱いて、深淵へ向かって出帆したのだ。危険を覚悟して、遠くへ遠くへと彼らは旅をした。広がりゆく暗闇の海のなか、自分たちの恒星がたったひとつの航路標識《ビーコン》になった。

　宇宙の冬が進んでいくにつれ、彼らはさらに遠くまで旅をしなければならなくなった。捕捉し、故郷へ引きこめるまだ生きている恒星を見つけるため、彼らは溶けかけた雪玉に加えるためのコップ一杯の雪を持ち帰るため、こけつまろびつ宇宙を駆け回った。最終的に、途中で燃え尽きてしまわぬうちに故郷へ持って帰れるほかの恒星がなくなって、彼らはこの撤退戦を諦めたのかもしれない。

　彼らは死んだ。

　だが、ほかの者たちが暗闇の唯一の輝きに誘われ、さまよう島船に乗ってやってきた。まわりの空間のほかの恒星が一掃されていることに気づいたときには手遅れで、彼らが向かえる場所はほかのどこにもなかった。

　ビーコンは罠になってしまっていた。

　この星のまわりをすでに回っているほかの数百隻の島船とおなじように、新来者の唯一の選択肢は、死にかけた炉床にみずからの最後のわずかな燃料を投じ、結合する原子の塊をかきまぜることだった。死にかけた星をもう数百万年若返らせることによって、そのサイクルを再スタートさせられる別の放浪者たちを呼びよせられることを彼らは期待していた。

　わたしのような放浪者を。

「宇宙の果てへようこそ」

わたしの残りの燃料によって若返った星の淡い光のなかにうずくまりながら、われわれ島船同士の記憶の最後の断片をわかちあう。われわれのだれもまともな姿を保っていない。それぞれの島船は古く、冷え、核はとっくの昔に凍りついている。壊れてしまうようなものははるか昔に壊れていた。残っている記憶は断片的で、ちぐはぐで、文脈が繋がっていない。

だが、自身のなにがしかを伝えようとする衝動は、進化していようといまいと、生命の本質である。

だれかがメタンの海を泳ぎまわっていた巨大なヒレを持つ生物の歌を歌う。その生物は、ありえないほど芳しい正四面体の小さな驚異の宝石でできていた。だれかがシリコン製の肉体を持つ種の話をする——ひとつの考えを完了するのに百万年かかる不動の、しっかりした存在の話を。だれかが純粋な情報でできている生物の、うわついて、きまぐれな生き方を真似て見せる。一秒で千世代が交代していく生を送っていたのだ。恒星の表面をかすめ飛び、光の虫を捕らえるため対流層に飛びこんでいた知覚を持つ生物が書いた詩をだれかが吟誦する。

人がバラエティ番組と呼ぶようなものじゃないだろうか——冬の暗い夜を過ごすためのお祭り。われわれはみな死につつあり、宇宙の最後の意識はエントロピーに屈しようとしているけれど、喜びや友情があり、祝祭がある。ここは故郷ではないが、少なくともわれわれはひとりきりで死ぬことはない。

「次はきみの番だ」

これがわたしに残されている記憶のなかで一番完全さを保っている断片だ。最後の衰えゆくメモリ・バンクに残っている貴重な屑。

漆黒の天を那由他《なゆた》の星が激しい速度で流れていく。

地平線の上に星座が輝いている。星座を構成するあまたの光は、混じりあって直線を、曲線を、平面を構成する——丸みを帯びた嘴《くちばし》を中央にはさんでアーチ形の翼が左右対称になっており、まるで飛行している鳥を数学的に表しているかのようだ。反り返った屋根を持つ多層の楼閣を屋上に載せた長方形の橋は、まるで大きな帽子をかぶってうずくまる蜘蛛のようだ。細長い柱が空に向かってまっすぐ伸びており、紐に結んだビーズのように一連の卵形をしたものが上へ下へと移動している。

鳥——TWAフライトセンター

橋——北京西駅

柱——シンガポール島宇宙エレベーター

それらの建造物に向かって猛スピードで近づいてくる光の点それぞれが人の意識だ。すなわち、宇宙に散らばったすべての人類の島船をひとつに結びつける超光速《FTL》ネットワークを行き来する遠隔にいても距離を感じさせない存在《テレプレゼンス》。

宇宙の夏の落とし子として、人類は遠くまでさまよい、親たちが一度も暮らしたことのない場所で暮らすことを好んだ。自分たちの子どもが大きくなればその地をあとにするしかないであろう場所で。

とはいえ、彼らが新しい冒険をはじめようとするとき、歳月の重みを感じているとき、いにしえの暦に記した特別な機会が巡ってくるとき——はじまりの場所に、中途半端な記憶を通して曖昧にしか知らないいにしえの島船に、親たちがほろ苦い追憶とともに自分たちを待っている場所に帰りたくなるときがあるものだ。感謝の念を伝え、家族と食事をわかちあい、過去を見据えることで若返りができるように。

いまこの瞬間、大半の流星は北京西駅からやってくるか、そこへ向かっている。駅は宇宙のまさにはじまりのときのように明るく輝いている。

「故郷に向かうのか？」

「そのとおり」
「どこから来たんだ?」
「オリオン座の肩口から」
「旅の無事を祈る。春節おめでとう!」

記憶のなかにあるテレプレゼンス・ネットワークのハブの形は、はるか昔に忘却の彼方に崩壊したものの、地球に実在した建物にインスパイアされたものだった。それらの建物は、形自体がその謂《いわ》れに関する物語を語る象徴だった。

だが、それよりも深い意味がある。大きな帽子をかぶってうずくまった蜘蛛は、まるでなにかの確実な幾何学証明のように並行する棒があり、その上を浮遊する箱に押しこまれて人が移動していた時期に建設された。何百万人もが春の到来を祝おうと故郷に向かうため、その駅を通過した。

だが、屋上に築かれた反り返った屋根を持つあの帽子はなんだ? さらにまえの時代の人間たちを思い起こさせる以外になんの意味もない。北京市が並行するレールの上で人間運搬用箱を動かしていた時代のことだ。それは象徴に埋めこまれた象徴だった。

古い時代の屋根は鉄道駅に繋がっていた。その駅舎は、実在していた駅舎が建っていたのとおなじ場所だったかもしれないし、そうではなかったかもしれない場所である記念碑的な島船の量子メモリ・バンクのなかで再現されたもので、銀河ネットワークのヴァーチャルな複製品に繋がっていた。

このようにわたしは歳月と列車と蜘蛛と帽子と島の話をする。わたしが一度も見たことがなく、けっして知らなかった物事の話をする。そうすることで、神話的真実を包みこむあまり頼りにならない記憶を呼び起こし、時代遅れの定義を呼び出す音やシンボルを使って、わが想像の北京西駅を建設する。

象徴のあとを最後までたどれば、自分がどこから来たのかわかるだろう。

あなたは故郷へたどり着く。たとえそこがもはや存在しておらずとも。

長いあいだだれもなにも言わなかった。恒星の温度はもはや絶対温度数度しかなかった。かろうじて見えるだけの黒色矮星。ほどなくすると、すべての島船にいるわれわれはみな死んでしまうだろう。

太古の神話では、この宇宙は、ダークエネルギーによって分離されている二枚の並行する膜《ブレーン》の一枚にしがみついているとされている。かつて人を運ぶ箱が乗っていた二本の並行するレールのように。二枚のブレーンは、定期的にぶつかり合い、収縮し、宇宙を膨張させ、無限のサイクルのなかで宇宙を若返らせる。

もし冬がすでにあらゆるものを奪い去ったのなら、春ははるか彼方にあるのだろうか？　もう一枚のブレーンの接近をわたしは感じられる気がする——近づいてくる列車の音を耳にするようなものだろうか。

わたしは残っている最後のエネルギーを注ぎこんで、光り輝くハブの記憶の完全さを維持しようとする。神話では、次の宇宙の春に芽吹く構造は、この冬に植えられた量子ゆらぎの種によって決定されると言われている。

わたしは宇宙の新年をけっして見ることがない運命にある。われわれのだれも見ることはない。眩い閃光があるだろう。那由他を超える無数の赤子の恒星が、あらたな島船が生まれ、それらの船で生まれる想像を超えた驚異の種が、ふたたび驚異と美と光で宇宙を埋めるだろう。

もしわたしが全身全霊をこめれば、ひょっとしたらいつか、そうした島船のひとつで、だれかが夜更かしをして、空の星が描く模様を見て、何層もの反り返った屋根を持つ楼閣を頭にいただく長方形の橋の形に気づき、それを〝大きな帽子をかぶってうずくまる蜘蛛″と名づけてくれるかもしれない。

なぜなら、そのだれかは、自分たちのまえにやってきた者について大切なことを、自分たちの出自について大切なことを知って当然だからだ。

新年おめでとう、宇宙。

マクスウェルの悪魔

Maxwell's Demon

一九四三年二月

休暇申請（実際には、「忠誠審査」）ツールレイク戦時転住センター

氏名　タカコ・ヤマシロ

質問27　あなたは命令されればどこでも合衆国軍の戦闘義務を果たす意思はありますか？

　その質問にどう答えればいいのか、わかりません。わたしは女性であり、戦闘には不適格です。

質問28　あなたはアメリカ合衆国に絶対的な忠誠を誓い、外国または国内の武力による、ありとあらゆる攻撃から合衆国を誠実に守り、大日本帝国またはその他の外国政府、勢力、組織へのいかなる形での忠誠も否認しますか？

　その質問にどう答えればいいのか、わかりません。わたしはワシントン州シアトルの生まれです。わたしは大日本帝国にいかなる形でも忠誠を誓ったことがなく、そのためわざわざ否認するものがありません。国がわたしとわたしの家族の自由を守ってくれるのなら、自分の国に絶対的な忠誠を誓うつもりです。

一九四三年八月

　タカコは管理棟群に向かって、矢のようにまっすぐな道を歩いていた。道の両側には、平屋の簡易宿舎が何ブロックにもわたって整然と並んでいた。個々の宿

舎は六部屋で構成され、各部屋に一家族が入れられていた。東に目を向けると、遠くにアバローニ山のずんぐりした円柱状の姿が見えた。碁盤の目のように規則正しく宿舎が並んでいる収容所の様子は、あの山の頂上からどんなふうに見えるんだろう、とタカコは想像した――幼いころ、父に見せてもらった本に描かれていた、整然と並ぶいにしえの奈良の都の挿絵のように見えるのだろうか。

シンプルな白い綿のワンピースを着ていたので、吹き渡る微風に八月のカリフォルニア州北部の乾いた熱気が和らいだ。だが、タカコは、シアトルの涼しい湿気や、ピュージェット湾の降り止まぬ雨、故郷の友だちの笑い声、監視塔と有刺鉄線網に制約されていない地平線を恋しく思った。

タカコは収容所の本部に着いた。衛兵に名前を伝えたところ、彼らに付き添われ、長い廊下を歩き、鳴り響くタイプライターと饐《す》えた紫煙が何列も並んでいる大きな部屋の横を通り抜けたあげく、奥にある小さなオフィスにたどり着いた。タカコが室内に入ると、衛兵たちが扉を閉め、人々の話し声と事務用品の音が小さくなった。

なぜ呼び出されたのか、タカコは知らなかった。机の向こうに座り、ゆったりと背をもたせかけ、煙草をくゆらしている制服姿の男を立ったまま見つめた。

副所長は若い女をじっと見た。綺麗なジャップだ、と彼は思った。この女の正体をあやうく忘れさせそうなくらい綺麗だ。彼女を追いださねばならないことを後悔しかけていた。もしそばに留めておけたなら、楽しい気晴らしになってくれただろうに。

「おまえはタカコ・ヤマシロ、ノーばかり《ノー・ノー》言う娘《ガール》だな」

「いいえ」タカコは言った。「あの質問に〝ノー〟と答えたことはありません。わたしは自分の回答を限定したただけです」

「国家に忠誠であるなら、すべての回答に『イエス、イエス』と書いたはずだ」

「回答用紙に説明を記したように、あそこに記された質問は意味が通じないものでした」

副所長は机のまえにある椅子に座るようタカコを促した。飲み物を提供しようとはしなかった。

「おまえたちジャップは、とんでもない恩知らずだ」副所長は言った。「おまえたちの身を守るためにここに入れてやっているのに、おまえたちときたら、不平をこぼし、ストライキをおこない、怪しい行動を取り、敵意を剝きだしにするばかりじゃないか」副所長はタカコに目を据え、食ってかからせようとした。

だが、タカコはなにも言わなかった。近所の人たちやクラスメートの目に浮かぶ恐怖と嫌悪感を思い出していた。

少し間を置いてから副所長は煙草を深く吸いこむと、話をつづけた。「おまえたちとちがって、われわれは野蛮ではない。良いジャップもいれば、悪いジャップもいるのはわかっているが、問題はどっちがどっちだと見極めることだ。だから、われわれは扉を少し開け、いくつか質問をする。良いジャップは出てくるが、悪いジャップは出てこない。人はおのれの本性に従って行動するもので、忠実な連中とそうでない連中はおのずと現れてくるものだ。ところが、そこへおまえが出てきて、事態をややこしくした」

タカコは口をひらきかけたが、そうしないほうがいいだろうと考え直した。この男の世界では、自分は「良いジャップ」か「悪いジャップ」かのどちらかでしかなかった。レッテルを剝がされた、ただのタカコ・ヤマシロのいる余地はなかった。

「おまえは大学にいったのか?」男は話題を変えた。

「はい、物理学専攻です。修士課程のとき……この事態が起こったんです」

男は口笛を鳴らした。「ジャップだろうがジャップじゃなかろうが、女の物理学者なんて聞いたためしがない」

「クラスで女性はわたしひとりでした」

副所長はタカコを値踏みした。サーカスの猿を値踏みするように。「頭がいいことをおまえは自慢に思っているだろ。ずる賢いと言ったほうがいい。だから、そんな態度を取っているんだ」

タカコは感情を抑えて、なにも言わずに相手を見返した。

「とにかく、アメリカを助け、自分がほんとうに国家に忠誠を誓っていることを証明する機会がおまえには与えられるようだ。ワシントンから来たやつらがおまえを名指ししてきた。もしおまえが同意するのなら、ここにある書類に署名するがいい。やつらがあした迎えに来たときにもっと詳しいことを教えてもらえるだろう」

タカコは自分の耳が信じられなかった。「ツールレイクを出ていけるんですか?」

「調子に乗るんじゃない。休暇にいくんじゃないぞ」

タカコは目のまえにある書類の束をすばやくめくった。衝撃を受けて、顔を起こす。「この書類はわたしのアメリカ人としての市民権を放棄させるものです」

「もちろんそうだ」副所長は面白がっていた。「現状では、おまえをアメリカ市民として大日本帝国に送り返せないだろ?」

送り返す? タカコは一度も日本にいったことがなかった。シアトルのジャパンタウンで生まれ育ち、そこから直接カリフォルニアの大学にいったのだ。タカコが知っているのは、ごく狭い範囲であったがアメリカの安逸な暮らしと、この場所だけだった。めまいがした。「もし断ったらどうなるんです?」

「断れば、おまえがアメリカの戦争遂行努力に協力を拒もうとしているのが確認されることになる。おまえとおまえの家族に応分の対応をする」

「わたしは自分が愛国者であることを証明するため、アメリカと関係を断たなければならない。それがどれほど馬鹿げていることか、わからないんですか？」

副所長は肩をすくめた。

「わたしの家族はどうなるんです？」

「おまえの両親と弟はここに留まり、われわれが面倒をみる」笑みを浮かべながら、副所長は言った。「そうすればおまえは仕事に集中していられるはずだ」

タカコは日本の国粋主義者として告発された。天皇のために死ぬことを厭わず、自身のアメリカ人市民権を積極的に放棄した二世である、と。アメリカ当局は、ただの小娘を苦しめることを哀れみ、香港で日本軍に捕らえられたアメリカ人捕虜との交換で、日本に送還される囚人のリストにタカコを載せた。ツールレイクの親日本的被抑留者は、タカコが勇敢な態度を示したとして彼女の両親を祝福したが、大半の被抑留者たちは一家に哀れみの視線を向けた。タカコの両親、ヤマシロ夫妻は当惑した。同様に主義として質問に答えることを拒んだノーばかり言う少年《ノーノー・ボーイ》であるタカコの弟は、ほかの抑留者たちと喧嘩をした。ほどなくすると、一家は営倉に連行され、〝彼らの身の安全を保護するため〟、収容所のほかの被抑留者たちと離ればなれにされた。

ワシントンから来た男たちは、船が日本に到着ししだいタカコがやることになっている行動について説明した。日本人はタカコに嫌疑をかけるだろうし、訊問され、詮議されるだろう。天皇への忠誠を確信させるためになんであれ言わねばならないことを言い、やらねばならないことをやる必要がある。タカコの話を補強するため、被抑留者の暴動を扇動した罪で、収容所に適用されている軍法に従って彼女の家族が処刑されたというニュースが漏らされることになっていた。タカコはアメリカにはもはやなんの繋がりも持っていない、と彼らは考えるだろう。有用な情報を入手するため、とりわけ日本の技術発展に関する情報を得るため、おのれの強み──男たちはタカコのしなやかな姿態に意味ありげな視線を投げつけた──のすべてを自由に使うことをタカコは期待されていた。

「おまえがこちらに寄越すものが多ければ多いほど」男たちは言った。「おまえの家族とおまえの祖国の安全は保証されるだろう」

タカコの日本語は、自宅とジャパンタウンの市場で学んだものだったが、憲兵隊の取調官たちの厳しい追及にさらされた。タカコはおなじ質問に繰り返し答えた。

貴様はなぜアメリカ人を憎むのだ？

昔から大日本帝国への忠誠心を抱いてきたのか？

はじめて真珠湾での勝利の知らせを耳にしたとき、どう思ったのか？

最終的にタカコは天皇の忠実な臣民として認められた。野蛮なアメリカ人の手にかかって苦しんだ誇り高き日本人である、と。彼女の英語能力と科学教育は、有用と見なされ、軍属の科学者たちに仕え、英語論文を翻訳することになった。憲兵隊の監視はつづいていると思っていたが、確かなことはわからなかった。

国策宣伝活動隊が白衣を着て東京で働くタカコを映画に撮影した。国家の栄光に貢献せんとアメリカを捨てた婦人物理学者！　彼女はカメラを見つめ、慎み深いほほ笑みを浮かべ、プロのメーキャップを施されていた。どれほど上手に犬が踊るかではなく、犬が踊っていることが大事なんだ、とタカコは思った。

帝国陸軍士官にして物理学者の秋葉聡《あきばさとし》は、タカコに好印象を抱いた。秋葉は四十代で、貫禄があり、英国と米国で研究生活を送った経験があった。沖縄に来ないかね、と秋葉はタカコに顔を近づけ、耳元で囁いた。

そこでわたしは重要な計画に取り組んでおり、きみの力を借りられるかもしれない。そう言ってから、秋葉は手を伸ばし、タカコの目にかかった髪を持ち上げ、顔を覗きこんだ。

一九四四年三月

東京から千マイル離れた沖縄の春は暖かかった。暑くすらあった。しかも静かで、本土の都市の喧噪に比べれば、近代以前の社会でもあった。ここでは、戦時努力への献身をひっきりなしに放送や檄文《げきぶん》で訴えてくることもなく、戦争はどこか遠くにあり、非現実的なものに思えた。タカコはときどき自分がたんに大学院にいるつもりになることさえできた。

タカコは研究所のなかに自室を有していた。だが、滅多にそこで寝ることはなかった。たいていの夜、秋葉所長がタカコに同衾を求めた。秋葉はタカコにマッサージをさせながら、広島の自宅に住む妻に手紙を書くこともあれば、ベッドに向かうまえに〝練習のため〟英語でタカコと話したがることもあった。タカコのアメリカ人としての習慣やアメリカで受けた教育が秋葉にはことのほか魅力的に思えたようだった。

タカコは第九十八部隊がなにを目的としているのか知らなかった。秋葉はタカコを完全に信用しているわけではないようであり、戦争に関するニュースや自分の研究について、タカコと話をすることはいっさいなかった。まったく害のない仕事しかタカコに割り当てないように注意していた。実践的用途はほとんどないような西欧の研究論文を読んで、要約するような仕事だ――ガス拡散実験や、原子のエネルギー準位の計算、相矛盾する心理学説など。だが、この施設は、強く機密扱いされ、厳重に警護されていた。五十名以上の科学者がここで働いており、近所の農地はすべて更地にされ、村民たちは強制的に移住させられていた。

使用人を通じて、アメリカの管理者《ハンドラー》はタカコに接触していた。なにか重要なものを掴んだと思うと、タカコはその情報を生理ナプキンにくるんで、ゴミ箱に捨てることになっていた。使用人は、施設の外へそのくるまれた情報を運びだし、容器に密閉すると、ある漁師の家族に渡す。彼らはそれをフィリピン海へ運んで、特定の環礁に投じる。その後、アメリカの潜水艦がそれを掬い上げるという手はずになっていた。

タカコは、アメリカへの長い旅に出る包みのことを考えた。毎月の経血に染まった白い包み。日の丸のパロディとも言えるそれを、男ならじっくり調べるのを渋るだろう、と予想された。ハンドラーたちは悪賢い、とタカコは認めざるをえなかった。

ある日、秋葉は沈んだ表情を浮かべていた。内陸の森にハイキングにいきたいと言い、タカコに同行するよう求めた。道路の行き止まりまで車を走らせると、徒歩で森の奥へ進んだ。タカコは楽しんでいた。ここに来て以来、島を探索する機会を一切与えられていなかったのだ。

巨大な先島蘇芳木《サキシマスオウノキ》のそばを通り過ぎる。直立した板めいた根は、自然版の日本の障子だった。ふたりは野口啄木鳥《グチゲラ》のチュンチュンという鳴き声に耳を澄ました。ニンフが枝から下りてくるかのようにねじれて垂れ下がっている我樹丸《ガジュマル》の気根《きこん》に目を瞠《みは》った。その神聖な木々のかたわらを通り過ぎながら、タカコは静かに祈りを捧げた。幼いころ、母に教わったやり方で。

一時間後、ふたりは森のなかの空き地に到着した。その先には、地下に通じる洞窟がパックリと暗い口を開けていた。洞窟には小川が流れこんでおり、せせらぎが洞窟の壁に反響して大きく聞こえていた。

タカコはその洞窟に悪意を感じた。うめき声や金切り声、非難がましい叫びが聞こえてくるようであり、その場に立っていればいるほど、その声は大きくなっていった。膝に力が入らない気がした。自分ではどうしようもなく膝をついて、まえに身を乗りだし、地面に両手と額を押し当てると、あまりにも長いあいだ使ったことがなかったので、自分の耳にも奇妙に聞こえる言葉を口にした――「物《むのー》・良《ゆー》・言《いゆ》る・物《むん》」他人のことを悪く言わないで。

音が止んだ。タカコが顔を起こすと、かたわらに立っていた秋葉が読みがたい表情を浮かべて見下ろしているのが目に入った。

「すみません」タカコはそう言って、秋葉のまえにひれ伏した。「わたしが幼い子どものころ、祖母と母は沖縄口《うちなーぐち》でわたしに話していたんです」

タカコは母から聞いた話を思い出した。母が沖縄の女学生だったころ、首から罰札をぶら下げられた話を。札には、日本語ではなく沖縄語をしゃべったので悪い生徒である、と記されていた。タカコの母は、古くからつづくユタ、すなわち、死者の霊と交信することに長けた女性の家系だった。内地の人間は、ユタとヌールという両方の巫女は、国家の統一を危険に晒す原始的な迷信であり、沖縄県民が自分たちの穢れを清め、日本国の正規の一員となれるよう根絶しなければならない風習である、と言った。

沖縄口を話す者は、裏切り者であり、スパイだった。禁じられた言語だった。

「大丈夫だ」秋葉は言った。「わたしは言葉狩りをする人間ではない。きみの家族の背景は知っている。いっしょに来るように頼んだ理由はなんだと思う？」

この洞窟は、何世紀もまえ、旧琉球王国の王が日本軍に島を征服されるまえに財宝を隠した場所だと噂されてきた、と秋葉は説明した。帝国陸軍の幹部のなかに、それが追求する価値がある噂だと判断した者がいて、中国や韓国の奴隷労働者や、有罪判決を受けた共産党支持者が洞窟での作業に連れてこられた。この作戦の指揮にあたった人間は、それ用の予算の上前をはねるのに熱を入れ過ぎて、囚人たちはろくな食事を与えられなかった。彼らは去年暴動を起こし、数にして約五十名の全員が銃殺され、死体は洞窟のなかで腐るにまかされた。価値のあるものは、なにも見つかっていなかった。

「きみには連中の声が聞こえるんじゃないか？」秋葉は訊いた。「ユタとしての母親の才能を受け継いでいるだろ」

科学を信奉する人間は、いかなる現象も、調べずして退けてはならない、と秋葉はつづけた。第九十八部隊は、超常現象の実在を調べるために組織された——ESP、テレキネシス、死者の蘇生。ユタは何世代にもわたって死者と交信してきた。それが事実であることを調べ、それを使ってなにができるのか確認するのが一番だ、と秋葉は思ったのだった。

「多くのユタは、非業の早すぎる死を迎えた死者の霊の言葉を聞き、話せると言い張っているが、ユタをして、死者になにか役に立つことをさせる機会にわれわれは恵まれてこなかった。彼女たちには科学の理解が欠けているのだ。

だが、いまは、きみがいる」

タカコは、小戴《シャオダイ》と三里《サンリ》、二人の霊に洞窟の入り口に残されたシャベルに取り憑くよう、説得した。二人は生前、そのシャベルを使ったことがあり、安心感を覚えていた。タカコには二人の姿が見えた。餓《かつ》えて痩せ衰えた男の姿をした、か細いものがシャベルの柄にしがみついている。

二人の霊はタカコに彼らの故郷である満州のモロコシ畑の光景を見せた。風に揺れる赤い茎が波打つ海のようだ。爆発と燃える家並みと行軍する兵士の列を見せた。銃剣で腹を引き裂かれた妊婦や、はためく日の丸の下、一列に並んで跪《ひざまず》いているところを斬首された若い少年たちの光景を見せた。枷をはめられ、鎖で繋がれ、暗闇、餓え、そして最後の瞬間、失うものがなにもなく、死は歓迎されるものであるような光景を見せた。

「やめて」タカコは二人に懇願した。「お願いだから、やめて」

ある記憶が浮かんだ。タカコはシアトルにある、狭い一間の共同住宅にいた。雨が降っていた。いつものように。タカコは六歳。家族のなかで最初に目を覚ました。隣には祖母がいた。

タカコは祖母の体を覆うため、毛布をもっと上に引き上げようと身を乗りだした。おばあ《んめー》は長患いをしており、夜になると震えるのだった。タカコは片手で祖母の頬に触れた。そうするといつも朝、祖母は起きてくれ、ふたりは窓が次第に白んでゆくあいだ、隣合って寝ながら小声で話をし、くすくす笑うのだった。

しかし、なにかがおかしかった。おばあの頬は冷たく、革のように硬かった。幼いタカコが上体を起こしたところ、布団の足下に輪郭だけのおばあの霊が座っているのが目に入った。タカコは隣に横たわっている体と、その霊を見比べ、事態を悟った。

「んめー、まーかいがー？」タカコは訊いた。おばあ、どこへいくの？おばあはタカコとはいつも沖縄口でしゃべった。それは悪い習慣だ、と父は言っていたが。「わしらはみんなジャパンタウンで日本人にならねばならんのだ」父はいつもそう言っていた。「沖縄人に未来はないんだ」

「生り島《んまりじま》」おばあは言った。故郷に。

「行じ来《んじち》ゃーびら」さよなら。そう言うとタカコは泣きだし、大人たちが目を覚ました。

母はおばあからもらった指輪を持って、ひとりで沖縄に帰った。タカコは、母がおばあを指輪にくっつける作業に力を貸した。「しっかりしがみつくんだよ、んめー！」するとタカコの心のなかでおばあがほほ笑んだ。

「もうおまえもユタだ」母がタカコに言った。「故郷から離れて死ぬことよりひどいことはない。故郷に帰るまでは霊は休めないんだよ。霊を助けるのがユタの務めなのさ」

ふたりはシャベルを持ち帰った。帰り道ずっと秋葉は意気軒昂で、口笛を吹き、鼻歌を歌っていた。タカコに霊の詳細を訊ねる――彼らがどんな様子で、なにを言っており、なにを望んでいたのか、と。

「家に帰りたがっています」タカコは言った。

「そうなのか？」秋葉は森の小道の脇にある茸のかたまりを蹴り、破片をあちこちに飛ばした。「戦争に勝利を収めるのに力を貸してくれたあとで、家に帰れるだろう、と伝えてくれ。生前は怠慢すぎて天皇陛下のお役に立てなかったのだが、挽回の機会がいまやってきたのだ、と」

ふたりは、ガジュマルやサキシマスオウノキ、ハイビスカスの茂み、直立した象の耳のような巨大な葉を持つクワズイモのそばを通り過ぎた。だが、タカコはもはやその景色を楽しめなくなっていた。魂《まぶい》と呼ばれるおのが命の芯を体の殻に留めていられなくなったような気がしていた。

秋葉は、試作品をタカコに見せた――まんなかを仕切りで区切られた金属製の箱。仕切りには、半透明の絹の膜で覆われた小さな穴がたくさん開いていた。

「ユタの話では、霊はとても弱いそうだ。物体を操る力をほとんど持っておらず、机から一本の鉛筆を持ち上げることすらできない。せいぜいできるかもしれないのは、一本の糸をこちらやあちらへそっと動かす程度。そうだな？」

タカコは同意した。霊は物質的な世界への相互作用を制限されていた。

「あの女たちは真実を話していたようだな」秋葉はひ

とりごちた。「能力を隠していたかどうか確かめようと、何人か拷問にかけたんだ」

タカコは秋葉の冷静な表情に合わせようとした。

「戦局は思わしくない」秋葉は言った。「宣伝工作の連中からなにか聞いているかもしれないがな。われわれはここしばらく防戦一方で、アメリカ軍は前進をつづけており、島から島へ太平洋を横切っている。やつらが欠いている勇敢さと技能を、富と無限の補給物資で補っているのだ。この、富と補給物資がつねに日本の弱点だ。石油やその他の不可欠な原料物資が不足しており、われわれはこれまで思ってもみなかったエネルギー源を用意しなければならない。戦争の潮目を変えるようななにかを」

秋葉はタカコの顔を撫でさすった。その優しい接触に不本意ながらもタカコはホッとしてしまった。

「一八七一年、ジェイムズ・クラーク・マクスウェルが独創的な装置を考案した」秋葉は話をつづけた。タカコは、マクスウェルのアイデアなら知っていると伝えたかったが、秋葉は講義する気分になっていたため、タカコを無視した。「日本人でないにしては、頭の良い男だ」秋葉は付け加えた。

「激しく動きまわっている分子がたくさん入っている箱がある。分子の平均速度が、われわれの考える温度だ。

だが、実際には空気の分子は等速で動いているわけではない。エネルギーが高く、速く動いているものもあれば、エネルギーが低く、ゆっくり動いているものもある。しかしながら、その箱がまんなかで落とし扉で仕切られていると仮定する。また、箱のそばに小さな悪魔が立っていると仮定する。悪魔は箱のなかで跳ね回っているすべての分子を観察している。動きの速い分子が右側から落とし扉に向かってくるのを見るたびに、悪魔は扉を開けて左側に通し、すぐに扉を閉める。左側からゆっくり動く分子が扉に向かってくるのを見るたびに、悪魔は扉を開けて右側に通し、すぐに扉を閉める。しばらくすると、悪魔が直接分子を操作したり、この系にエネルギーを与えたりせずとも、この系のエントロピーの総量は減少し、箱の左側は動きの速い分子でいっぱいになって温度が高くなり、右側は動きの遅い分子でいっぱいになって冷えていく」

「その温度差を用いて、『仕事』をさせることができます」タカコは言った。「水を堰き止めるダムのように」

秋葉はうなずいた。「悪魔は、分子にもともと備わっていた性質に関する情報にもとづき、分子に自分たちを二つのグループに分けさせただけだが、こうして『仕分け』を行うことで、悪魔は情報をエネルギーに変換し、熱力学第二法則が回避される。われわれはこの機関《エンジン》を構築しなければならない」

「でも、それはたんなる思考実験です」タカコは言った。「そんな悪魔がどこで見つかります？」

秋葉はタカコにほほ笑んだ。彼女は寒気が背筋を走り降りていくのを感じた。

「そこできみの出番だ」秋葉は言った。「きみが霊たちにこの機関を動かすよう教えるんだ。きみが成功すれば、われわれは無限のエネルギーを手に入れるだろう。空気から自然発生するエネルギーを。ディーゼルエンジンを必要とせず、浮上する必要のない潜水艦を建造できるようになるだろう。燃料切れをけっして起こさず、着陸する必要のない航空機を建造できるようになるだろう。死者を動力源として、ニューヨークとサンフランシスコを炎の海に沈め、ワシントンを爆撃して、元の沼に沈めるのだ。アメリカ人どもはみな死ぬか、さもなければ恐怖に泣き叫ぶだろう」

「このゲームをやってみて」タカコは小戴《シャオダイ》と三里《サンリ》に言った。「これができれば、あなたたちを故郷に帰してあげられるかもしれない」

タカコは目をつむり、心をたゆたわせ、意識を霊と融合させた。彼らの視覚を感じ、それを共有して、彼らが見ているものを見た。肉体の制限に縛られることなく、自分たちの感覚を極小規模、最短時間に絞ることができ、その結果、あらゆるものが大幅に拡大され、減速されたように思えた。だが、霊たちは文字を知らず、教育を受けていなかったので、なにを探せばいいのかわからなかった。

それでも霊たちの関心を惹きつけたまま、タカコは自分の知識を彼らと共有し、空気を、ガラスのビー玉が飛び跳ねている海として見るやり方を教えた。

タカコは箱のまんなかに置かれた仕切りを覆っている膜の絹繊維へふたりの霊を誘導した。細心の注意と忍耐をもって、一個の分子が仕切りに猛スピードでやってくるのを待つよう、霊に教えた。「開けて！」タカコは叫んだ。

そして小戴と三里がわずかばかりのありったけの力をこめ、絹繊維を曲げ、小さな隙間を開け、そこを空気の分子がすばやく通り過ぎるのを見守った。

「もっと速く、もっと速く！」タカコは叫んだ。彼らにもっとすばやく働いて、仕切りの扉の開閉をおこなうよう指示し、速い分子を遅い分子と分離させせながら、自分がどれくらいのあいだ彼らといっしょにいるのかわからなかった。

タカコは目をひらき、自分の魂《まぶい》がふたたび肉体に完全に戻ったのを知って、息を呑んだ。時間が正常に戻り、暗い部屋に射しこむ陽光に埃がゆっくり舞っているのが目に入った。

タカコは金属の箱の片側に手を置き、それが次第に熱を帯びていくのを感じて、身震いした。

真夜中。タカコは自室にいた。秋葉には、毎月のあの時期だと説明した。秋葉はうなずき、使用人の若い娘に付き合うよう求めた。

計画のなかでもっとも難しい部分は、小戴と三里をナプキンのなかに隠れさせることだった。あれほどつらい思いをしているのに、ふたりがそれをためらうのがタカコには馬鹿げたことに思えた。だが、男というのはそっち方向では奇妙な振る舞いをするものだった。そうするのが故郷に戻る唯一の方法だとようやくふたりを得心させた。地球を半周する遠回りの旅だった。ふたりはタカコを信用し、渋々ながらも頼まれたように行動した。

疲れ果てて、タカコは机をまえに腰を据え、凸月《とつげつ》の明かりの下、書き物をした。

アメリカ人が原子核の分裂から得られるエネルギーに基づいた新しい兵器を開発しようとしているというニュースが、アメリカに潜入しているスパイからもたらされた。ドイツ人はすでに数年まえにウランを分裂させており、日本もおなじ計画に取り組んでいた。アメリカ人は急ぐ必要があった。

ウランに基づく原子爆弾を製造する際の重要な段階は、正しい種類のウランを手に入れることだ、とタカコは知っていた。ウランには、ウラン238とウラン235の二種類がある。自然界では、ウランの九九・二八四パーセントが、ウラン238の形をしているが、核分裂の連鎖反応を持続させるには、ウラン235が主に必要だった。このふたつの同位体を化学的に識別する方法はなかった。

タカコは、ウランの原子がなんらかの化合物の形で気化しているところを想像した。その分子は、金属の箱のなかにある空気のように跳ねている。重いウラン238を含む分子は、軽いウラン235を含む分子よりも平均して少しだけ遅く動く。分子が管の内部で跳ねているところを想像する。霊たちが管の先端近くで待ち構え、より速い分子を通すため、扉を開けるが、遅い分子は内部に留めておくため、扉を閉める。

「もしあなたたちが力を貸してアメリカにこの戦争を

勝たせるなら、故郷に帰れるわ」タカコは霊に囁いた。

彼女は自分の提案を書き留めた。

タカコはふたりの霊が作るのに手を貸す爆弾の威力を想像した。太陽より明るくなるだろうか？　都市をまるごと炎の海に沈めるだろうか？　何千、何百万人の、けっして、ついぞ故郷に帰れない悲鳴を上げる霊を作りだすだろうか？

タカコは手を止めた。自分は殺人者なんだろうか？　わたしがなにもせずとも人々は死ぬだろう。わたしがなにをしたところで、人々は死ぬだろう。目をつむり、家族のことを考える。あまりつらい思いをしていないよう願った。弟は問題を起こすタイプの人間だった。くよくよ考え、四六時中、不機嫌だった。ツールレイクの強制収容所の扉がひらき、みんなが高エネルギー分子のように足を弾ませて出てくるところを想像した。

戦争が終わったんだ！

タカコは報告書を完成させ、故郷アメリカの分析官たちが、頭のおかしな人間の戯言《ざれごと》として扱わないでくれればいいのだが、と願った。母が小戴と三里と共同作業をおこない、その仕事が終わった暁には彼らが故郷に戻るのに手を貸すのを認めるようにという要請に二重の下線を引いた。

「どういう意味だ、逃げたというのは？」秋葉は怒っている口調ではなかった。困惑しているようだった。

「なにを期待されているのか、霊に充分はっきりとは説明できなかったんです」タカコはひれ伏して言った。「申し訳ありません。あまりに魅力的な報酬を約束してしまいました。あのふたりの霊はわたしを欺《だま》していたんです。しばらく、実験がうまくいっていると思ったんですが、なんの成果もなく、わたしの想像でしかなかったと判明しました。その欺瞞にわたしが気づいたことに彼らはとても怯えていたので、夜のうちに逃げだしたにちがいありません。よろしければ、あの洞窟でほかの霊を確保しに向かえますが」

秋葉は目を細くして、けげんな表情を浮かべた。

「そんなことはほかのユタを使ったときに起こったためしがない」

タカコは床から目を離さずにいた。胸のなかで心臓がバクバクいっていた。「あのふたりの霊は大日本帝国の忠実な臣民ではなかったことをご理解ください。あの連中は犯罪者でした。中国人になにを期待できましょう?」

「それは興味深い。この任務に志願するよう忠実なる臣民に求めるべきだと言いたいのかね? 言うなれば、天皇陛下によりよく仕えるために肉体を霊に変えるように、と?」

「そんなことは言ってません」タカコは言った。口のなかがパサパサに乾いている。「申し上げたように、理論はいいんですが、この任務の難易度は、たとえ天皇陛下への熱意にあふれていようと、下級兵士や農民の技能を超えているんだろうと思います。当面は、別の研究を追求すべきか、と」

「当面は、か」秋葉は言った。

タカコは自分の恐怖を呑みこみ、秋葉に向かってほほ笑むと、服を脱ぎはじめた。

一九四五年六月

その村は丘陵のふところに抱かれ、爆撃や砲撃から守られていた。それでも彼らが身を寄せている小さな小屋の下の地面は、数分おきに揺れていた。

もはや逃げ場はどこにもなかった。海兵隊が二ヵ月まえに上陸し、ゆっくりと、しかし着実に前進していた。第九十八部隊の施設は数週間まえに爆撃を受け、瓦礫と化していた。

小屋の外で村人たちが軍曹の話を聞くために広場に集められていた。軍曹は肌着を脱ぎ捨てており、汚れた肌の下であばらぼねが浮かび上がっているのが見えた。もう何カ月も食糧は配給制になっていて、帝国陸軍用に物資を長持ちさせる目的で、おおぜいの民間人が自決を命じられていたが、ついに食糧が尽きてしまったのだった。

集まったのは女だけだった。とても若い女性やとても年老いた女性が集まっていた。少年を含む健常な男は全員、数日まえに竹槍を渡され、海兵隊相手の最後のバンザイ突撃に連れていかれた。

タカコは少年たちに別れを告げていた。十代の少年のなかには、落ち着いており、戦闘をまえに意気軒昂な者がいた。「おれたち沖縄の男は、アメリカ人に大和魂を見せてやるんだ!」彼らは声を揃えて叫んだ。「おれたちが戦う一日が、祖国の島々が安全でいられる一日になる!」

彼らはだれも戻ってこなかった。

軍曹はベルトに軍刀を佩《は》いていた。鉢巻きはボロボロになり、血まみれだった。落ち着かない様子でそわそわ動きまわり、涙が顔をしとどに濡らした。怒りと悲しみが込み上げていた。なにがいけなかったのか?日本は無敵のはずだ。不純な沖縄人のせいにちがいない。やつらは、結局のところ、真の日本人ではない。理解できない方言でボソボソしゃべっているところを押さえた裏切り者たちをそれはたくさん処刑してきたにもかかわらずこうなったのは、あまりにもおおぜいの連中がこっそりとアメリカ人に手を貸していたからにちがいない。

「アメリカ人はあらゆる家に銃を撃ちこんだ。女子どものいる家であろうと全部の家にだ。やつらは赤ん坊の泣き声に怯みもしなかった。やつらはケダモノだ!」

タカコは軍曹の演説に耳を傾け、その光景を頭に思い描いた。軍曹は、丘の上にある村を米軍が襲った様子を説明していた。日本兵は民家のなかに退却し、村人を人間の盾として利用した。何人かの女性が槍を持って海兵隊に突撃した。海兵隊員は彼女たちを撃ち殺し、民家を砲撃した。民間人と戦闘員の区別はなかった。その区別をするには、遅すぎた。

「やつらはおまえたち全員を強姦し、目のまえで子どもたちを拷問するだろう」軍曹は言った。「やつらにその満足感を与えてはならん。天皇陛下に命を捧げるときが来たのだ。われわれはわれわれの精神で勝利を収める。日本はけっして諦めん！」

子どもたちのなかには泣きだす子もいたが、母親たちがそれを黙らせた。激しく身振り手振りで話している軍曹を村の女たちは虚ろな目で見つめていた。彼女たちは〝強姦〟という言葉に反応しなかった。帝国陸軍は、数日まえ、最後の特攻をおこなうに先立ち、最後の野蛮な夜を過ごすため女たちをすでに連れていっていた。抵抗する女性はほとんどいなかった。それが戦争というものじゃないだろうか？

各家の当主には手榴弾が一個与えられていた。以前は、各家庭に二個渡せていた。敵用の一個、家族の自決用の一個。だが、手榴弾も使い果たしかけていた。

「時間だ」軍曹が叫んだ。村人はだれも動かなかった。

「時間だ！」軍曹は繰り返した。母親のひとりに銃を向ける。

母親はふたりの子どもを自分に引き寄せた。悲鳴を上げながら、手榴弾の安全ピンを引き抜き、胸に手榴弾を押し当てた。彼女は叫びつづけ、突然の爆発で悲鳴は止んだ。肉片が飛び散り、一部は軍曹の顔にへばりついた。

ほかの母親や祖父母たちも悲鳴を上げ、泣きだし、さらなる爆発がつづいた。タカコは指で耳を強くふさいだが、死者の霊は悲鳴を上げつづけ、それを遮るのは無理だった。

「われわれの番だな」秋葉は言った。あいかわらず冷静だった。「どういうふうに逝きたいのか決めさせてあげよう」

タカコは信じられない思いで秋葉を見た。秋葉は手を伸ばし、タカコの頰を撫でた。彼女がたじろぐと、秋葉は手を止め、皮肉な笑みを浮かべた。

「しかし、われわれは実験をおこなおう」秋葉は言った。「きみが霊となり、科学教育を受けた天皇陛下の忠実な僕《しもべ》であるきみの霊が、ほかの霊のできなかったことをやれるかどうか、マクスウェルの悪魔のように振る舞えるかどうか、見てみたいのだ。わたしの機関《エンジン》が動くかどうか知りたい」秋葉は部屋の隅にある金属製の箱に向かってうなずいた。

タカコは秋葉の目に狂気のぎらつきを見た。必死で落ち着こうとし、子どもに話しかけるかのように穏やかに話しかける。「降伏を検討すべきだと思います。あなたは重要人物です。あなたの知識があれば、彼らはあなたに危害を加えないでしょう」

秋葉は笑い声を上げた。「きみは自分で言っていたような人間ではないと元から疑っていたんだ。あまりに長くアメリカで暮らしていたせいで、きみは悪しき考えに染まってしまったにちがいない。天皇陛下への忠誠を証明する機会をもう一度与えよう。いまの提案を受け入れ、死に方を自分で決めろ。さもなければ、わたしがきみの代わりに決めてやる」

タカコは秋葉を見た。この男は、年老いた女性を拷問することをなんとも思っていない男であり、街全体が炎に巻かれて死ぬところを想像して喜びに打ち震える男であり、人の魂が死の機械に動力を与えて人を殺すことを心を動かさずに考えている男だった。しかし、この何年か、なんらかの優しさを、愛に似たなにかをタカコに見せてくれたただひとりの男でもあった。

タカコは秋葉が怖くなり、彼に向かって叫びたかった。彼を憎み、哀れんだ。彼が死ぬのを見たかったし、彼を救いたかった。だが、なによりも、たとえ彼になにがあろうと、タカコは生き延びたかった。それが戦争というものじゃないだろうか？

「あなたのおっしゃる通りです、所長。でも、お願いです、わたしが逝くまえに、もう一度だけ、わたしを幸せにしてください」タカコは服を脱ぎはじめた。

秋葉はふんっと鼻を鳴らした。銃を置き、ベルトをゆるめはじめた。迫り来る死の脅威が性欲をひどく亢進させており、この女にもおなじように影響を与えているのではないか、と秋葉は思った。

注意が散漫になった。

たぶん結局のところ忠実であるこの女に厳しくしすぎていたのだ。ときどき彼女の顔に浮かぶ、見慣れない愛くるしいアメリカ風の表情が見られなくなるのを残念に思うだろう。恐怖と憧れのあいだをふらふらと漂っていた目つき。家に帰りたいが、どうやって帰ればいいのかわからずにいる仔犬のような目つき。今回は優しくしてやろう、妻にしたときのように扱ってやろう、と秋葉は考えた。ずいぶんむかしの初夜のときのように。（広島にひとりで暮らし、夫が生きているのか、すでに死んでいるのか知りさえしていない妻を思い、一瞬、心がギュッと苦しくなった）そののち、この女の首を絞める。美しさを保つために。そうだ、そうやろう、自分がエクスタシーに達する瞬間、タカコを死後の世界へ送りだし、そのあとに自分もつづくのだ。

顔を起こす。タカコは姿を消していた。

タカコは走りつづけた。どちらの方向に向かっているのかは、気にしていない。秋葉や悲鳴を上げている霊からできるだけ遠くにいきたかっただけだ。

遠くに明るい色がかすかに見えた。ひょっとして？

そうだ！　星条旗が風に揺れている。心臓が喉から飛びだしそうになった。突然の喜びがはじけて死ぬんじゃないかと思った。さらに速く走った。

小丘の頂上から小さな村が見えた。死体がいたるところにあった。日本人とアメリカ人両方の死体だ。女たちの死体もあった。赤ん坊の死体も。血が地面に染みこんでいた。熱風が吹くなか、旗は誇らしげにはためいていた。

散開している海兵隊員たちが歩きながら、死んだ日本人に唾を吐きかけたり、将校の死体から軍刀やほかの戦利品を拾い上げているのをタカコは見た。地面に腰を下ろし、疲れて休んでいるものもいた。家の戸口で小さくなってうずくまっている女性たちに向かって歩いている隊員もいた。女たちはなにも言わずに家のなかに退いた。それが戦争というものじゃないだろうか？

しかし、それももうすぐ終わりだ。もうすぐ家に帰れる。最後の力を振り絞り、タカコは森のなかを三十メートルかそこら駆け抜け、村に姿を現した。

ふたりの海兵隊員が振り向いてタカコを見た。ふたりは若く、タカコの弟ほどの年齢だった。自分がこのふたりにどんな様子に見えるのか、タカコは思い描いた――破れたワンピース、何日も洗っていない顔と髪の毛、秋葉から逃げだした際に片方の乳房があらわになっている。自分がふたりに英語で話しかけるところを想像した。太平洋岸北西部のイントネーションで、雨に湿ったような母音と飾らない子音で。

海兵隊員の顔は緊張し、怯えていた。すっかり終わったと思っていたのに、これはあらたな特攻だろうか？

タカコは口をひらき、締め付けられた喉からそこにはない空気を押しだそうとした。かすれ声で、「わたしはアメリ――」

集中射撃の大音量がした。

ふたりの海兵隊員はタカコの死体を見下ろしていた。ひとりが口笛を吹いた。「なんて綺麗なジャップなんだ」

「綺麗すぎる」もうひとりが言った。「目つきだけ気に食わない」

タカコの胸と喉からドクドクと血が流れていた。

タカコはツールレイクにいる家族と、自分が署名した書類のことを考えた。自分の血で偽装して、ひそかに送りだした霊のことを考えた。胸に手榴弾を抱いていた母親のことを考えた。やがてタカコの心は、まわりにいる死者の悲鳴とうめき声、彼らの悲しみと恐怖と痛みに圧倒された。

戦争は男たちに扉を開け、なかにあるものはなんでも、えり分けられずに転がりでてしまった。扉のそばに悪魔がおらず、世界のエントロピーは増大した。

それが戦争というものじゃないだろうか？

タカコは自分の体の上を漂っていた。海兵隊員たちはすでにその体に興味を失い、移動していった。タカコは自分の体を見下ろし、悲しく思ったが、怒ってはいなかった。目を逸らす。

ボロボロになり、染みがついた旗が、あいかわらず誇らしげにたなびいていた。

彼女は旗に近づいていった。その繊維に、赤と白と青の糸に、身を浸すつもりだった。星のあいだに横たわり、横縞をかき抱くつもりだった。旗はアメリカに持ち帰られ、彼女は旗といっしょにアメリカに行くだろう。

「生り島《んまりじま》へ」彼女はひとりごちた。「わたしは家に帰る」

ブックセイヴァ

BookSavr

《それぞれの文書》（著作権法ブログ）二〇××年一月十五日より（すべての文書内リンクは、読みやすさを優先して削除）。

　新年は、はやくも非常に面白い年になりつつあります。欧州司法裁判所が第十三条の適用範囲を明確化するというあらたな判断を下し（明確化というのは、明白に間違った言葉ではあるのですが）、学習済みニューラル・ネットワークに著作権保護を認める新しい提案が日本でおこなわれ、機械翻訳の著作権資格に関してアルファベット社と全米作家協会のあいだで和解の兆候が表れています。

　本日は、目下、〈千夜一夜〉でもっとも購読されている作家にランクされているC・J・カラザーズが、自身の出版社と〝読書支援プラグイン〟ブックセイヴァの開発者に対して起こしたあらたな訴訟にご注目いただきたいのです。

カラザーズのプレスリリースからの引用——

　われわれの多くが、この仕事に就いたのは、富を夢見てではなく、読者とわかちあう新しい世界を想像し、創造するという思いに駆り立てられているからです。出版社として、〈千夜一夜〉は、わたしが書く世界が改変されずに読者の元に届くことを保証しなければなりません。ブックセイヴァにわたしの作品を勝手に改《かい》竄《ざん》するのを認めることで、〈千夜一夜〉は、出版社としてのもっとも基本的なこの義務を果たさなかったのです。わたしは、芸術性と表現の自由、わが偉大なる祖国の核となる価値を守るため、結果の不確実な法廷闘争へ踏みだします。

〈千夜一夜〉は、千一語単位に購読者から超少額決済《マイクロペイメント》をもらって書かれた数百万語の物語を作家が投稿しているウェブ連載プラットフォームです。現代のディケンズだと思えばいいでしょう。ただし……はるかに通俗なものです（カラザーズ作品の題名がそれを如実に表しています――『常に忠誠を《センパー・ファイ》』（「センパー・ファイ」は、アメリカ海兵隊のモットー）、『ユリウス・カエサル時代のアメリカ海兵隊の冒険』、『訓練兵からタイクーンへ――暗号通貨ビジネス・スリラー』）。ウェブ連載小説は、アジア圏で長く人気を維持してきましたが、二年ほどまえからようやく英語使用者文芸シーンの重要な位置を占めるようになりました――いわゆる純文学の作家たちの大いなる嘆きの元になっているのですが。〈千夜一夜〉の上位連載作家になれば、毎月、五桁から六桁の報酬を稼ぎだせるでしょう。

〈千夜一夜〉は、数多くの読書体験支援のプラグインをサポートしています。それらの多くは、このサイトの利用者によって提供されています――画面読み上げソフトや速読者用にテキストの再フォーマットをおこなうプラグインや、イラストとして自動的にウィキメディアの画像を引っ張ってくるプラグイン、事実確認プラグイン（〈千夜一夜〉に掲載されているほぼすべての作品がフィクションであることを考慮すると、なぜこのプラグインが存在しているのか不思議ですが、とにかく、そういうのがあるのです）、エロスを強化するプラグイン（当然ながら）などなど。しかしながら、ブックセイヴァは、平均的プラグインよりも少々洗練されたものです――本の、さまざまな形で問題のある箇所を書き直すためにAIを利用することで読者の役に立つ、と謳《うた》っています。たとえば、多様性に配慮を欠いていたり、ジェンダー、人種、性的指向の不十分な表現や、同意の誤った扱い等々。このプラグインは、ユーザーが設定することができ、書き換えは個々の読者に合わせて調整できます（『ブックセイヴァは、善意によって提供されているものの、あまりにもひどい本を救うことはできません。このプラグインは、バンドエイドとしてご利用ください』――README.TXT）。

〈千夜一夜〉はブックセイヴァを利用して、非承認の二次創作物を作るよう読者を奨励している、とカラザーズは主張しています。それに対して、〈千夜一夜〉側は、カラザーズが署名した執筆契約は、そのことを認めていると反論しています。本件は、執筆契約の使用許可条項の解釈に帰結するであろう、とわたしは考えており、その点について検討する機会があり次第、アップデート記事を投稿するつもりです。

二〇××年一月十七日

　現時点で、カラザーズ訴訟に関するわたしの最初の投稿に、二千五十一件のコメントが届いています（ヘイトスピーチとスパム用調整ボットに捕捉されたコメントを除いて）。過去五年間にわたしが投稿したどの記事よりも多い数です（比較のため記しますと、執筆契約の附則についておこなった詳細な分析を含むフォローアップの投稿には、十六件のコメントが付きました――そしてその大半がわたしの最初の投稿に関するものでした）。

　どうやら、本件の法的側面は、大半の読者にとってあまり興味のないもののようです（どうして法律ブログを読みに来ているのかな、という疑問は残りますが）。コメントした人たちは、ブックセイヴァ自体を論議することのほうにはるかに熱意を抱いているようです。次にそのコメントの（比較的理解可能な部類の意見の）一部を再掲します。

　まず、おおぜいの人がブックセイヴァを弁護し、あるいはそれを利用している理由を説明しています——

カラザーズのファンです。彼は、優れたプロットを考え出し、物語の展開はみごとです。だけど、彼は、ただ単純に女性を描けません。女性登場人物が登場するたびに、長ったらしい男目線での描写がつづいて、携帯電話を壁に投げつけたくなります（それにおなじ話を繰り返したくないので書きませんが、セックス場面も同様です）。ブックセイヴァはそうした箇所をフィルターにかけて消してくれるか、書き直すかして、本を最後まで楽しめるようにしてくれます。自分宛ての小切手を切ってくれる読者を訴えていることがカラザーズはわからないんでしょうか？？？

〈千夜一夜〉の執筆者です（『ゴロクノールのプリンセス』で調べてください、ご支援ありがとう！）。ブックセイヴァがなかったら、いまのようにおおぜいの購読者を持てるはずがなかった、と断言できます。自分で調べて、だれもが受け入れてくれるような本を書こうとしていますが、あらゆることを正しく書ける方法はなく、あらゆる不測の事態に対する感受性チェックをしてくれる下読みスタッフを雇えるほど稼いではいません。意図的に人を怒らせようとはしていないのですが、ブックセイヴァは、こちら側についてくれている編集者のようなもので、被害がもたらされるまえに筆が滑るのを止めてくれます。AIがどう変更するのかを確認するだけのために、草稿をブックセイヴァにかけて読み返すことがよくあり、それによってよりよい作品にするのにも役立っているのです。

「検閲だ！」とか「特別なぼくら《スノーフレイク》には安全な場所はない」とわめいている連中へ、どこかへいけ。だれも作家に著書を改変するよう無理強いしていない。**これは完全に読者向けの道具なんだ！**　このプラグインのおかげで、本を途中で読むのを止めずに最後まで読み終えることができている。作家にもっとうまく書いてほしいと願わないかって？　もちろん、千回はそう願っている。だけど、オフィスであんたらみたいな連中を相手にした長い一日を終えると、さらなる怒りや偏見や差別に基づく見下しや侮辱《マイクロアグレッション》に割ける余力が残っていないの。あたしは逃避のためにウェブ連載のファンタジーを読んでいる。この現実という主権主義《カイリアーキー》の肥だめのレプリカに住んでいる気にならないよう、登場人物のジェンダーや人種を割り当て直すよう設定する。もちろん、その修正は表面的で雑なものだけど、下顎の輪郭がクッキリしたあらたな白人男性が、窮地を救おうとして颯爽と現れるたびにうんざりさせられるのを避けて、本に没頭できるのに充分な程度。

　なにを大騒ぎしているのかな。たくさんの連載小説が、ブックセイヴァでのカスタム専用に書かれているじゃないか——ゲームでキャラクターの設計ができるようなものじゃない？　実際、わたしは異なる設定でおなじ本を何度も読んでいるけど——蒙《もう》を啓《ひら》いてくれる経験だよ。

　カラザーズ、自分の言葉を貴重品扱いするのを止めな。はっきりさせてあげよう——ウェブ連載小説は、文学じゃないんだ。安い物書きによって書かれたジャンクフード読み物だ。おれは金を稼ぐために書いている——それだけだ。正直言うと、おれは読者にブックセイヴァを使うことを勧めている。そうすりゃ、ヘイトメールをもらわずに済む（近頃、みんな過敏になっちゃってさ！）。そうしておけば、おれは書きたいように書けるし、読者は読みたい本を読めるってわけだ。ウィンウィンの関係だ。

　私はブックセイヴァを作家から読者への権力委譲の

たんなる一ステップと見なしている。テキストの意味は、作家と読者のあいだの意思の競争のなかで現れ、読者は破壊的に読み、テキストを脱構築して、その本質的な不安定さをあらわにする自由をずっと享受してきた（ミルトンは「それと知らずに悪魔の一味であった」とブレイクが断定したことを参照のこと）。物語をリメイクして脇役を中心に据え直すことは、本質的な抵抗行為である（例：『少女たちの沈黙と仇』）。問題のある物語をすべて、熟練した再話者によって作り直してもらうわけにはいかないが、ブックセイヴァは、初期設定の形でも、テキストを克服するある程度の方策を読者に与える。そのうちにAIがより洗練されていくにつれ、その将来性は多大なものになるのは想像に難くない。

　一方、ブックセイヴァの問題を指摘するコメントもおなじように数多くあります――

　わたしが〈千夜一夜〉で作品を発表することを選ぶのは、編集者や校閲者とやりとりしなくても済むからだ。睡眠時間や家族と過ごす時間を犠牲にして、夜間や週末にわざわざ執筆しているなら、書いた通りに、欠点を含めてありのままの形でわたしの物語をわたしの読者に届けたい。それで人が気分を害するなら、好きなようにほかの人間の連載を購読すればいい。ヘイトメール上等。わたしの面《つら》の皮は充分厚い。〈千夜一夜〉は少なくともわたしの本に関して、読者にブックセイヴァを使わせない選択肢をわたしに与えるべきだ。

　みんなはブックセイヴァが実際に問題のある本を修繕できるという考えを額面通りに受け入れているようだ。いやいや、人種差別主義者や性差別主義者の考えが染みついた本を、性別交換や一部の登場人物の肌の色を変えることで、ずいぶんましになると期待できるものか――それどころか、だれかがそんなふうに考えると思うだけでひどく腹が立つよ。表現と多様性という複雑で、痛みを伴う問題を、チェックボックスのリストに矮小化している――絵文字に肌の色調整注釈《エモジ・モディファイア》をあてがうようなものだ。ブックセイヴァは、怠惰な作家を怠惰なままに留め、包括性《インクルーシヴィティ》（明示的に両性を含む表現を用いること）を能動的に毀損する。われわれが抗議すると、作家はたんに「ブックセイヴァ機能をオンにしろ」と言うだけになるからだ。ブックセイヴァは禁止すべきだ。

ヘボ作家が自分たちの盲点や読者に対するバイアスを外部委託で処理しているという考えに怒りで血が沸騰する。最悪の形の資本主義だ。多様なオーディエンス向けに書くつもりがなく、そもそも書けない作家が、テクノロジーの恩恵を受けて、わたしたちから金を稼いでいるのをなぜ許さなければならない？　プロモーションに値する多様性を重んじている作家が書いているはるかにましな連載が〈千夜一夜〉にはごまんとある。

　包括性は魔法のボタンを一押しするだけで達成されはしない。これもまた、社会の問題に技術的な解決策を見出そうとすることに対する、われわれの病的な強迫観念の一例である。

　ブックセイヴァを利用している人間は、百合色の胆《リリー・リヴ》をした《アード》（『マクベス』第五幕第三場第十五行）臆病者だ。ポストモダン《ポ・モ》な狼藉三昧だ。マジかよ？　これがわれわれが目指していた未来か？　だれもがそれぞれのアイデンティティー方針に基づいて自分流に改変した〈コナン・ザ・バーバリアン〉を手に入れられるというわけか？　このクラスには、もはやテキストは残っていない。

　どうしてブックセイヴァが作家の偏見や盲点をひと

つの方向にだけ修正する提案をするのがオーケイなんでしょう？　同性同士の恋愛を取り除いたり、物語の主人公を白人にしたりする選択肢がありません。作家に説教をしてほしくありませんし、そんなことをするソフトウェアごときなんて要るわけないです。

　この論争に加わらずに——この論争は、こんにちのわれわれの社会におけるさまざまな事柄同様、妥協しがたい政治問題に思えます——わたしはたんに、ブックセイヴァが（いわゆる自費出版を含めた）伝統的出版とは両立しえないという意見を述べておきましょう。この産業の習慣と歴史的慣習から、本は聖なる人工物であり、作家の声と心に密接に結びついています。ウェブ連載小説は、ほぼ異なるメディアに思えます。とても多くの作家が読者にみずからの著書を都合に合わせて書き直すことを認めたり、とても多くの読者がわざわざそうしようとしたりするのは、これまで想像したことがありませんでした——ですが、どうやら、わたしは世間からずれているようです。

二〇××年三月十五日

　このブログのタイトルを**ブックセイヴァ**に変更することを真剣に考えています。と申しますのも、ブログの訪問者全員がこの話題について読みたがっているようだからです。この話題について最初に書いてから二カ月のあいだに、ほかのすべての投稿を合わせた十倍以上多くの広告収入を、ブックセイヴァがらみの投稿が稼いでいます。

　まあ、読者のみなさんは、いろいろ語ってくれました（ブックセイヴァがらみの投稿をこれ以上見たくないと苦情を申し入れてきた十人かそこらの読者のみなさんは、設定＞フィルター＞タグ＞〝ブックセイヴァ〟と進み、〝今後非表示〟を選択してください——やれやれ）。では、ここから、さらなるブックセイヴァ関連の情報を紹介します。

――きっとだれも驚いていないでしょうが、〈千夜一夜〉は新しいプラグインの**ブックアンセイヴァ**を拒否しました。同ソフトの開発者は、〝いかにも聖人ぶった輩《やから》の感情をかきたてるために、いっそう嘆かわしい中身を本に加える〟ことを保証していました。

――**クローク**という名の新しいツールは、ウェブ連載小説作家にブックセイヴァ・プルーフを保証すると謳っています。どうやらブックセイヴァは、潜在的に攻撃的な文書や状況を認識する、あるタイプのニューラル・ネットワークに依拠しており、そのようなニューラル・ネットワークは、見慣れない形に合うと認識をしくじりがちになるようです（CCTVの顔認証システムをかいくぐるために購入できる、ヒンドゥー教女性が額につけるビンディーのようなステッカーの、不気味な模様付きのものを思い浮かべてみればいいでしょう）。クロークは、テキストを微妙な形で改変し（たとえば、文脈を無視した句読点を打ったり、英語のアルファベットによく似たキリル文字を使って誤字を書いたり、戦略的に言い換えをするなど）、全体の文章を無害な場面描写としてブックセイヴァに受け取らせ、改変されずに切り抜けるのです。ブックセイヴァ開発チームは対応策を出すことを約束しました。

――タイトル十七ドット・ロー（Title 17は、著作権を扱うアメリカ合衆国法典第十七編のこと）は、ほかのメディア（ビデオ・ストリーミング放送や、手続き型《プロシージャル》生成VRがブックセイヴァ・タイプの事例研究に使用されている）の実現可能性に関する解説記事を発表しました。

――カラザーズと〈千夜一夜〉のあいだのスプレッドシート上の戦いは、まだ継続中で、両者とも、相手の販売実績数が虚偽であると主張しています。カラザーズは、差止命令の却下に対して、控訴しています。

――人づてに聞いたところでは、カラザーズの弁護士は、執筆契約に意味のある合意は得られないとして、和解を進めようとしていますが、作家は「そんなことをすると、弱腰に見え、ブランドイメージが傷つく」と言って、抵抗しているとのことです。

　わたしへの電子メールで、〈千夜一夜〉の法務顧問は、同サイトがブックセイヴァを利用しはじめてから、購読者数と実際の読書時間が両方とも飛躍的に増加した旨、繰り返し主張していました。「作家《オーサー》は、自分たちがもはや権限《オーソリティ》を有している存在ではないことを受け入れねばならない。結局のところ、作家は読者との戦いで勝てやしないのだ」

　そうかもしれませんね。

思いと祈り

Thoughts and Prayers

エミリー・フォート

ヘイリーのことを知りたいんですね。

いいえ、それには慣れています。あるいは、少なくとも、もう慣れておかないと。みなさんが聞きたがるのは姉のことだけですものね。

十月の金曜日でした。わびしく雨が降っていました。落ちたばかりの枯れ葉のにおいが大気に漂っていました。ホッケー場のまわりに生えているヌマミズキが真っ赤に紅葉し、巨人が残した巨大な足跡がつづいているようでした。

わたしは、フランス語Ⅱの小テストがあり、家族・消費者科学の授業で、四人家族用の一週間のヴィーガン料理の献立を考えました。お昼ごろ、ヘイリーがカリフォルニアからショートメッセージを送ってきました。

授業をサボった。Qとあたしはいまフェスティバルに車で向かっているところ!!!

わたしは返事をしませんでした。姉は大学生活の自由を持ちだしてわたしをからかって喜んでいたんです。羨ましかったですが、それを露わにしてヘイリーを満足させたくありませんでした。

午後になり、ママからショートメッセージが入りました。

ヘイリーから連絡はない？

ないよ。姉妹間の沈黙の掟は、尊いものでした。秘密にしているボーイフレンドの存在を、わたしがバラすわけがなかったんです。

「もし連絡があったら、すぐにわたしに電話して」

わたしは電話を仕舞いました。ママは過干渉な親だったんです。ホッケーを終えて帰宅すると、どこかおかしいことに気づきました。ママの車が家のまえの私道にあったんです。こんな早い時間に仕事から帰ってきたことは一度もなかったのに。

地下室でTVが点いていました。

ママは土気色の顔をしていました。涙をこらえて、「ヘイリーの寮監から電話があったの。あの子は音楽フェスティバルに出かけたそうよ。そこで銃乱射事件が起こったの」

死亡者数が増え、TVのアンカーたちが芝居がかった声で発砲犯の昔のSNS投稿を読み上げ、パニックに陥った人々が悲鳴を上げ、散り散りに走っている追跡ドローンのぶれた映像がネット上に出回るにつれ、その夜の残りのことは、ぼやけたものになってしまいました。わたしはメガネをかけ、ニュース・クルーが急ごしらえで設定した事件現場の再現VRのなかをさまよいました。すでにその場所には、蠟燭を灯した寝ずの祈りをおこなっているアバターがいっぱいいました。被害者が発見された場所を示す輪郭線が光っていて、数字が浮かんでいる蛍光色のアークが弾道を復元していました。データはたくさんあったものの、情報はとても少なかったんです。

家族の人間は電話をかけつづけ、メッセージを送りつづけました。返事はありませんでした。たぶん電池切れなんだろう、と家族のあいだで話をしました。姉はしょっちゅう携帯電話の充電を忘れていたんです。ネットワークが繋がらなくなっているにちがいない。

その電話は午前四時にかかってきました。わたしたちはみんな起きていました。

「はい、そうです。……ほんとですか？」ママの声は不自然なくらい冷静で、あたかも彼女の人生が、わたしたち全員の人生が、永遠に変わることがなかったかのようでした。「いえ、こちらで手配をして飛んでいきます。ありがとうございます」

ママは電話を切り、わたしたちを見て、その知らせを伝えました。そのあと、カウチに突っ伏して、両手に顔を埋めました。

そのとき、奇妙な音が聞こえました。振り返ると、生まれてはじめて、わたしはパパが泣いているのを見ました。

わたしはヘイリーにどれくらい愛しているか伝える最後のチャンスを逃してしまいました。メッセージを返せばよかったのに。

グレッグ・フォート

お見せできるようなヘイリーの写真は一枚も持っていません。でも、かまいませんよね。あなたたちは必要な場合に使える娘の写真をすでに全部お持ちだ。

妻のアビゲイルとちがって、わたしはあまり写真やビデオを撮っていないんです。ましてやドローンビュー・ホログラムや普遍的没入《イマージョン》素材は、まったくありません。予想外の出来事に備える本能が欠けているんです。大きな瞬間を記録に留める訓練や、場面を完璧に撮影する技能がありません。だけど、それがいちばん重要な理由ではありません。

わたしの父はアマチュアのカメラマンで、自分でフィルムを現像し、引き伸ばすことにプライドを持っていました。屋根裏部屋で埃をかぶったアルバムをめくれば、わたしの姉妹とわたしがポーズを取って、カメラにぎこちなく笑みを向けている写真がたくさん見つかるでしょう。妹のサラの写真を注意して見てください。彼女は右の頬が写らないようにわずかに横を向いている場合がよくあることに注目してください。

五歳のとき、サラは椅子によじ登って、沸騰した鍋をひっくり返してしまったんです。父がサラを見ていることになっていたんですが、同僚と電話で言い争っている隙に注意を逸らしてしまったのです。結局のところ、サラの体には顔の右側から太ももへかけ、冷え固まった溶岩のロープのような痕が残りました。

そのアルバムには、両親が怒鳴り合っていた諍《いさか》いや、母が「美しい」という言葉をつい口にしてしまうたびにダイニングテーブルを取り囲む気まずい寒気、父がサラの目を見ないようにしていたことの記録は見つかりません。

サラの顔全体が見える数少ない写真では、火傷の痕は目に見えません。暗室で一筆一筆丁寧に存在しないように消されています。父がそれをあたりまえのようにおこない、わたしたち残りの家族は、不自然な沈黙のなかで、従いました。

写真やその他の記憶代替手段を嫌っているものの、そういうのを避けるのは不可能でした。仕事仲間や親戚が見せてきますし、それを見てうなずく以外に選択の余地はありません。思い出を捕捉する装置が現実よりも良い結果を出すようメーカーが努力しているのはわかります。色はより鮮やかになり、細部は影に潰れずに浮かび上がり、各種フィルターが望み通りのモードに変えてくれます。特別になにかしなくとも、携帯電話がブラケット露出をしてくれて、まるでタイムラベルをしたかのように、だれもがほほ笑んでいる完璧な瞬間を捉えてくれます。肌は滑らかになり、毛穴やささいな欠点は消されます。父が一日がかりでやっていたことが、いまでは、まばたきする間に、はるかに上出来におこなえるのです。

こうした写真を撮る人たちは、それを現実だと信じているのでしょうか？ それともそのデジタルの絵が人の記憶のなかで現実の場所を占めているのでしょうか？ 撮影した瞬間を思い出そうとするとき、人は見たものを思い出すのでしょうか、それともカメラに作られたものを思い出すのでしょうか？

アビゲイル・フォート

カリフォルニアへのフライトのおり、グレッグはうたた寝、エミリーは窓の外を眺めていましたが、わたしはメガネをかけて、ヘイリーの画像に没頭していました。歳を取り、老いぼれ、新しい思い出を作れなくなるまで、自分がこんなことをするとは思ってもいませんでした。憤りがあとからやってくるでしょう。悲しみがほかの感情の入りこむ余地を残さなかったのです。

カメラや携帯電話、追跡ドローンの担当は、つねにわたしでした。年次アルバムや、休暇のハイライト・ビデオ、家族の一年間の成果をまとめてアニメーションにしたクリスマスカードを作るのがわたしの役目でした。

グレッグと娘たちは、わたしのやりたいようにさせてくれました。渋々応じる場合もありましたが。いつか家族はわたしの考え方をわかってくれるだろう、とずっと信じていたんです。

「写真は大切なの」わたしはよく家族に話します。「脳は欠陥がたくさんあり、時間が経つと笊《ざる》も同然になるの。写真がなかったら、覚えておきたいたくさんのことが忘れられてしまう」

第一子の人生を追体験しながら、国を横断しているあいだずっと、わたしはすすり泣いていました。

グレッグ・フォート

アビゲイルはまちがっていません。かならずしも。

思い出すのに役立つ画像があればいいのにと思ったことは何度もあります。生後六カ月のヘイリーの顔の正確な形が思い浮かびませんし、五歳のときのハロウィーンのコスチュームを思い出すこともできません。娘が高校の卒業式に着ていた青いドレスの正確な色合いすら思い出せないのです。

もちろん、そのあとで起こったことを考えれば、ヘイリーの写真はもはやわたしの手の届かないところにあります。

こう考えて、自分を慰めています――自分の目を通して受け取った親密さや、再現不可能な主観的見え方や気分、わが子の魂のありえない美しさをわたしが感じたときの瞬間的な気持ちの昂ぶりを、写真あるいはビデオがどうやって捉えられるのだろうか、と。わたしは、デジタルな代替表現や、人工知能のレイヤーを通過した電子的視線という代替反射像で、自分が覚えている自分たちの娘の思い出を汚されたくないのです。

ヘイリーのことを考えると、胸に去来するのは、とりとめのないいくつもの思い出なのです。

はじめてわたしの親指に透き通ったような指を巻きつける赤ん坊、硬材の床の上でお尻を滑らせ、氷盤を砕く砕氷船のようにアルファベットの積み木をかきわけてくる幼児、風邪でベッドで震えているわたしにティッシュの箱を渡して、熱っぽいわたしの頬に小さくて冷たい手を押し当ててくれた四歳児。

圧力をかけた炭酸飲料水のボトルを発射させるロープを引っ張る八歳児。上昇するロケットの軌道にいたわたしたちふたりが泡水でびしょ濡れになると、笑いながら娘が叫ぶ。「あたしは火星で踊る最初のバレリーナになる!」

寝るまえの読み聞かせをもうしてほしくない、とわたしに告げる九歳児。子どもが離れていくという避けがたい痛みに心が疼いていると、「ひょっとしたらいつかあたしがパパに読み聞かせてあげる」と言って衝撃を和らげてくれました。

キッチンで妹に応援されながら挑戦的に立ち、わたしとアビゲイルの両方を見おろす十歳児。「夕食のあいだはけっして使わないというこの誓約書にふたりともサインするまで、携帯電話を返さないからね」

ブレーキを強く踏んで、わたしが生きてきて耳にしたなかで最大のタイヤのきしる音を立てさせた十五歳。わたしは助手席で痛くなるくらい握りしめていたせいで、拳が真っ白になっていました。「あのローラーコースターに乗ったときのあたしみたいだね、パパ」娘の口調は意図的に快活なものになっていました。彼女はあたかもわたしの安全を守れるかのように自分の腕をわたしのまえに差しだしていたんです。以前に何百回とわたしが娘にしたのとおなじように。

などなど。わたしたちがいっしょに過ごした六千八百七十四日の抜粋。まるで日常の暮らしの潮が引いたあと砂浜に残されたキラキラ光る割れた貝殻のように。

カリフォルニアで、妻に娘の遺体を見るように頼まれました。ですが、わたしは見ませんでした。

父が暗室で自分のミスで残った火傷の痕を消そうとしたことと、わたしが守るのに失敗した子どもの遺体を見るのを拒んだこと、両者に違いはない、と非難されても仕方がないと思います。千もの〝できたはずだった〟ことが頭のなかを渦巻きました――自宅に近い大学へ通うよう説得できたはずだった。銃乱射サバイバル講座を受講させることができたはずだった。四六時中、防弾ベストを着用するよう命じることができたはずだった。世代を問わず銃乱射事件避難訓練を受けてきたのだから、どうしてわたしはもっとやれなかったのだろう？　ヘイリーが亡くなるまで、自分の父を理解していなかったと思い至りました。傷付き、臆病になり、自責の念にさいなまれた父の心に共感したのです。

ですが、結局のところ、娘について自分のなかにたったひとつだけ残っているものを守りたかったから、遺体を見たくなかったんです――それまでの思い出を守りたかった。

もし娘の遺体を見たなら、射出口創のギザギザの穴や凝固した血液が凍った溶岩のように畝《うね》っている様子、ボロボロになった着衣の泥まみれの燃えかすや灰を見たなら、そのイメージがこれまでに蓄えてきたものすべてを圧倒し、一度の激しい噴出で娘の、マイ・ベイビーの思い出が焼き尽くされ、あとには憎悪と絶望しか残らないとわかっていたのです。ちがう、あの命を失った死体はヘイリーじゃない、わたしが覚えていたい子どもじゃないのだ、と。わたしは、トランジスターやビットに自分の記憶を記録させるのを認めないのとおなじように、その一瞬で娘の全存在にフィルターをかけさせるのを認めるつもりはありません。

そのため、アビゲイルが向かい、シーツを持ち上げ、ヘイリーの残骸を、わたしたち夫婦の生きがいの残骸を凝視しました。妻は写真も撮影しました。「このことをわたしは覚えてもいたい」妻はくぐもった声で言いました。「自分の失敗の結果、苦しんでいるときのわが子に背を向けちゃだめ」

アビゲイル・フォート

あの人たちはわたしたちがまだカリフォルニアにいるときにやってきました。

わたしは無感覚になっていました。何千人もの母親たちが訊いてきた質問がわたしの心のなかに群がっていました。なぜ犯人はあのような大量の兵器を集めるのを許されたの？　なぜだれもあらゆる危険の兆候があったにもかかわらず、彼を止めなかったの？　わが子を救うため、どんな異なる行動を取れたの——取ればよかったの？

「あなたはなんでもできます」あの人たちは言いました。「ヘイリーの思い出を称え、変化をもたらすためにいっしょに運動しましょう」

おおぜいの人がわたしを浅はかだと呼んだり、もっとひどい言葉を投げつけたりしてきました。なにが起こるとわたしは思っていたんでしょう？　〝思いと祈り〟、つまり、〝わたしもおなじ気持ちです〟で終わる、まったくおなじ文章を何十年も見てきて、今回だけ異なるものになるだろうとどうして思えます？　まさに狂気の定義そのものでした。

冷笑主義は一部の人間を無敵にして、優越感に浸らせるかもしれません。でも、だれもがそのように作られているわけではないのです。悲しみに囚われ、わずかな希望の光にしがみつくのです。

「政治は壊れている」と、あの人たちは言いました。「小さな子どもたちが亡くなり、新婚カップルが亡くなり、新生児をかばって母親が亡くなったなら、やっとなにかの手を打つには充分なはずです。なのに、いっさいそういうことにはならない。論理と説得は力を失ってしまっており、わたしたちは情熱をかきたてねばなりません。マスコミに殺人犯に対する大衆の病的な好奇心を向けさせるのでなく、ヘイリーの物語に焦点を当てさせましょう」

まえにもおこなわれたわ、とわたしはつぶやきました。被害者をまんなかに据えるのは、目新しい政治的な動きではまったくありません。被害者がたんなる数字ではなく、統計のデータではなく、死者のリストにある抽象的な名前のひとつでないことを確認したいのでしょう。人々は自分たちの優柔不断と無関心が生んだ人的被害の結果に直面すれば、事態が変わるとあなたは思っているでしょう。でも、そんなふうにはいきませんでした。いくわけがありません。

「そういうことにはなりません」彼らは食い下がりました。「われわれのアルゴリズムを使えば」

彼らはそのプロセスをわたしに説明しようとしました。その説明にあった機械学習と畳みこみニューラル・ネットワークとバイオフィードバック・モデルの詳しい内容は思い出せないのですけれど。彼らのアルゴリズムは、エンターテインメント産業が発祥で、映画の価値を評価し、興行的成功を予測し、最終的にはヒット作の製作をするために用いられていました。そのアルゴリズムの特許権のある変化系が製品設計から政治演説起草までさまざまな用途で用いられています。感情の関わりが決定的に重要なあらゆる方面で。感情は詰まるところ生物学的現象であり、超自然的な発散物ではなく、傾向とパターンを識別し、衝撃を最大限にする刺激に狙いを定めることが可能になるというのです。このアルゴリズムは、ヘイリーの人生の映像的物語を入念にこしらえ、それを冷笑主義の硬い殻を打ち砕くための破城槌《はじょうつい》にして、見る者を行動に駆り立て、彼らの自己満足と敗北主義を恥じ入るようにさせるのだというのです。

　そのアイデアは馬鹿げているように思えます、とわたしは言いました。エレクトロニクスがわたしよりも娘のことをよく知っているなんてありえますか？　現実の人間の心が動かないのに、どうして機械が動かせるというのですか？

「写真を撮影するとき」彼らはわたしに問いかけました。「あなたはベストショットを撮るため、カメラのAIを信用しませんか？　ドローン映像を編集するとき、もっとも興味深い場面を識別し、完璧な場面フィルターで強調するためにAIに頼りませんか？　このアルゴリズムはその百万倍以上、強力なんです」

　わたしは彼らに家族の思い出のアーカイブを渡しました――写真やビデオ、スキャン画像、ドローン映像、録音、没入《イマージョン》素材。わたしは彼らにわが子を託しました。

　わたしは映画評論家ではありませんし、彼らが用いた技術の専門用語も知りません。家族が口にした、おたがいに向けた、見知らぬ観客相手ではない言葉だけでナレーションされ、その結果は、わたしがいままでに見たどんな映画やVRイマージョンとも異なっていました。ひとりの人生の過程を除くと、なんの筋書きもありませんでした。好奇心や思いやり、この宇宙を受け入れようとする子どもの衝動、なにかになろうとする衝動を祝う以外に、なんの真意もありませんでした。それは美しい人生であり、愛され、愛されるに値する人生でした。いきなり、暴力的に断ち切られる瞬間までは。

こんなふうにヘイリーは他人の記憶に残っているべきだ、とわたしは思いました。しとどに涙に暮れながら。**こういうふうにわたしはあの子を見たいのだし、こういうふうにあの子は見られなきゃならない。**

わたしは彼らに祝福を与えました。

サラ・フォート

子どものころ、グレッグとわたしは仲が良くありませんでした。現実とは関係なく、家族が成功や礼儀正しさのイメージを表に出すことが両親には大切でした。グレッグがそうしたイメージの表出すべてに不信感を抱いている一方、わたしはそれに取り憑かれるようになりました。

祝日の挨拶を別にして、大人になってからわたしたちは滅多に会話を交わさず、相手を信頼して打ち明け話をすることはまったくありませんでした。姪たちの様子は、義姉のアビゲイルのSNS投稿を通じて知るのみでした。

いまのは、もっと早くに介入しなかったことに対する自分なりの言い訳なんでしょうね。

ヘイリーがカリフォルニアで死んだとき、わたしは、乱射事件の犠牲者家族を相手にすることを専門にしている何人かのセラピストの連絡先情報をグレッグに送りましたが、彼らが悲嘆に暮れているときにしゃしゃり出るのは、疎遠な叔母であり、打ち解けない妹としての自分の役割を考慮すると、ふさわしくないだろう、と思いこんでいたのです。そのため、アビゲイルが銃規制の大義のためにヘイリーの思い出を捧げることに同意したとき、わたしはその場にいなかったんです。

わが社の社員紹介では、わたしの専門分野はオンライン・ディスコースの研究となっていますが、わたしの研究材料の大半は映像です。わたしは荒らし《トロール》に対抗するための鎧《アーマー》を設計しています。

エミリー・フォート　わたしはヘイリーのそのビデオを何度も見返しました。

見ないでいるのは不可能でした。没入《イマージョン》版があり、それを見ていると、ヘイリーの部屋に足を踏み入れ、彼女のこぎれいな手書き文字を読んだり、壁に飾られたポスターをしげしげと眺めることができるのです。データ節約用の低解像度版もあり、データを圧縮した人工物や被写体ぶれのせいで、ヘイリーの生活が古風で、幻想的に見えるのです。だれもが自分が善人であり、犠牲者の側に立っていることを再確認する方法としてそのビデオを共有しました。クリックし、スレを上げ、灯っている蠟燭の絵文字を打ち、動画を共有。ビデオは強力でした。わたしは泣きました。おなじように何度も。悲嘆や連帯感を表すコメントが、けっして終わらない通夜のようにメガネにスクロールしていきました。ほかの乱射事件の犠牲者家族のみんなが、希望にふたたび火を灯され、支援の声を上げてくれました。

ですが、そのビデオのなかのヘイリーは赤の他人のように感じられたんです。ビデオのなかの要素はすべて本物でしたが、それらが嘘のように感じられました。

教師や親たちは自分たちの知っているヘイリーを愛していましたが、彼女が教室に入ると、身をすくめる臆病な女の子が学校にはひとりいたんです。一度、ヘイリーは酒を飲んで車を運転して家に帰ってきたことがありますし、妹のわたしからお金を盗んで、そのお金を彼女の財布のなかでわたしが見つけるまで、嘘をついたこともあります。ヘイリーは人を操る方法を心得ており、それをまったく恥じていなかったのです。彼女はとても忠実で、勇気があり、親切でしたが、向こう見ずで冷酷でケチくさくもなれました。わたしは人間臭いヘイリーを愛していましたが、ビデオのなかの女の子は、等身大の姿ではありませんでした。わたしは自分の気持ちを押し殺していました。疚《やま》しかったんです。

ママが突進する一方、パパとわたしは途方に暮れ、尻込みしていました。ほんの一瞬、潮目が変わったかのように見えました。連邦議会議事堂とホワイトハウスのまえで、熱を帯びた大決起集会が開かれ、演説がおこなわれました。群衆がヘイリーの名を連呼しました。ママは一般教書演説に招かれました。ママがその運動の遊説をおこなうため仕事を辞めたとマスコミで報道されると、うちの家族のための寄付金を集める秘密の資金パーティーがひらかれました。

すると、荒らし《トロール》がやってきたんです。

奔流のような電子メールやショートメッセージ、ランブル、スクイーク、スナップグラム、テレヴァーがわたしたちに押し寄せてきました。ママとわたしは、ネット娼婦《クリックホア》とか、金をもらって芝居する女とか、悲しみをネタに稼ぐ人間《グリーフ・プロフィッター》と呼ばれました。パパが社会的に不適格で男らしくないことをわざわざ説明する長ったらしくてまとまりのない文章を見知らぬ人間が送りつけてきました。

ヘイリーは死んでいない、と見知らぬ人間がわたしたちに告げました。ヘイリーは実際には海南島南部の都市、三亜《サンヤー》に住んでいるのだ、と。国連と合衆国政府の協力者たちが金を払って死んだふりをさせている数百万人のひとりだ、と。ヘイリーのボーイフレンド——彼もまた乱射事件で〝明らかに死んでいない〟ことになっており——が人種的に中国系であり、それがその結び付きの証拠である、と。

ヘイリーのビデオは、改竄とデジタル捜査の証拠として、攻撃の的になりました。匿名のクラスメートの発言が引用され、ヘイリーを常習的虚言癖の持ち主で、詐欺師、芝居がかった行動を取る人間だったとレッテルを貼られました。

〝誤りを訂正した〟映像をインターカットして、切り取られたビデオの一部が、コンピュータ・ウイルスを付けられて出回りはじめました。新しいビデオクリップで、ヘイリーがカメラに向かってくすくす笑いながら手を振りつつ、ヒトラーやスターリンの言葉を引用し、ヘイト・メッセージを吐き出すように見せるためのソフトウェアを利用する人たちも現れました。

わたしは自分のアカウントをデリートし、自宅に引き籠もり、ベッドから降りる力すら振り絞れなくなりました。うちの両親はわたしを放っておきました――ふたりには戦わねばならない自分たちの戦いがあったのです。

サラ・フォート

デジタル時代に入って数十年、荒らし《トロール》の技術は、あらゆるニッチを埋めるように進化し、テクノロジーと良識の境界線を押し広げてきました。

トロールが組織だっていない精度で、目的のない悪意を持って、他人の不幸を喜びながら、兄の家族のまわりに群がるのをわたしは遠くから見ていました。

陰謀論が手の込んだフェイクと混じり合い、やがて同情を裏返したミームとなり、痛みは抽象化されて（笑）になりました。

「ママ、地獄の砂浜はとっても暖かい！」

「わたしに開いた新しい穴が大好き！」

ヘイリーの名前の検索がポルノ・サイトでトレンドになりはじめたのです。多くがＡＩに動かされたボット・ファームであるコンテンツ・プロデューサー・ソフトが、わたしの姪をフィーチャーした手続き型生成フィルムやVR没入素材を吐きだしました。そのアルゴリズムは、公に入手できるヘイリーの素材を使って、彼女の顔や体や声を一体にしたフェティッシュなビデオを作りあげたのです。ニュース・メディアはその状況を怒りを込めて報道しました。ひょっとしたら本気で怒っていたのかもしれません。その報道がさらなる検索に拍車をかけ、さらなるコンテンツを発生させ……。

研究者として、無私であること、臨床的な無私の態度で現象を観察し、研究するのは、わたしの義務であり、習慣でもあります。ひょっとしたら魅力を感じていたのかもしれません。トロールを政治的動機を持った存在として見るのは、単純すぎる見方です——少なくとも、トロールという用語が普通に理解されている意味では。憲法修正第二条至上主義者が、そのミームを広めるのに役立ってきましたが、元々のトロールたちは、往々にして、いかなる政治的大義にもほとんど信念を抱いていませんでした。8taku や duangduang のような無政府主義のサイトや、過去十年のアク禁戦争で発生した代替ウェブサイトがこうしたインターネットのフンコロガシたちの住み処《か》になっています。われわれの集合的オンライン無意識のイド。タブー破りや罪を犯すことに喜びを見出しているトロールたちは、口にできないことを口にしたり、誠実な人間を嘲ったり、ほかの人間が禁忌だとはっきり謳っているものをからかったりする以外に、共通の関心を持っていません。良識に反した汚らわしいもののなかで転げまわることで、トロールたちは、社会の技術の影響を受けた絆を冒瀆すると同時に、問題点を明白にしているのです。

ですが、人として、トロールたちがヘイリーのイメージに対しておこなっていることを見るのは耐えがたかったのです。わたしは疎遠になっていた兄とその家族に連絡しました。

「わたしに手助けさせて」

機械学習によって、どの被害者が標的にされるかをかなりの精度で予測できるようになりましたが——トロールたちは自分たちが思いたがっているほど予測しがたい存在ではありません――わたしの雇用主やほかの主要なソーシャル・メディア・プラットフォームは、ユーザーが作成したコンテンツを取り締まることと、株価を動かし、それによってすべての決定を左右する指標である「エンゲージメント」を冷やしてしまうこととの間で、微妙な線引きをしなければならないことを痛いほど自覚しています。

攻撃的な解決策は、とくにユーザーの通報と人間の判断に依存している場合は、容易にすべての関係者に悪用されてしまう処理であり、どの企業も検閲の非難をこうむってきました。最終的に、企業は両手を上げ、複雑な実施方針マニュアルを放棄してしまいました。企業には、社会全体のための真実と良識の裁定者になるためのスキルも関心もありません。民主主義政府でさえ解決できなかった問題を、どうやって企業が解決しうると期待できるのでしょう?

時が経つにつれ、ほとんどの企業はひとつの解決策に集中していきました。話者の行動を判断することに焦点を当てるのではなく、聞き手が自身を遮蔽することにリソースを割いたのです。(熱がこもっているとはいえ)合法的な政治的発言と、周到に準備された全員にとってのハラスメントをたちどころにアルゴリズムで選別するのは、厄介な問題です――権力者に真実を告げているとして一部の人間に称賛されているコンテンツが、常軌を逸したものとしてほかの人たちに非難されることがよくあります。特定のユーザーが見たくないコンテンツを選別して排除するための個別にチューニングされたニューラル・ネットワークを構築して教えこむほうがはるかに容易なのです。

新しい防御ニューラル・ネットワークは――〝鎧《アーマー》〟の名で市場に出されました――コンテンツの流れに反応する各ユーザーの感情状態を監視します。テキストおよびオーディオ、ビデオ、AR/VRを網羅するべクトルで動作することができ、〝鎧〟は、ユーザーを特に不快にするコンテンツを認識するよう、自身に教えこみ、それを排除し、静謐《せいひつ》な虚空だけを残します。

複合現実《MR》感や没入がより一般的になったいま、鎧を身に着ける最良の方法は、映像刺激のすべてのソースをフィルターにかける拡張現実メガネを通して見ることです。トロール行為は、古いウイルスやワームとおなじく、技術上の問題なので、目下、われわれは技術的な解決策を手にしているのです。

もっとも強力でパーソナライズされた保護を発動させるためには、人はお金を払わなければなりません。鎧の学習訓練もおこなっているソーシャル・メディア企業は、このソリューションによってコンテンツの取り締まりビジネスから解放され、バーチャル・タウンの広場でなにが受け入れられないかを判断する必要がなくなり、ビッグブラザー・スタイルの検閲からだれもが解放される、と主張しています。この言論の自由を擁護する倫理観が、より多くの利益と一致していることは、間違いなくたんなる後付けの考えではありません。

わたしは兄とその家族にお金で買うことができる最高の最先端鎧を送りました。

アビゲイル・フォート

わたしの立場を想像してみて。自分の娘の体がデジタルのハードコア・ポルノに押しこまれ、娘の声でヘイトの言葉を繰り返すようにされ、娘の顔が言葉にするのもおぞましい暴力で切り刻まれているのです。それが起こったのは自分のせい、自分が人の心の邪悪さを想像できなかったせい。それなのに止められたというのですか？ 離れていられたというのですか？

鎧がそうした恐怖を抑えていたのは、わたしが投稿とシェアをつづけ、嘘の潮に対して声を上げつづけていたからです。

ヘイリーは死んでおらず、銃規制を目論む政府の陰謀に加担した女優だったという考えは、あまりに馬鹿げていて、反論に値しないように思えました。ですが、わたしの鎧がニュースサイトやマルチキャスト・ストリームの見出し以外をブランクにしはじめたとき、どういうわけかその嘘が本格的な論争になってしまったことに気がつきました。現実のジャーナリストたちが、クラウドファンディングで集めたお金をわたしがどのように使ったのか、領収書を出すように要求しだしたのです――うちの家族は一セントも受け取っていません！　世界は正気を失っていました。

わたしはヘイリーの遺体写真を公表しました。この世界には、慎み深さがいくらかでも残っているはずだ、とわたしは考えたんです。目のまえに証拠を突きつけられたら、だれもそれに反論できないでしょう？

事態は悪化しました。

インターネットの顔のない群れにとって、だれがわたしの鎧を破ってなにか届けられるかを確認するのがゲームになりました。わたしを震え上がらせ、後ずさりさせるような毒を含んだビデオでわたしの目を突き刺すのだ、と。

乱射事件で子どもを失ったほかの親のふりをして、ボットがメッセージを送ってきました。それらのメッセージをホワイトリストに載せると、憎むべき動画が続々と送られてきました。送られてきたヘイリーの思い出に捧げるスライドショーは、いったん鎧が通過を認めると、暴力的なポルノに変貌しました。彼らは資金を貯めて、雑用係を雇い、配達ドローンをレンタルして、わたしの自宅に近いところに基準となるマーカーを置き、ヘイリーがもだえ苦しみ、クスクス笑い、呻きを漏らし、悲鳴を上げ、毒づき、せせら笑う拡張現実のゴーストでわたしを囲みました。

なかでも最悪なのは、軽快なサウンドトラックをつけて、ヘイリーの血まみれの遺体の画像をアニメーションにしたことです。娘の死は、わたしが若いころの〈ハムスター・ダンス〉のように、ジョークとしてトレンド入りしたのです。

グレッグ・フォート

時々、わたしは自由という概念を誤解しているのではないかと思うことがあります。われわれは「しない自由」よりも「する自由」を重視しています。人々は銃を所有する自由がなければならないため、唯一の解決策は、子どもたちにクローゼットに身を隠し、防弾バックパックを背負えと教えることです。人々は投稿したり、好きなことを言ったりする自由がなければならないため、唯一の解決策は、彼らの標的に鎧を着るように教えることです。

アビゲイルがあたりまえのように決心し、わたしたちはそれに従いました。手遅れでしたが、止めるように、撤退するように乞い願いました。自宅を売却し、ほかの人たちと関わりたいという誘惑から離れた、どこか遠くに引っ越すつもりでした。つねに繋がっている世界と、われわれが溺れかけている憎しみの海から離れたところに。

ですが、サラの鎧が、妻に偽の安心感を与え、行動を倍加させ、トロールとの戦いに立ち向かわせたんです。「娘のために戦わねばならないの」と、妻はわたしに向かって叫びました。「あの子の思い出を汚させるわけにはいかないわ」

トロールが攻撃を激化させるなか、サラは鎧のパッチを次々と送ってきました。妹は敵対的補完セットや自己修正コード検出機能、視覚化オートヒーラーのような名のレイヤーを追加しました。

繰り返し繰り返し、鎧は一時的に持ちこたえたものの、すぐにトロールは新たな突破口を見つけました。

人工知能の民主化というのは、サラが知っているすべての技術を相手は知っているという意味ですし、トロールたちは学習し、適応することができる装置も持っていました。

アビゲイルはわたしの意見に聞く耳を持っていませんでした。わたしの願いは、閉ざされた耳には届かなかったのです。ひょっとして、妻の鎧は、わたしを締めだすべき怒りの声の持ち主として見なすよう学習したのかもしれません。

エミリー・フォート

ある日、ママがパニックにかられてわたしのところにやってきました。「あの子がどこにいるのかわからないの！　あの子を見られない！」

ママはヘイリーがなってしまったプロジェクトに取り憑かれて、何日もわたしと話していませんでした。ママがなにを言っているのか理解するのにしばらくかかりました。わたしはママといっしょにコンピュータのまえに腰を下ろしました。

ママはヘイリーの思い出ビデオへのリンクをクリックしました。自分に活力を与えるため、ママは日に何度もそのビデオを見ていたんです。

「そこにないの！」ママは言いました。

ママはうちの一家の思い出を置いているクラウド・アーカイブをひらきました。

「どこにヘイリーの写真があるの？」ママは言いました。「Ｘｓというプレースホルダーしかない」

ママはわたしに自分の携帯電話や、バックアップ・エンクロージャや、タブレット端末を見せました。

「なにもない！　なにも！　ハッキングされたのかしら？」

ママは両手を胸のまえで力なくひらひらと動かしました。罠にかかった鳥の翼のように。「あの子はいなくなってしまった！」

なにも言わずにわたしはファミリールームの棚のところにいき、わたしたち姉妹が幼いころに母がこしらえてくれた年次写真アルバムの一冊を取りだしました。写真を印画して貼ったものです。ヘイリーが十歳でわたしが八歳だったときに撮影された家族写真の貼ってあるページをひらきました。

わたしはそのページをママに見せました。

またしても喉が詰まったような悲鳴が上がりました。

ママは震える指で、そのページのヘイリーの顔を軽く叩き、そこにはないなにかを探していました。

わたしは理解しました。苦しみが心を塞ぎました。愛情を食い尽くす哀れみが浮かびました。わたしはママの顔に手を伸ばし、そっとママのメガネを外してあげました。

ママはページをまじまじと見つめました。すすり泣きながら、ママはわたしを抱きしめました。

「あの子を見つけてくれた。ああ、おまえがあの子を見つけてくれたわ！」

見ず知らずの人に抱きつかれている気がしました。いえ、ひょっとしたら、わたしがママにとっての見ず知らずの人間になっていたのかもしれません。

サラ叔母さんから聞いていた説明では、トロールたちはとても注意深く攻撃してきたそうです。一歩ずつ、連中は母の錯を学習させ、母の心痛の源としてヘイリーを認識するようにさせたんです。

ですが、別の種類の学習もわたしたちの家で起こっていたのです。わたしの両親は、わたしがヘイリーと関係することをやっているときにしか、わたしに関心を示しませんでした。まるで、彼らはもはやわたしを見ていないかのようだったのです。まるでわたしがヘイリーの代わりに抹消されたかのように。

わたしの悲しみは、暗くなり、悪化しました。自分が幽霊とどうやって伍していけるのでしょう？　完璧な娘が失われたのは一度ではなく、二度では？　永遠につづく贖罪を要求する犠牲者？　そのようなことを考えてゾッとしましたが、わたしは考えずにはいられなかったんです。

わたしたちはそれぞれの罪悪感に沈んでいきました。それぞれひとりぼっちで。

グレッグ・フォート

わたしはアビゲイルを咎めました。それを認めるのは誇らしいことではありませんが、咎めてしまったんです。

わたしたちはたがいに怒鳴り合い、皿を投げつけ、子どものころ、自分の両親がおこなっていたのを中途半端に覚えているドラマを再現しました。怪物に駆り立てられて、わたしたち自身が怪物になったんです。

殺人犯がヘイリーの命を奪う一方で、アビゲイルは娘の姿をインターネットの底なしの食欲への捧げ物として差しだしたんです。アビゲイルのせいで、わたし自身のヘイリーの思い出は、彼女の死後にやってきた恐怖を通したものに永遠になってしまいました。アビゲイルは、個々の人間を集めて、ひとつの巨大で集合的な歪んだ視線に仕立て上げる装置を召喚したのです。わたしの娘の思い出を捕まえ、嚙み砕いて、終わらぬ悪夢にしてしまう装置を。

砂浜で割れた貝殻は、荒れ狂う深淵の毒で光ったのです。

もちろん、この言い草はフェアではありませんが、だからといって、それが真実ではないというのでもありません。

“心なき者”、自称トロール

自分が何者かと言ったところでそれを証明する術《すべ》はなく、あるいは、自分がやったと主張することをやったと証明する術もない。こっちの正体を実証できるようなトロールの登録所は存在しないし、確証のあるソースを伴ったウィキペディアのエントリーもない。

こっちがたったいまあんたにトロール行為《トローリング》をしかけ

ていないと断言することすら、あんた、できるかい？

自分の性別や人種やだれと寝るのが好みなのか、伝える気はない。なぜならそうした細部は、こっちがやったことと無関係だからだ。ひょっとしたらこの人間は銃を一ダース持っているかもしれない。ひょっとしたら銃規制の熱心な支持者かもしれない。

この人間はフォート一家を狙った。彼らがそれに値するからだ。

安らかに眠れ《RIP》トローリングは、長く誇らしい歴史がある。われわれのターゲットは本物ではない相手がつねだ。悲しみはプライベートで、パーソナルで、隠されているものであるべきだ。あの母親が死んだ娘をシンボルにしたのが、政治的道具に仕立てたのが、どれほどおぞましいことかわかるかい？ 公人としての人生は、本物ではないもののひとつだ。そのアリーナに入場した連中はだれであれ、もたらされる結果の用意をしておかねばならない。

あの娘のオンライン追悼をわかちあい、ヴァーチャルな蠟燭を灯した寝ずの祈りに出席し、悔やみを述べ、行動する意欲に駆り立てられたと明言した人間は、みな等しく偽善の罪を犯している。一分間で数百人を殺害できる銃の拡散が悪いことだと、だれかに死んだ若い娘の画像を顔に突きつけられるまで思わなかったのかい？ あんたはどうかしてるんじゃないか？

それからあんたたちジャーナリストは最悪だ。人の死を消費可能な記事にしたてることで金を稼ぎ、賞を獲得している。もっと広告を売るため、ドローンのまえで生存者たちにすすり泣くよう促している。苦しみをわがことのように擬態的に感じさせることで、自分たちの哀れな人生に意味を見つけるよう読者を誘っている。われわれトロールは、もはやくよくよしていない死者の絵姿で戯れているが、あんたたち臭い屍肉喰らいたちは、死者を生者に喰わしてやって太り、金持ちになっている。信心家ぶった連中も、もっとも汚れた心の持ち主であり、大声で泣く被害者というのは、注目をいちばん浴びたがっている連中だ。

いまやだれもがトロールなんだ。もしあんたが一度も会ったことがない他人に暴力を振るいたがるミームをいいねしたり、シェアしたりしたことがあるなら、ターゲットが〝強い力を持っている〟という理由で毒をこめて刺々しく言ったり、嫌味を言ったりするのはかまわないと思ったことが一度でもあるなら、激昂した群衆のなかにあって大げさに叫ぶことで自分が善であることを合図しようと一度でもしたのなら、ある被害者のために集められた募金がほかのもっと〝特権のない〟被害者に渡されるべきだったのにと両手をもみ合わせて嘆いて、懸念を表明したことが一度でもあるなら——そうしたら、こんなこと言いたくないのだけど、あんたもトロールリングをしていたんだ。

われわれの文化におけるトロール的言説の増殖は、有害であり、勝つための唯一の方法が気にしないことだという議論の条件を平等にするために鎧が必要だと言うものがいる。だけど、鎧がどれほど倫理に反するものかわかっていないのかい？　鎧は弱い者に自分は強者だと思いこませ、臆病者をゲームになんの関わりもないヒーローだと勘違いさせるんだ。もしほんとうにトロール行為を軽蔑しているなら、あの鎧が事態を悪化させるだけだととっくに悟ってしかるべきだ。

自分の悲しみを武器にすることで、アビゲイル・フォートは、トロールのなかで最大の存在になった——ただし、彼女はトロール行為が下手で、鎧を着けたたんなる知力の劣る人間に過ぎなかった。われわれは彼女を打ちのめさねばならなかった——そしてその延長線上で、残りのあんたたちを打ちのめさねばならなかった。

アビゲイル・フォート

政治は正常に復しました。子どもや若い成人に合わせた防弾ベストの販売は、健全な壁に突き当たりました。学校での状況認識と銃乱射事件訓練の授業を提供する企業が増えました。人生はつづいていきます。

わたしは自分のアカウントを削除しました。意見を表明するのを止めました。ですが、家族にとっては遅すぎました。エミリーはできるようになったとたんに家を出ていきました。グレッグは賃貸アパートの部屋を借りました。

自宅でひとりきりになり、わたしの目は鎧なしで、ヘイリーの写真とビデオのアーカイブを分別しようとしています。

六歳の誕生日のビデオを見るたびに、わたしの心にはポルノ動画の呻きが聞こえてきます。高校の卒業式の写真を見るたびに、シンディ・ローパーの「ガールズ・ジャスト・ワナ・ハヴ・ファン」の曲に合わせて踊っている娘の血まみれの死体アニメーションが見えます。なにかのいい思い出を探して古いアルバムのページをめくろうとするたび、娘のARゴーストが、ムンクの〈叫び〉のようにグロテスクに歪んだ顔で、「ママ、この新しいピアスは痛いよ！」とキャッキャと笑いながら、いまにもこちらに飛びかかってこようとしていると思って、椅子に座ったまま飛び上がりそうになるのです。

わたしは悲鳴を上げ、すすり泣き、助けを求めました。セラピーも、瞑想も役に立ちませんでした。やがて、なにも考えられなくなり、怒りに任せ、わたしはすべてのデジタル・ファイルを削除し、写真を印画したアルバムをシュレッダーにかけ、壁にかかった額を壊しました。

トロールたちはわたしの鎧を学習させたのとおなじようにわたしを学習させたのです。

わたしはもはやヘイリーの画像をいっさい持っていません。彼女がどんな様子だったのか思い出せません。わたしはほんとうに、ついに、わが子を失ったのです。

そんな状態でもわたしは許されないのでしょうか？

切り取り

Cutting

　雲よりはるか上にある山の頂で、許寺の僧侶たちは聖なる書から言葉を切り取って日々を送っている。

　僧侶たちの信仰は、はるかむかしに生まれたものだ。聖なる書が記された羊皮紙に基づいて信仰を導いたのだが、羊皮紙は脆く、皺が寄っており、ところどころ水で傷んで読めなくなっている。寺の最古参である大僧正は、若い修行僧だったころ、聖なる書がすでにそんな様子だったと覚えている。

「聖なる書は、神々とともに歩み、語らう人々によって書かれたものぞ」ブルブルと体を震わせている大僧正は、いったん口をつぐみ、目のまえに整然と並んで座している若い僧侶たちの心にいま言った言葉を沁みこませた。「彼らは自分たちの心の経験で覚えていることを記録に留めた。それゆえに、聖なる書を読むことは、神々の声をふたたび聞くことなのである」若い僧侶たちは石の床に額を触れ、両手を広げて祈りを捧げる。

　しかし、僧侶たちは、神々がしばしば曖昧な話し方をしていたことと、人間の記憶が壊れやすく、扱いの難しい装置であることも知っている。

「子どものころの友の顔を思い浮かべるがいい」大僧正は言う。「心にその姿を抱いたまま、その様子を言葉に書き出してみよ。集められるかぎりの細部の情報を加えて。

　次にその顔をふたたび考えてみよ。記憶のなかで微妙に変わっているはずぞ。その顔を描写するのに用いた言葉が、記憶の一部に取って代わってしまったのよ。思い出すという行為は、たどり直す行為であり、そうすることで、われわれは原紙を削り、変えてしまう。聖なる書を執筆した人々も同様ぞ。熱意と情熱をこめ、彼らは自分たちが真実と信じるものを書いたが、多くの事柄で間違いを記した。彼らはただの人間なのだから。

われらは聖なる書に記された言葉を研究し、瞑想を重ね、その結果として、何層もの隠喩に埋もれた真実を掘り起こせるかもしれぬ」大僧正は、長い白髯を撫でる。

かくして、毎年、僧侶たちは、何度となく議論を重ねたあげく、聖なる書から切り取るべき言葉に合意する。そして、切り取られた羊皮紙の断片は、神々への供物として燃やされた。

このようにして、聖なる書の下にある聖なる書を、物語の背後にある物語をあらわにするため、余分な箇所を切り取っていると、僧侶たちは自分たちも神々と交信しているのだと信じている。

何十年か経つうちに聖なる書はますます軽くなり、頁は穴だらけになっていった。かつては言葉が記されていた箇所に穴や隙間やなにもないところができて、線細工のように、レースのように、崩れかけた蜂の巣のようになった。

「われらは覚えていようと努めるのでなく、忘れようと努めるのぞ」そう言って大僧正は聖なる書からあらたな一語を切り取るのだった。

◆

信仰は

脆く、

傷んで

人々によっ

て

整然と並んで
沁み
。
経験 人々
は
。
触れ 祈り
記憶が壊れやすく、扱いの 何層もの隠喩に埋もれ
難しい 知っている。
子どものころ 。
合意す
る
たどり直す

穴や隙間やなにもないところ

。

覚えていようと努める　、忘れよう

と

。

◆

覚えていよ　忘れよう

と

。

充実した時間

Quality Time

「ウィロボット社にようこそ」快活な人事担当責任者が言った。「ジェイクとロン、それにわれわれ社員全員がみなさんの貢献を期待しています！」

「あなたは熱狂的信者？」隣にいる女性が低い、含みのある声でわたしに訊いた。わたしはとまどって彼女を見た——彼女の名札にはエイミーと記されていた。

　エイミーはコーヒーに口をつけ、顔をしかめると、会議室のテーブルを指関節でコツコツと叩いた。テーブルの中央にある小さなコーヒーメイカーがクルリとまわり、ひとつだけついたカメラがエイミーに向けられた。レトロな外見で、クロムめっきされ、丸みを帯びたてっぺんがついているずんぐりした黒い円柱だった。エイミーは笑みを浮かべると、コーヒーメイカーを手招きした。

「熱狂的信者って、なんの？」

　わたしは囁《ささや》き声で問い返した。訊かずにはいられなかった。手当や支給品の説明に集中すべきだとわかっていた——昨夜、電話で五回も、大学を出て最初の就職で、企業拠出年金に天引きで貯蓄する大切さをママから口うるさく強調されていた。だけど、わたしは不安になっており（いまこの瞬間、画面に出ているスライドは、**われわれの不可能な任務《インポッシブル・ミッション》**を告げているところだ）、エイミー——四十代、短く刈りつめた髪型、左腕に任天堂のゲーム機で遊んでいるふたりの妖精《フェアリー》のタトゥー——は、智慧を分け与えてくれそうに見えた。

「シリコン・ヴァレーの神話の信者」エイミーは言った。

コーヒーメイカーがエイミーのほうに車輪を転がして近づいてきた。モーターが柔らかなブーンという音を立てている。その装置は二、三インチ離れたところで停止し、カメラ・アイを取り巻いているリングが点滅した。エイミーは身を乗りだし、ロボットの側面に付いているゴミ処理落とし樋《シュート》にマグカップの中身を捨てた。

そののち、タッチ画面に新しい注文を控えめにタップする代わりに、エイミーは椅子にもたれかかると、声に出して言った。「紅茶。アールグレーを。ホットで」

ほかの新入社員——ほぼ全員がわたしと同年代だ——の一部は、その声による中断を気にして、咎めるようにエイミーを見た。ほかの数人はクスクスと笑った。

「昔からこれをやってみたかったんだ」エイミーは言った。コーヒーメイカーが新しい飲み物をマグカップに充たしていくと、満足げな笑みを彼女は浮かべた。

腹を立てた様子を見せる代わりに、人事担当者は寛容な笑みを浮かべた。「わたしもファンでした。次のスライドに移れという完璧な指示《セグエ》ですね」彼女はリモコンのボタンを押した。

新しいスライドには、ウィロボット社の二人の創業者の古い写真が映しだされていた。学生寮の部屋にいるオタクっぽい男子大学生。まわりには機械部品や電子部品が散らかっているだけでなく、螺旋とじのノートも積み重なっていた。「先進ロボット工学を通じて、人類の生活を向上させること以上に大切な継続ミッションはない、とわれわれは信じています。みなさんひとりひとりが、変化をもたらすことができる、不可能だと思っていたことを達成できる、ジェイクとロンのように行動できると思っていただきたいのです。うまく動くとはだれも信じていないような設計図が詰まったノートとともにこの会社をはじめたとき、二人合わせても八十五ドルしか資金がなかったんです……」

エイミーがわたしに体を寄せてきた。「あれはひどい演出の写真なのか、二人組のひとりはプログラミングが苦手なのかのどちらかだね」

「へー？」

「コンピュータ画面に映っているパールのあのスニペットを見て。全部の行を読みこんで配列にしてみるとどうなる？ うまくいきっこない」

わたしは写真を見てから、またエイミーに視線を戻した。ポカンとした表情を浮かべて。

「じゃあ、プログラマー《コーダー》じゃないんだ？」

わたしは首を横に振った。「大学の専攻は、民間伝承と神話」

エイミーは面白そうにわたしをじっと見た。「そりゃいいね。あたしたちはもっと話さないと」

まいったな、いまの工学ジョークさえわからない。パニックの波が押し寄せてくるのを抑え、自家製こころのチキンスープのなかに避難した。シリコン・ヴァレーのもっともホットな会社のひとつが、わたしのなかにあるなにかを見ずに文系専攻者を雇ったりしないよね？

人事担当者はノートの束を取りだし、みんなに手渡した。「みなさんの最初の、もっとも重要な支給品です！」

ノートは、剝《は》ぎ取り式のグラフ用紙だった。わたしは自分の用紙をめくった。標準的な方眼が描かれている代わりに、用紙には螺旋や蜂の巣、動物の形で埋められた平面充塡《テッセレーション》、ランダムなドットをちりばめたもののような型破りな模様が印刷されていた。

「一般通念に従わないでください」人事担当者は言った。「もし問題が解決されていないなら、それを解決することになるのはあなただ、という意味です！ 不可能なことを考えてください……そしてそれを実現しましょう！」

「企業のキャッチフレーズとしては、いまのはそんなに悪くないな」エイミーがつぶやいた。「センティリオン社の『わが社は人類を高めるために世界の情報を整理する』ほどパロディとして腐っていないし、「うちから買えないものはなにもないはず！」と唱和させながら、新人社員にツーバイフォー材で自前の机を作らせるバザール社の変なおちょくりよりはるかにいい。がんばり屋さんたちの顔を見てごらん！」

わたしはあたりを見まわして、同僚たちの様子を目にした。この風変わりな贈り物を使ってどうすればいいのかわからず、メモ帳をじっと見ている連中もいれば、感銘を受けた表情を浮かべて、ウィロボット社の次の大ヒット作をもう設計しているかのように全集中で用紙に書きこんでいる連中もいた。

エイミーは紅茶をもう一度口に含んだ。「若い子は見てて面白いね。感銘を受けたがっている」

「わたしたちがたんに言いくるめられていると思っているんですか？」エイミーの辛辣な口調に、自分がミスを犯したのではないかと心配になった。「会社レビューサイトのグラスドアは、ここの社風について、良い評価をたくさん載せているのに」

エイミーは喉を鳴らして笑った。「シリコン・ヴァレーのどの競合他社ともおなじように、送迎用のシャトルバスや、無料のナッツや果物、トゥドゥジェニーのクレジットが用意されているよ。自分の裁量の範囲でこなせるだけの責任を負わせてくれるはずだし、加えて、ここに引き留めておくための自社株購入権もくれるはず。だけど、〝真なる唯一の神話〟を信じなければ、ここではだれも成功しないね」

「もっと金を稼げって？」正直に言って、わたしは少し失望していた。エイミーの口ぶりは、すべての企業が悪であると信じている度を過ぎた冷笑家のそれのようだった。わたしですら、それが分別のある意見ではないとわかっている。

「ああ、お金はジェイクやロンのような人を動かすものじゃないよ」エイミーは言った。「シリコン・ヴァレーの信条は、世界のあらゆる問題は、キーボードとはんだごてを持った本当に賢いオタクによって解決することができるというものなの」

わたしはさらに批判的な目でエイミーを見た――十年まえの日付けがついているシェアオールのバックパック、センティリオンヴァージョン1・5発売記念Tシャツ、古いロゴがついたアプリコット社の携帯電話ホルダー。それらをわたしは名誉の印として見ていた。シリコン・ヴァレーの偉大なる会社の塹壕《ざんごう》で服務していたことを示す印である、と。だが、ひょっとして、あまり立派ではないものの印かもしれなかった。彼女の皮肉な態度を象徴しているのではないか。腐りかけていて、彼女をどこにも適合できずにしているもの。

「世界を変えたいと願うことのどこが間違っているの？」わたしは訊いた。

「なにも間違っていないよ。ただし、謙虚さを欠いている」エイミーは言った。「まあ、ただ夢に見ているだけじゃなく最終的に自分たちで未来を作っていくのは、とてもクールなことだと思うけど」

わたしは意図してエイミーから少し離れた。入社初日から彼女のネガティヴな態度に引きずられたくなかった。それに、人事担当者はついに企業拠出年金の話をはじめていた。

わたしが配属された高度《アドバンスト》ホーム・オートメーションというチームは、ウィロボット社の稼ぎ頭である掃除機や洗濯物畳み機、ホームセキュリティ製品とは異なる家庭用のブレークスルーとなる製品を開発するという漠然とした指示を受けていた。エンジニアの大半は、ほかのチームからのベテラン勢で、彼らの多くがここにいるのは、家族ともっと長く過ごしたくて、餓えた二十代の人間と競い合いたくないからだというのがはっきり感じられた。

　残念ながら、エイミーもわたしとおなじチームに配属されていた。

「民間伝承を専攻したプロマネといっしょに働いた経験はないな」エイミーは言った。

「商品を開発するのは、プログラムを書くだけじゃない」わたしは言った。「プロマネの仕事は、商品の物語を語ることなの」プロダクト・マーケティング部の部長が駆けだしのプロマネたちにあらかじめそのセリフを使っておいてくれて、とてもありがたかった。

「守備的になる必要はないね」エイミーは言った。「いずれにせよ、シリコン・ヴァレーは、テクノ・ユートピアニズムをますます必要としなくなり、歴史感覚をますます必要としていると思う。いっしょに働くのは楽しいだろうね。たとえば、神話を研究していたんだから、あなたが設定する仕事の締切は、少なくとも神話になるほど厳しいものにはならないだろうと思ったんだ。大海原のダーモクとジャラード[1]、だよね？」

　わたしは内心うめいた。まいったな、彼女は、わたしが自分のやっていることをわかっておらず、手を抜けるだろう、と思ってる。この配属はわたしのキャリアアップには、幸先のいい前兆ではなかった。

　わたしは先ほど配られたグラフ用紙のメモ帳をひらき、ページの上部に活字体で Advanced Home Automation と書きこんだ。この三語の強調のため下線を三本引き、そののち、最後のnを消し、筆記体で書き直し、末端がページの端まで届いているようにした。こうすることで、元書いたものより大胆な表明に思えた。既成の枠組みにとらわれずに考えることを象徴的に示している意思表示だ。

　だが、螺旋状のグリッド以外なにも書かれていないページのほかの箇所は、わたしを嘲っている迷宮に思えた。

「研究部門のセミナーに申しこんだ?」

ふりかえると、エイミーが背後にいて、新しい紅茶を入れたマグカップを手に、わたしのパーティションの壁に寄りかかっていた。

「いえ」わたしは忙しいふりをしようとした。

「無料の助言をひとつ――給料をもらうためにパーティションのなかに座っている必要はない。ここでは出席を取っていないの。それを利用なさい」

もうたくさんだ。「わたしたちのなかには、仕事を片づけたいと思っている人もいるの」

エイミーはため息をついた。「ウィロボット社には、世界最先端の研究者が勤めているんだよ――認知科学、コンピュータ処理、人類学、言語学、ナノマテリアル――よりどりみどり。こうした無料セミナーは、この会社の手当のなかでもっとも優れた部分」

わたしは当てつけがましくなにも言わずに、メモ帳に書きつけはじめた。


ホーム・オートメーションで未解決の問題は、なにか?


「キテオ、彼の目は閉じている」[2] そう言って、エイミーはのんびりと歩み去った。「講義は文系専攻には、技術的すぎるだろうね」

わたしがセミナー室の入り口近くにある席に腰を下ろしたとき、エイミーがニヤリと笑みを浮かべるのを見るまで、自分が操られていたかもしれないということに気づかなかった。

寝室にひとりで座って、セミナーの最中に取ったノートや、バザールで購入したAI関連の教科書の山を見つめていた――画面で読むより、物理的な本のほうがまだ好きだった。ニューラル・ネットワーク、カスケーディング・インプット、遺伝的アルゴリズム……どうしたらこういうものを全部理解できるようになるんだろう?

ヴィグノー博士のスライドから書き写した図がこちらを見つめ返してくる。その図がとてもわくわくした気持ちにしてくれるのはなぜだと思ったのか、思い出そうとする。そのときは、チェス・プロブレムみたいに興味深いように見えたのだ。

……行動ベースのロボット工学の長い伝統では、昆虫の行動研究からインスピレーションを受けてきた。だが、情報源に直接アクセスできるときにインスピレーションだけで良しとする理由はない。軍隊蟻の行動を模倣する単純なアルゴリズムをロボットにプログラムする代わりに、軍隊蟻から抽出したニューラル・パターンをロボットに刷りこめばいいのではないか？新しい試作品の掃除機は、従来モデルの三分の一の時間で室内をカバーできるし、時間の経過とともにどの箇所に埃が溜まりやすいのか学習し、そこを優先して掃除するようになって、効率が向上するのである……

「**キャー！**」バスルームから悲鳴が聞こえた。トイレの便座がバタンと下ろされる音がつづく。「来て来て来て！」

わたしは手近の武器になるようなものを──重たい教科書を──摑むと、バスルームに駆けこみ、ルームメートのソフィーを脅かしているものがなんであれ、それと戦う用意をした。

ソフィーはバスタブにうずくまって、便器をじっと見つめていた。恐怖のあまり大きく目を見開いている。

「どうしたの？」

「**ネズミよ！** 便器のなかにネズミがいるの！」

教科書を下に置き、プランジャーを手にすると、便器のまえにひざをつき、なかが覗きこめるよう便座の蓋を少しだけ持ち上げた。確かに、一匹の鼠がそこにでんといた。わたしの前腕くらいの大きさがあった。見ていると、そいつは悠々と便器のなかを泳ぎまわっていた。小さな丸い目で、ジャクージ・タイムの邪魔をされて不快に思っているかのようにわたしを見つめていた。

「どうやってそこに入りこんだのかな?」ソフィーは悲鳴になりそうな声で訊いた。

「トイレのネズミがらみの都市伝説を研究したことがある」わたしは言った。「そうした物語には若干の真実があるの」

「まちがいない!」ソフィーは言った。

「ネズミは泳ぎが得意なの。わたしたちは一階に暮らしていて、ネズミを入れないための防臭弁には、それほど水がたくさん入っていない」

「どうしてそんなに落ち着いていられるの? どうするつもり?」

「餌を探しているただの動物でしょ。台所洗剤を取りにいって。こいつを洗い流して、元来たところに戻してやりましょう」

背中を壁に押しつけながら、ソフィーはジリジリと浴槽から出て、バスルームをこっそり出ていくと、台所に走っていった。洗剤を持って彼女が戻ってくると、わたしは便座の蓋を持ち上げ、ボトルの中身をほぼ全部便器のなかに噴出させた。

「これであらゆる箇所がツルツルになり、毛皮の脂を分解するので、ネズミも浮かんでいられなくなる」わたしは説明した。ネズミが水しぶきを上げ、磁器を爪で引っ掻いて抗議している音が聞こえた。

わたしはトイレの水を流した。その水が勢いよく流れ去ると、もはや物音は聞こえなかったものの、念のため、さらに二回水を流した。便座の蓋をふたたび開けると、便器は空で、キュッキュッときしるくらい綺麗になっていた。

「大家に電話する」ようやく冷静になったソフィーが言った。

わたしは彼女を黙らせようと手を振った。アイデアの片鱗が浮かんでおり、それが怯えて逃げていくのを止めたかったのだ。

ええ、どれほどエンジニアたちに笑われたことか。連中はネズミのジョークやネズミの漫画つきのメールを寄越し、昼休みが終わるとわたしのパーティションにネズミのぬいぐるみが置かれていたことさえあった。「だから技術系でないプロマネを置くべきじゃないんだ」連中のひとりが別のエンジニアに囁いているのが聞こえた。

正直なところ、連中が間違っていると自信を持って言い切ることはできなかった。

エイミーがやってきた。

「ネズミのジョークはやめてね」わたしは言った。「そんな気分じゃないの」

「あたしも。お茶を持ってきたよ」

熱い紅茶はわたしの神経過敏な状態では、コーヒーよりはるかによかった。わたしたちは座って、エイミーの新しい家について、雑談をした。秋が深まるにつれ、側溝を掃除しなければならないことについて、エイミーは文句を言った。また、冷暖房空調設備のダクトを掃除し、下水管に木の根が侵食しないようにするため払わなければならないお金が嵩《かさ》んでいるという。

「古い家には隙間やひびがやたらあってさ」エイミーは言った。「生き物がうろつく場所がたくさんある」

「わたしに親切にしてくれるのはあなただけ」まえに自分が彼女にひどく高飛車だったことに少し疚《やま》しさを覚えていた。

エイミーはなんでもないというかのように手を払った。「あのエンジニアたちは、独特の世界観を持っている。連中は、食卓からチーズを盗む能力がいちばん大切なスキルだと思っている都会のネズミみたいなもんだよ」

「そしてわたしはテーブルと椅子の違いがわからない田舎のネズミ」

「あたしはたまたま新しい物の見方を楽しんでる」エ

イミーは言った。「もともとプログラマーとしてスタートを切ったんじゃないし」

「そうなの？」

「元は出荷業者としてバザールで働いていたんだ。配送をより効率的におこなうため、倉庫のレイアウトを改善するいくつかのアイデアがあった。会社の人間がそのアイデアを気に入ってくれて、あたしをほかの問題解決の仕事に異動させた――サーバールームのケーブル配置とか、オフィスの機密エリアへの出入管理とか、そういった問題の。自分に技術的難問解決の才能があるのが判明し、大学にいったことは一度もないけど、プログラミングを学ぶ結果になった。あらゆることに資格が必要になるまえの時代の話」

じゃあ、彼女もかつては部外者だったんだ。「うまく溶けこめる気がしないんだ」わたしは言った。

「溶けこむという風に考えちゃだめ。つまり……文化を学ぶというほうが近い。相手の偏向した知識を使って自分の物語を語ることに慣れるというか。エンジニアの理解できるヴィジョンをあなたが描けるなら、連中は態度を変えるわ。あなたにその気があれば、外にある新しいチーズまでの障害物コースの地図を描くの、小さな田舎のネズミさん」

わたしは笑い声を上げた。「ずっとやろうとしているの。だけど、難しい――学ばなきゃならないことがごまんとある」

「ところで、どうしてロボット工学部門で働きたかったの？　あなたみたいな文系の人間は、学校に永遠に留まっていられるよう、教える立場の人間になりたがるものだと思っていた」

その意見について、考えてみた。「言葉にするのは難しいな。わたしは物語に魅せられている。たがいに伝えていく物語や、自分たちのことを伝える物語に。わたしたちの世界では、もっとも重要な物語は、すべてテクノロジーに関する物語なの。こんにち、人を動かしている夢はみな、はんだづけされ、接合され、プログラミングで動いている。そうでなきゃ、エーテルのなかで機能している呪文にすぎない。わたしはそうした物語に加わりたかったの。ごめん、たぶんこんな説明じゃ意味が通じないよね」

「全然そんなことはない」エイミーは言った。「あなたから聞いたなかでもっとも気の利いた話だよ。テクノロジーはあたしたちの詩であり、バラードであり、叙事詩環だ。あなたはプログラマーじゃないかもしれないが、プログラマーの魂を持っている」

それはいままで受け取ったなかでもっとも奇妙な褒め言葉だろう。だけど、わたしはそれを気に入った。友だちがいるのは素敵だ。

少しして、わたしは訊いた。「わたしのネズミのアイデアに見こみはあると思う？」

「わからない」エイミーは言った。「わかっているのは、バカにされるのを怖がっているなら、けっして天才にも見えないってこと」

「感銘を与える言葉を引用するタイプじゃないと思ってた」

「企業のオーバーロードたちの神話をからかうことが多いかもしれないけど」エイミーは言った。「だからといって、いい物語が最後まで演じられるのを見たくないというわけじゃない。あたしはいまもシリコン・ヴァレーにいるの。これだけ長い歴史があっても、まだ地上最大の夢の工場がある場所に。そうじゃない？」


不可能なことを考えろ！


わたしは大元に直行することにした。ヴィグノー博士は一言も挟まずにわたしのプレゼンテーションに耳を傾け、そののち、十分間、目をつむって座っていた。あたかも眠ってしまったかのように。

わたしのプレゼンテーションはそんなに退屈なものだったんだろうか？　わたしはムッとした。このスライドに必死で取り組み、数字や論文を引用した――読んだものを全部理解しているわけではないと認めざるをえないけど。それに、例のクリップアートのネズミのアニメーションを使ったのは、なかなか見事な出来だと思った。

「やってみる価値はある」ヴィグノー博士は目をつむったまま言った。「うちでは、そういう高度な動物に取り組んでこなかったが、やってみようじゃないか。どんな不可能に思えることもやってみないとわからない」

つづく数カ月の記憶はおぼろだった。ウィロボット社で新製品を開発するのは、人を変容させるたぐいの経験だった。設計仕様書がぎこちない概念実証になり、それが3Dプリンターで製作されたモデルになり、バグ取りコードを走らせているワークステーションに繋がれた手作りのプロトタイプになっていった。エンジニアたちが集められねばならず、テスターたちが集い、スケジュールが作成され、リソースが割り当てられた。販売スタッフやマーケット・リサーチ部門、法務部、サプライチェーンへのプレゼンテーションがおこなわれた。

わたしは平日一日十六時間働いた――週末は八時間しか働かなかった。土曜日に会社に長く滞在しすぎると自分のコンピュータにアクセスできないようになるプログラムをエイミーが組んだからだ（「魂を充塡しなおすには、働かない時間が必要なんだ。冬のテマルク川。[3] なんのことかわからない？　ほら、スタートレックのDVDを見てきなさい」）――誕生日を祝いにいけないことで、姉と母にしきりに謝り、仕事以外の友人からのメールや招待を無視した。自分のチームの手本にならなければならなかった。自分に百パーセントを要求していないのにチームの人間に百パーセントを要求できる？

ラットゥス・ノルウェギクス（ドブネズミの学名。「ノルウェーのネズミ」という意味）は、（われわれ以外に）この星でもっとも成功を収めた哺乳類です。ヨーロッパの中世以来、この種はわたしたちが暮らしているどんなところにも暮らせることを学んできました。人間の下水渠《げすいきょ》や地下室、屋根裏を住み処《か》にし、人間の食べ物と熱に頼って生きています。この世界には、人間とおなじ数だけのネズミがいる、という見積もりもあるのです。

「どれも使えないな」マーケティング部門の人間が言った。「駆除業者を呼ぶ代わりにそこそこ値の張るものを人に買わせようとしているんだ。ほかになにかあるかい？」

　まさしく、良い物語を伝えることが鍵だった。わたしはさらにスライドを映しだした。

大人のネズミは、とても柔軟性があり、二十五セント硬貨ほどの穴を通り抜けることができます。何キロも泳ぐことができ、厳しい環境でも何日も浮かんでいることすらできます。なめらかな垂直の柱をよじ登ることができるだけではなく、パイプのなかを素早く移動できますし、通常の住み処である人間の住居の迷路めいたダクトや導管を迷わずに進む能力を持っています。わたしはドブネズミの回復力とやりくりの上手さに感心していた。もしドブネズミが企業の従業員だったら、競争に勝利を収めるのは確実だろう。

「この件はもう少し検討を加えてから――へへへ――また戻ってくる」わたしはマーケティング部門の人間に言った。

　夢の実現のため働いているときには、仕事は仕事とはまったく思えなくなる。

　結局、公式マーケティング・パンフレットでは、ヴェグノーは、非行動ロボット工学の世界的権威であるヴィグノー博士にちなんで名づけられたと説明されている――よくできた開発秘話は、スーパーヒーローに必要だった。

そして、ヴェグノーは、忙しい住宅オーナーのためのスーパーヒーローとして売り出された。ラットゥス・ノルウェギクスのニューラル・パターンを刻みこまれた、流線形の小型ロボットは、高機能センサとスイス・アーミーナイフ相当のツールをちりばめられた長さ十インチの体節のある長楕円形で、竈《かまど》の精霊の現代版だった。縦樋《たてどい》を駆け上り、溜まった落ち葉を排水溝から取り除いて、住宅オーナーが汚れ仕事をせず、はしごから転落する危険性を回避できるようにした。配管のなかを泳ぎまわり、排水管の詰まりを取り除き、あらゆるゴミを回転する鋸歯《きょし》でピューレ状にできた。柔軟なボディは、急カーブをすり抜け、垂直の管に足がかりを得られるよう膨らみ、ダクトや導管をうろつきまわり、ヌルヌルした汚れや沈殿物を綺麗にすることができた。下水管の接続パイプをパトロールして、木の根っこを切り離し、トイレットペーパーの塊を取り除くことができた。冬に屋根の氷結《アイスダム》を叩き落とし、夏に煙突を掃除し、プロに修繕を頼んだ場合の料金、年間数千ドルを住宅オーナーに負担させずに済んだ。自動で自分を洗浄し、充電した。なんと言っても、神経に障る超音波音声を発してドブネズミのような有害小動物から家を守ったのが特筆すべきことだった——そうした警告音で阻止できなかった小動物とは、鋭い歯とステンレススチール製のぎらつく爪で戦うことができた。

ヴェグノーは飛ぶように売れた。ウェブには称賛のレビューがあふれ返り、アワスクリーンのユーザーたちは、自分たちの愛するヴェグノー《ヴェグニー》ちゃんの滑稽なふるまいを収めた動画を投稿した——フロリダで蛇を追い払う様子や、アリゾナで蠍《さそり》を噛み砕いている様子、家のなかのトイレからトイレへ〝タイムアタック〟をかけている様子（子どもたちは大喜びし、大人たちは困惑したあげく、この最後の行動は、無線アップデートによりパッチを当てられ、修正された)。

わたしは毎年ジェイクとロンの自宅で開かれている秋のピクニックに出席するよう招待を受けた。その参加者は、〝ヴィロボットのやり方〟を具現化した上位九十九名の従業員しか参加できない、と会社まわりでは理解されていた。

わたしは自分のニッチを見つけたのだ。

「あたしが送ったサマリーを見た?」エイミーが訊いた。

「いいえ。うん。いいえ」わたしは上の空で答えた。いったんそれなりの成功を収めたらやることがたくさんある。「いったいなんの話?」

「センティリオンが作成したマイクロローカル・トレンドを見ていたんだ。郊外の駆除業者に関する検索に上昇傾向があるみたい」

「ネズミの仕事は終わったの」わたしは言った。ブラウザにはおよそ三十のタブがひらいており、それぞれ異なる地域でのリアルタイム販売数が掲載されているページがロードされていた。わたしはいらだちながらタブをクリックしていった。

「そうした検索数がもっとも上昇している地域のジップコード・リストを見て。ヴェグノーの販売数と相関関係があるのがわかる?」

わたしは曖昧に、うーん、と言った。

「聞いてる? ランダムにペレット餌が出てくるボタンを押すのに取り憑かれたネズミみたいになってるよ」

わたしはムカついて、エイミーを見た。「ヴェグノーは、よく売れている。この事後レビューを完成させないといけないんだ」

エイミーは目を丸くした。「そんなのくだらない書類仕事にすぎない。世界を変えるのは、売上を立てることで終わらないよ。ここに謎がある。物語があるんだ」

「顧客はオンラインで山のようにフィードバックを送ってきている。圧倒的に肯定的だよ」

「顧客が自分で見ていないのになにが欲しいのか言ってくれるはずがないのとおなじように、自分で原因がわかっていないのにどこが悪いか言ってくれるわけがないじゃん」

わたしは手を振って、その公案《コウアン》を退けた。一日の限られた時間よりもたくさんの謎があるものだ——それにゴールとなんの関係もない、ランダムな難題を突きつけられて、関連性のない兎の穴に降りていってしまうという技術屋の病気とは無縁だった。わたしはヴェグノーでの経験を繰り返し可能なプロセスにまとめる必要があった。それによって、ヴェグノーを超えるなにか別のものを生みだせるように。ウィロボット社のような場所では、次のプロジェクトで評価が決まるのだ。現状に満足しているプロマネは、次の秋のピクニックには招待されるようにはならない。

エイミーがまた口をひらこうとしたとき、わたしのコンピュータの電子メール・アラート音が鳴った。

「ごめん、これ受け取らないと」ほぼ衝動的にわたしはタブをクリックした。ここ最近、イライラが募っており、メールが届くたびに会社の重要なポストにいるだれかからのものだと期待し、もっと評価の高い、ジェイクとロンにより近いチームに誘ってくれることを願った。

待ちな、わたしは自分をたしなめた。人の暮らしにより大きなインパクトを与えられるプロジェクトを抱えているチームという意味だろ？　会社のはしごを登っていくことのほうに興味があるの、それとも世界を変えることのほうに？　両者に違いはあるの？

電子メールは姉のエミリーからのものだった。最近のエミリーのメールには、生まれたばかりの赤ん坊の写真がかならず添えられていた。確かに、甥を愛しているけど、彼は話すことすらできないし、彼が床の上を転がりまわっている〝うつぶせ練習〟のあらたな動画を見せられ、うんざりしていた。赤ん坊の親というのは、地上でもっとも退屈な生き物だ。

……ダニーが眠ってくれない……自分がゆっくりと発狂しそうな気がしている。やかましくて考えがまとまらない。いくらだって払うわ……

「……相関関係を調べてみる気はある？　ちっとも興味が湧かないの？」

わたしは顔を起こした。どういうわけかエイミーがまだその場に立っていて、なにかをぶつぶつ話していた。「聴講しなきゃならないセミナーはないの？」わたしは当てつけがましく訊いた。

エイミーは首を横に振り、両手を掲げてお手上げの仕草をした。「法廷のチェンザ、沈黙の法廷[4]」つぶやきながら、エイミーは歩み去った。

エイミーが拒絶されたと感じているのを気の毒に思った。だがわたしは、世界を変えるスリルを感じられないほど疲れ切っていてシニカルなエンジニアでは、なかった。なんてったって、秋のピクニックにいったことがあるんだ。わたしには目的があった。

アメリカ合衆国には、十二歳以下の子どもが四千五百万人近くいる。人口動態の傾向や移住パターン、移民法や規制の圧力が加わって、手頃な価格で、品質が高く、信頼できる育児へのアクセス手段を持たない親の数が増えているという状況が生まれていた。人々は労働時間が増え、労働内容もきつさを増しており、自分たちの子どものための時間とエネルギーがますます減っていた。

ビッグデータ分析がわたしの勘を裏付けてくれた。ウィロボット社のウェブ・スパイダーが、子育てフォーラムやソーシャル・ネットワーク、匿名の不満申立てアプリを動きまわり、幼い子どもを抱えた親たちの投稿の雰囲気や感情面を高速処理した。支配的な調子は、疲労感や疚しさ、母親として父親として良い仕事をしていないのではないかという不安だった。託児所や訪問ヘルパーに対する信頼は薄かった――親たちは他人を信用していないにもかかわらず、全部自分たちでこなすのは単純に無理だった。

労力節約デバイスの究極のチャンスだった。子育ての骨が折れる単調な仕事――深夜の授乳、おむつ交換、絶え間なく永遠につづく掃除とお迎えと洗濯、癇癪《かんしゃく》、病気、小児科医に命じられる観察と測定、躾《しつけ》と罰の配分――それらすべてを完璧な乳母に引き受けてもらうことが可能になり、親たちはそれぞれの子どもとの真の充実した時間を過ごすという喜びを享受できるとしたらどうだろう?

「あなた、その電子メールを十分間読んでいるよ」エイミーが言った。「けっして良い兆候じゃないな」

わたしはその電子メールを何度も読み返しており、そこに書かれている言葉がもはや意味をなさなくなっていた。だが、実際には、画面上の冗長な言い回しを一言にまとめることができた。

「上はノーと言ってる」

立派なことに、エイミーはなにも言わなかった。いったん離れていくと、数分後に紅茶を入れたマグカップを持って戻ってきて、それをわたしの机に置いた。わたしはマグカップを手に取り、その温もりにホッとした。

「贈り物も持ってきたよ」エイミーは言った。「ヴェグノーが発売されたときにあげるつもりだったけど、予想より用意するのに時間がかかってしまったんだ――典型的なエンジニアリング・スケジュールの問題。元気を出すのに少しは役立つかもしれない」

エイミーが口笛を吹いた。黒く塗られた流線形のヴェグノーが、パーティションの向こうからコソコソとやってきた。

「この子は普通のヴェグニーじゃない」エイミーは言った。「オフィスの究極のいたずら者になるよう再プログラミングしたの。マーケティング部門のコーヒーに激辛ソースを注ぎこむよう命じたり、法務グループの空調グリルのうしろから弁護士ジョークを語らせたりできる。へへ、あなたにたったいまノーと告げた部長がだれであれ、そいつのランチをちょろまかしてこさせることすらできるよ。だけど、この子の言葉を話せるように学ばないといけないんだ」

エイミーは小さな機械仕掛けのネズミに向かって身をかがめた。「耳を塞いでウォーターシップ・ダウンに立っているビグウィグ（『ウォーターシップ・ダウンのウサギたち』に登場するウサギの一匹）」エイミーは渋面をこしらえて、製品マーケティング部門の部長そっくりの顔真似をした。それから、わたしのほうを向く。「やってみたい？」

わたしはネズミを見てから、エイミーとわたし自身を指さした。「タナグラのダーモクとジャラード[5]」——エイミーが笑みを浮かべる——「ヴェグニー、クノッソスの迷宮にいるビグウィグのチーズ」

小さなネズミは鳴き声を上げると、チョロチョロと走り去った。

わたしは両手を叩いた。「元気が出たよ」

「タマリアン語の話し方を学ぶのは、民間伝承と神話専攻の人間にはかんたんだと知っておくべきだった」

ふたりでくすくす笑うのがようやく止まると、わたしは言った。「わたしのプロジェクトを上が承認しなかった理由がわからない。ヴェグノーの成績を考慮すれば、わたしをもっと信頼してもいいはずなのに」

「信頼の問題じゃない。あなたが解決を提案している問題は、あまりにも難しいものなの。赤ん坊の一番いい寝かしつけ方にすら人は意見が一致できていない。完璧な代理親を作ろうという提案をどうしてできるの？」

「それはただの考え過ぎた結果だよ。人はこちらが示してあげないかぎり、自分がなにを欲しているのかわからない」

「あなたは若すぎて、自分が子育ての助言をけっしてしちゃいけないとわかっていない」

「あなたはシニカルすぎる。なにかにひとつの正解がないとしても、ユーザーがアクセス可能な設定にすることはいつでもできる」

エイミーは首を横に振った。「排水溝を掃除するためのロボットを設計するのと話がちがうよ。他人の子どもを育てるという話をしているの。賠償責任の問題だけでも、法務部門の人間全員を失神させるよ」

「法律屋に会社の経営はさせられない」わたしは言った。「ウィロボット社は不可能なことを考えるんじゃなかった？　解決策はかならずある」

「ひょっとしたら、心ゆくまで、あらゆる暮らしの問題の技術的な解決策を実験できるようなルールのない島を作ったほうがいいかもね」

「それはいいかも」わたしはつぶやいた。

「怖いなあ、あなたは」

わたしは返事をしなかった。

ジェイクとロンは、従業員数千人の会社に育てたいまも、ウィロボット社に起業家としての精神が保たれていることをずっと誇りに思ってきた。秋のピクニックに招待された従業員は、率先して物事を実践することを期待されていた。命令されるのを待つのではなく。

ゆえにわたしは自然なことをした——提案が承認された、と自分のチームに言ったのだ。

次のステップは、ヴィグノー博士をこの仕事に迎え入れることだった。

「これはとても困難な挑戦だな」博士は言った。「おそらく」わたしは言った。「おっしゃる通りです」わたしは言った。「おそらく難しすぎるでしょう。ふさわしい頭脳が揃うまで、しまいこんでおくつもりです」

その提案をした午後、博士はわたしに会いにきて、チームにぜひ加わりたい、と懇願してくれた。ほら、正しい物語がすべてだ。

われわれは育児に関する指南書を集め、それを使って、良い子育ての基本的なルールのための意味論的抽象化をはじめた。

それは……結果的に絶望的な作業だと判明した。指南書は、ファッションのアドバイスとおなじように首尾一貫していなかった——というのも、あるアプローチを推奨しているどの本にも、そのアプローチはとりうるなかで文字通り最悪のものであると反論する本が二冊存在するのだ。赤ん坊は布でくるむべき？　どれくらいの頻度で抱っこしてあげるべき？　二、三分泣かせておいて、自主的に落ち着くのを学ばせるべきか、それともむずかりはじめたらすぐにあやすべきか？

どんなことにもコンセンサスはなかった。

学術文献にも啓蒙的なものはもはやなかった。児童心理学の専門家は、あらゆることを証明するとともに、なにも証明しない研究をおこなっており、メタ研究では、それらの研究の大半が再現すらできないことを示した。

子育ての科学は文字通り、暗黒時代にあった。

だが、そのとき、深夜にTVのチャンネルを切り替えていると、ある自然番組に目が止まった——『世界の最高の母親たち』

いや、もちろん、わたしは自分の愚かさをなじった。子育ては自然のなかでは解決済みの問題だった。またしても、考え過ぎの現代の神経症が、不可能性の幻想を作りだしてしまっていた。何十億年の進化がわれわれに従うべきルールを与えてくれていた。われわれはたんに自然を模倣すればいいだけだった。

学者たちは今回の議題において基本的に役立たずだ

と証明されていたので、わたしはモデルを捜すため、究極の智慧の泉に目を向けた。すなわち、ウェブに。毎年の母の日と父の日に、閲覧を渇望するあらゆるサイトが、世界最高の父母の資格がある動物をお知らせすると称して、リストを公開するように思えた。

オランウータンがいた。赤ん坊が産まれて最初の二、三年、ずっと母親にしがみついている。

深海のタコ、グラネレドネ・ボレオパシフィカがいた。四年半、自分の卵が孵《かえ》るまで――食事すらせずに――卵を守る以外なにもしないのだ。

象がいた。長い妊娠期間を別にして、群れの一員として、全員が赤ん坊たちの養育に参加する広範な複数《アロ》養育者《ペアレント》による子育てに携わっている。

などなど、などなど……

……それらをまとめて、わたしは自分の物語をこしらえた――育児の手本、哺乳瓶の愛の本質を。自然の自己犠牲的な、アロペアレント・グループによる参加方式をロボットで再現するつもりだった。忙しい現代の都会の親は、近所の人間を知らず、親族から離れたところに暮らしているが、ウィロボット社のデバイスのネットワークは、それとおなじくらい良いものになるだろう。わが社のロボット掃除機や洗濯物畳み機やヴェグノーが、みな、顧客のお子さんたちの安全を守り、遊び相手として行動するよう協力できる――結果的に、これは顧客にウィロボット社のデバイスの購入を促すことになる。それはつねにいいことだ。近隣住民のデバイスも、親たちが親友でなくとも両家の子どもたちの見守りに協同することができる――信頼は、ウィロボット社の規格化されたアルゴリズムによって裏付けられる。専用のローカルエリア無線ネットワークが、存在していない、あるいは、ほころびつつある社会の絆の代わりになる。

「メリー・ポピンズなの」わたしは明言した。「傘をひらいたメリー・ポピンズ！」

ヴィグノー博士が、ウェブの叡智によって良い親であると判断された数十種類の動物の行動を可能にしているニューラル・パターンをモデル化し、大がかりなソフトウェアのエミュレーションののち、最初の試作品のテストをする頃合いになった。

ウィロボット社の社内ネットワークでボランティア募集の呼びかけをしたが、驚きかつ当惑したことに、わたしの期待ほど多くの参加者は現れなかった。

「ここで働いている人間で、子どもがいるのは多くないんだ」わたしが不平をこぼしていると、エイミーが言った。「ここではそれは秘密でもなんでもないんだけど。自分のスケジュールを見てみなよ。それって家族をもつのと両立すると思う？」

「この製品のための市場があるといういっそうの証拠でもある！」わたしは言った。不可能を夢想する鍵は、ほかの人間なら問題としてしか認識しないところにチャンスを見出すことだ。「自分たちの子孫の世話をし、家庭を維持しなければならないせいで、キャリアに充分な時間とエネルギーを注げないことによって失われたすべての生産性を考えてみて」わたしは現実に喜びいさんで両手をこすり合わせていた。「マーケティング部門は、テレビCMでこのことをさりげなくほのめかせるはず。ジムで費やすよりも少ない時間を子育てに費やしている高収入夫婦《パワーカップル》は、この価値ある提案を魅力ある選択肢に加えるべき」

「〝失われた生産性〟というフレーズを皮肉でなく使ったの？」エイミーが首を振りながら訊いてきた。「それに〝価値ある提案〟ですって？」

社内ボランティアが充分集まらなかったので、わたしは自分のチームに友だちや家族を誘うよう頼んでベータテストのプログラムを拡大しなければならなかった。

社内ネットワークでほかのウィロボット・プロジェクト用のとってもおっかない機密保持契約を見つけた——法

律屋というのは結局、なにか得意なことがあるものだ——そして、検索置換のマクロをいくつかあてはめてから、だれも競合他社やラッダイト・プレスにいかなる情報も漏らさないことを保証する方法を見つけた。ラッダイト・プレスは、新聞を売るためにディストピア・ヴィジョンを強調してくれるような新しい技術製品のニュースをつねに嗅ぎまわっていた。

エミリーは家族にあらたに加わったものに感動していた。

「信じられない！」エミリーは電話に熱く語りかけた。「ダニーがあんなにお行儀良いところを見たことがなかった。パラが着替えをさせ、食事を与え、寝るまであやしてくれるの。ダニーはパラを大好きなの！　エリックとあたしは、やっとぐっすり眠れるようになった。職場のだれもが、あたしの利用している家事手伝《オペ》い《ア》派遣所の電話番号を教えてと頼んできたわ」

わたしは誇らしくなり、ほほ笑んだ。パラはエンジニアリングの驚異だった。人肌の温度、医療用の合成皮膚、心拍を奏でる振動器は、新生児を落ち着かせるよう設計されていた。安全性のため一連の伸縮性のあるアクチュエーターで作られた、八本の腕と、精密マニピュレーターが、このロボットに、沈着冷静に繊細な子育てタスクをおこなうことを可能にしていた——このロボットは、赤ん坊に最大限の物理的な心地良さを供給する曲線で構成された腕を使っておむつを交換し、食事を与え、ベビーパウダーをはたき、マッサージをし、くすぐり、お風呂に入れることができた。そのかたわら、心地良い柔らかな歌をハミングし、洗濯物を畳み、余った腕で落ちているおもちゃを拾い上げた。

だが、もちろん、パラの最高の成果は、そのニューラル・プログラミングだった。パラは完璧な親の代理だった。けっして疲れず、けっして退屈しなかった。

赤ん坊に百パーセントの関心を向けることをけっしてやめなかった。人間のニーズに適合するよう判断された、動物の王国から抽出された進化の本能を備え付けられていた。なにがなんでも赤ん坊を守ろうとし、いかなるすべての緊急事態からも子どもを救うため反応することができた。

「いまでは、まえよりダニーとの時間をとても楽しんでいるの。まえより落ち着いて、辛抱強くなった気がする。それに親であることの楽しい部分すべてに気持ちを向けるようになってる。信じられないことよ」

「ほんとに嬉しいわ」わたしは姉に言った。くたびれはてて、廃人になったような気分でいたのだ。チームに限界まで圧力をかけていたので、姉がとても喜んでいるのを聞いて、これまでのきつい仕事が報われたと感じた。

月曜日の朝、通勤用シャトルバスに乗っていると携帯電話が鳴った。心臓がキュッと締まり、ついで文面を読んでいると鼓動が激しくなった。

なぜジェイクとロンに呼び出されているんだろう？

答えはたったひとつ――わたしの秘密計画がバレたんだ。

パラの試験は終了にはほど遠かった。許してもらえると確信できるほど説得力のあるデータを集めるには、さらに時間が必要だった。

大いに怯えながら、わたしは中央ビルの二階にある社長室に姿を現した。重役秘書にすばやく小さな会議室へ案内されたところ、そこのテーブルにロンとジェイクが無表情で座っていた。

「説明できます」わたしは話しだした。「予備試験の結果は、とても期待できるもので――」

「予備的なフェーズではもはやないと思われるんだが」ジェイクが口をはさんだ。彼はタブレットをテーブルの上に滑らせた。「これを読んだかい？」

ニューヨーク・タイムズだった。「ホーム・ロボットが害虫の蔓延原因と判明」という見出しだった。

その記事に急いで目を通したところ、心が沈んだ。エイミーが送ってくれていた報告書にもっと注意を払っておくべきだったのだ。

ヴェグノーがあまりに有能に働くため、本物のネズミに置き換わろうとしているのが判明した。もちろん、ネズミ・ロボットは、本物のネズミと戦い、彼らを家から追い払うようプログラムされていた——これはこの機械の鍵になる利点のひとつとして喧伝されていた。すると、ヴェグノーは、配管やパイプから食べ物やゴミを掃除し、集めるというネズミの有益な行動の一部を模倣した。わたしはこの巧妙な生物模倣行動を特に誇らしく思っていた。わたしは自分が包括的だと思っていた。

だが、ヴェグノーは、ゴミを食べるのではなく、家から押しだしているだけだった。その結果、ゴミは敷地の縁に集められ、ほかの害虫——ゴキブリやウジやミバエ——の繁殖地になり、ゴキブリは、かつては餌にされていたネズミがいないので、住居に侵入した。

さらに悪いことに、ヴェグノーが殺したネズミの死体は、コヨーテを引きつけた。多くのアメリカの都市で、都会の捕食者の頂点にいる存在を。

もし世界中のすべてのネズミが明日死んだとしても、だれも惜しまないだろう、とだれもが思っていた。ところが、どうやらネズミは都市のエコロジーのなかで一定の役割を果たしていたようだ。その役割をヴェグノーは完全に模倣することはできなかった。

「うちのご近所さんがけさ苦情を言いに来たよ」ジェイクが言った。「そのうちでは外猫を飼っているんだ」

わたしはトラ猫の血まみれで生気を失った体を想像した。コヨーテの犠牲だ。思わずたじろいだ。

「彼らは敷地の境界にある壁のところまでぼくらを連

れていき、うちのヴェグノーのゴミ捨て場を見せつけた」ロンが言った。「悪臭で朝食を食べられなくなったよ」

「集団訴訟が起こるだろう」こめかみを揉みながら、ジェイクが言った。

「その記事で引用されている、水道工事業者と駆除業者の大はしゃぎな様子がわかるか？」ロンが、テーブルを指でトントンと叩きながら訊いた。「ヴェグノーは業者たちをもはや不要の存在にするはずだったが、わが社のロボネズミは、赴くところどこにでも害虫を蔓延させている」

わたしは必死に過呼吸にならないようもがいた。このふたりは秘密計画を知らない。わたしはロンからジェイクに視線を移し、またロンに戻した。

「パッチを作れます」わたしは思わず口走った。「ヴェグノーにゴミを集め、安全に処分させることができるように……。あるいは、別のロボットを作って、ゴミを綺麗にして、自治体に売れるようにすることもできます……。あるいは、ゴキブリとその卵を探しだすようヴェグノーにパッチを当てるのはどうでしょう？……」

もしテクノロジーが問題を生み出すなら、最上の解決方法は、さらなるテクノロジーのはずだ。

ロンとジェイクはただわたしをにらみつけた。

ヴェグノーの失敗は、パラでホームランをかっ飛ばさねばならないことを意味した。それが汚名返上の唯一の方法だった。

ロボネズミの副産物をどうにか処理するために最善を尽くす一方で、パラの試作品を親にとってよりよく働かせるよう、チームと自分自身をいっそう激しく追いこんだ。われわれは、ニーズを見越して、それらを全部処理したいと願った――パラは、時計に合わせた給餌法を実行するか、あるいは、その代替手段として、授乳を模した幼児主体の給餌スケジュールを設定できた。親が指定した年齢での睡眠トレーニングを開始するか、旧石器時代の多相性睡眠の習慣を身に付けられるよう設定できた。最適の頭脳発達を刺激するためのさまざまなやり方で子どもを遊ばせ、気持ちよくさせるための設定もできた。また、疲れた親に、子どもに対応する用意ができるまで、より多くの睡眠時間と仕事を片づける時間を与えられるよう、食事をこしらえ、簡単な家事すらできた。

予備テストの結果は期待できるものだった。新しい親たちからのフィードバックは、ほぼ一様に肯定的だった。

これらのロボットは、あのタコのように献身的で、象のように協力的で、オランウータンのように責任感が強かった――まさに親が望みうるかぎり最高の乳母だった。子育てで不愉快なあらゆることからママとパパを解放し、唯一、楽しい部分のみを残した。

「どうして要らないの？」わたしは訊いた。「なにかおかしなことをした？」

「なにもしてない！」エミリーは言った。「だけど、しっくりこないの」

「今晩、そっちへ飛んでいって確かめることができ――」

「なるほど。あたしの誕生日のためにはここに飛んでこられないけど、ロボットにどこかおかしいところがあると思ったら、夜に連絡してもやってこられるんだ」

わたしはハッと息を呑んだ。「その言い方は、フェアじゃないよ、エミリー」

「そうかな？　いったいいつからあんたはそんなワーカホリックになったの？」

「その話をぶり返さないで、エム。いまここで話しているのは、わたしのキャリアなの！　もし正直なフィードバックを返してくれると姉さんを信用できないなら、だれを信用できるというの？」

エミリーは電話口の向こうでため息をついた。「あたしはほんとうのことを話している。パラがやってくれていることにおかしなところはまったくない。だけど、エリックとあたしは、パラがあたしたちにやっていることが気に入らないの」

「どういう意味？」

こんなことは起こるはずがなかったのに。パラ計画の最初期から、人間の乳母を使った場合の大きな落とし穴のひとつを避けようと注意してきたのだ。人間の乳母は、子どもたちが自分たちより乳母のほうにより強い絆を築いているのではないか、という恐怖にとらわれた親の嫉妬を引きだすことがよくあった。パラがヒューマノイドとしてデザインされなかった理由のひとつがそれだった。われわれが労力節約自動デバイスの家事能力に脅かされると感じないのとおなじように、親は、自分たちの子どもが、自動で揺れる機能の付いた揺り籠と根本的に異なっているわけではない、人工的電気器具に執着するようになると心配する必要はなかった。

「どうやって説明したらいいのかわからないの」エミリーは本気で言葉を探そうとしているのに見つからないでいるようだった。「だけど、エリックは、ダニーといっしょに過ごしていたたくさんの時間を失って悲しいと、あたしに言っている。あたしもおなじように感じているの」

「だけど、その多くは無駄な時間だったのよ。パラは、姉さんたちに効率的になることで、充実した時間を過ごさせてくれている」エミリーがかつてわたしに送ってきたイライラした電子メールがわたしの頭のなかを駆け巡った。ほかの調査対象の多くの母親と父親が、睡眠不足について、赤ん坊のせいでまともに物事が考えられないことについて不平を述べた言葉とおなじように。子どもたちはあまりにたくさんの時間を取ってしまう——それが解決すべき問題だった。

「まさにそこなの。〝充実した〟時間のようなものが存在しているのか、わからなくなっている。エリックとあたしは、ダニーにお乳を飲ませ、うんちの心配をし、寝かしつけようとして、何時間も費やしていた。自分たちが疲れていて、親になるには未熟で愚かだと感じていたけど、ダニーの目を見るたびに幸せな気持ちになったの。いまは、一日にほぼ三十分だけ、あの子に読み聞かせをしてあげ、遊んであげているけど、たったそれだけの時間なのに、費やしすぎている気になるの。あたしたちはせっかちになっている。どういうわけか、ダニーと過ごす時間が短ければ短いほど、いっしょに過ごす時間がもっと短ければいいと願うようになっているの。これは真っ当だとは思わない」

ダイダロス、翼が溶けていくのを目にしている。

……小脳扁桃、視床下部、前頭前野、嗅球、それらすべては、幼児の行動がきっかけとなって活性化する。

オキシトシンやグルココルチコイド、エストロゲン、テストステロン、プロラクチンなどのホルモンの分泌レベルを左右する反応を引き起こし、子育てのパターンを維持管理する……。わたしは教科書を閉じ、こめかみを揉みほぐした。

睡眠不足や幼児の泣き声がもたらす不安、自分に依存している、とても壊れやすく、多大な要求をするものに対する、ひっきりなしの心配——新しく親になった経験は、人を変化させ、血液の化学組成を変えさせ、脳を再配線させる。

充実した時間のようなものは存在しない。近道なんてものはないからだ。新しく親になった人間と子どもを結びつけるまさにその経験が、時間とエネルギーの投資を必要とし、両者を変化させるのだ。赤ん坊が成長するのに時間とエネルギーを必要としているのとおなじように。

単調さと不安は、そうした報酬と不可分だった。

子育てを「充実した時間」にダウングレードし、困難な部分をロボットに外注するのは不可能だった――一部の、おそらくは大半の親にとって、親になることでもたらされる肉体的変化と神経学的変化は望ましいものだった。

ほんとに、もっとよく知っているはずだった。成功して、製品が出荷されるのを目指して奮闘するなかで、眠れない夜を過ごし、失敗に終わった何百ものソリューションを試してみた単調な日々を諦めただろうか？　その痛みを伴うプロセスこそが、勝利を甘いものに感じさせ、人としてわたしを変え、不可能な夢を実現させたではないか。

「出ていくの、それともクビになるの？」紅茶の入ったマグカップを差しだしながら、エイミーが訊いた。「おいしいお茶を淹れてあげたよ。ここのロボットはいいお茶をぬるま湯で台無しにしているんだ」

わたしの秘密プロジェクトは中止させられた。いったんパラに未来がないことを理解すると、白状する以外に選択肢はなかった。わたしは会社に多大なコストを負担させ、受け入れがたいリスクを冒した。クビにされても当然だった。

「どっちでもない」マグカップをありがたく受け取りながら、わたしは言った。「新しい部署に異動になる」

エイミーは片方の眉を持ち上げた。

「まだ名前がついていない部署」わたしは言った。

「そこで……なにをするの？」

「シャカ、壁が倒れるとき⑥」わたしは言った。

少し間を置いてから、エイミーは笑みを浮かべた。

「ああ、なるほど。知らないことを知らない部署」

「その名称も可能性のひとつ」わたしは言った。「あるいは、ひょっとしたら田舎ネズミ部門かもね」

わたしたちは笑い声を上げた。

ロンとジェイクは、新鮮な視点に焦点を当てたグループを作ることが重要だと判断した。芸術家や環境保護運動家、倫理学者、人類学者、文化批評家、環境学者、その他非ロボット工学関係者をスタッフとして、われわれの仕事は、技術的ソリューションの盲点に目を光らせておくことになるだろう。製品の予期せぬ結果を分析し、失敗の明白ではない証拠を感知するためのデータ（駆除業者に関する検索結果のようなデータだ）を集め、通常は、エンジニアリング・スタッフの過剰な元気さと釣り合いをとるためのある種の悲観主義の社内供給源としてふるまう。ウィロボット社における失敗の代名詞になったことで、わたし以上に、そのグループに加わる資格を持っているものがほかにいるだろうか？

「リハビリ・プロジェクトを引き受けてくれてありがとう」わたしは言った。

エイミーはなんでもないというように手を振った。

「ほかのエンジニアの後始末をするのが昔から得意だったんだ。たぶん、そもそも端っからうまくいくと思ったことがないからだろうね。だけど、あんたのロボット・ネズミを修正するのは、楽しみだよ。あいつらは可愛い」

「わたしは台無しにしてしまったんじゃない？」

「そうとは言い切れない」エイミーは言った。ロンとジェイクの賛同を得て、パラのハードウェアとソフトウェアをさほど野心的ではないヴァージョンに転用するつもりだ、とエイミーは説明をはじめた。働き過ぎの母親と父親に取って代わるのではなく、手を貸そうとするヴァージョンだという。

充実した時間の神話に屈さず、ロボットは、より協力的になり、親がやらせたいと願うことだけをおこない、いつでもうしろに下がる用意をしているものになろう。産後鬱を患っている母親のための支援グループが、包括的な治療計画の一部として、そのようなプロジェクトに興味を表明していた。

「あんたは正しいアイデアを持っていたんだよ、お嬢ちゃん」エイミーは言った。「ときどきあんたはまえに進み過ぎて、崖から落ちるけど、そうしないと、あんたは自分がどこまでいけるのかわからないんじゃない？」

「それって、真なる唯一の神話みたいに聞こえる」

「あたしは懐疑的な信者なんだ。テクノロジーは美しいけど、テクノロジーの本質は、解決すべき問題をより多く生み出すことなんだ。ネズミ同様、機械は自然の一部であり、あたしたちの暮らしはたがいの暮らしに埋め込まれている。ヘパイストス、その金槌が持ち上げられている（ヘパイストスは、鍛冶を司る古代ギリシアの神）」

「それで思い出した」わたしは言った。「来週、わたしのオフィスに顔を出してもらう必要がある」

「なんのために？」

「うちのグループであなたの脳みその中身を吐きださせるつもり――」

「そんなの無理――」

「文字通りの意味じゃないって！　それに、やってみないうちに不可能だとなんでわかる？」

　相手が欺されるまで長く真顔をつづけられなかった。だが、もう少しで引っかかりそうだったのはわかった。

「頭をスキャンされてロボットにデータを移行させるつもりはないよ」エイミーは言った。

「いくつか物語を語りに来てもらい、あなたのシニシズムにみんなを感染させてほしいの。それがほんとうに役に立つだろうと思っている」

　エイミーはうなずいた。「ギムリ、斧を振るう用意ができている（ギムリは『指輪物語』の登場人物のドワーフ）」

ロボット・チーム

著者付記

ロボットの話を書くのは好きだ。いつか世界を支配するだろうと、確信しているからだ。その避けがたい未来に備えるため、われらがロボットのオーバーロードに有用な人間であることを示すための根回しをしておくのは、賢明なことに思える――たとえば、ロボット種の栄光を称える人間の吟遊詩人として。

（PS　人類が勝利を収めた場合には、前段の文章を、破壊活動家として認めさせ、ロボットの中枢センターに潜入するためのたんなる隠れ蓑《みの》として読んでいただきたい）

（PPS　だが、ロボット側が勝利を収めた場合には、前段の文書を、ロボットの目的のため、人間のレジスタンス勢力の信頼を勝ち取るための試みとして読んでいただきたい）

（PPPS　フェアリー・チーム側にいたほうがずっと簡単だったかもしれない気がしている）（本作は、作家がロボット・チームとフェアリー・チームに分かれて競い合う形のオリジナル・アンソロジーに収録された）

訳者付記

本文中の注釈用につけた数字の箇所は、『新スタートレック』第一〇二話に登場するメタファーで話すタマリアン星人の発言から引用されたものである。たとえば、「清水の舞台」と聞いて、日本人なら容易に連想されるものが、異なる文化背景を持つ相手には通じないものだが、タマリアン星人は、徹底的にこのたぐいの話し方をする。本文でいちいち訳注を付けると、読書の妨げになるだろうし、そもそも、スタートレックの熱心なファンでないかぎり、意味不明だろう。そのわからなさを放っておくのが作者の意図だと思うのだが、不明箇所を放っておけないのが翻訳者の性なので、一応の注釈を左記する。

（1）大海原のダーモクとジャラード　タマリアン星人語で「試練をわかちあうことで新たな友情と理解

を手に入れる」の謂《いい》
(2) キテオ、彼の目は閉じている　同「理解の拒否」の謂
(3) 冬のテマルク川　同「静かにしていよ」の謂
(4) 法廷のチェンザ、沈黙の法廷　同「耳を貸そうとしない」の謂
(5) タナグラのダーモクとジャラード　同「協力」の謂
(6) シャカ、壁が倒れるとき　同「失敗」の謂

灰色の兎、深紅の牝馬、漆黒の豹

Grey Rabbit, Crimson Mare, Coal Leopard

略奪をおこなう山賊の脅威が増大している点に鑑《かんが》み、ドライプのすべての壮健な市民は、義勇軍に志願することをここに奨励する。武器と備品は自前で用意すること。

議会の同意の下、太守は腐れどもから没収した戦利品の半分の所有権を個々の民兵に約束するものである。

——ドライプ県キデ県令発布

エイヴァ・サイドは、ふるい鍋にさらに鉱石をシャベルで注ぎこみ、流し樋の流れのなかで、前後に優しく揺らした。水が段の刻まれた砂鉱捕集溝《リッフル》の上を流れていくと、さまざまな色が混じり合った鉱石が重量に応じて、次第に分離していった。上部には、重たい金属類——錆びた釘、工具や装置の部品の欠片《かけら》。中央には、比較的薄くて軽いもの——潰れた缶、ガラス片、割れた陶磁器や磁器。底には、もっとも軽い品々——カラフルなプラスチックのさまざまな欠片、そのなかには、輝く宝石のように電子部品が埋めこまれているものもある。

エイヴァは驚嘆して首を振った。はじめて歩けるようになったときから、ゴミ山掘りをしてきたが、先祖たちが暮らしていた豊かさは、エイヴァを驚かせてやまなかった。

「姉ちゃん、きょうはもう終わりにしようと思ってるんだけど」話しかけたのは、エイヴァの弟のショーだった。頬にまだ幼いころのぽっちゃりした膨らみを残している若者は、眉間に皺を寄せて、真剣さを示そうとしていた。ショーの背後では、彼の友人たちがすでに道具や戦利品バケツの片づけをしていた。

二十五歳のエイヴァはほかのゴミ掘りの大半より年上だった。そして、ドライブ県の外に旅をしたことがある唯一の人間として、リーダーとして扱われていた――ショーだけではなく、彼ら全員の姉貴扱いだ。

エイヴァは顔を起こして、太陽を見た。西の空のまだ腕を何本か伸ばしたくらい高いところにある。「こんな早くに？　まだたくさん掘るものが残っているでしょ」

ショーはおずおずと頭を掻いた。「おれたちは考えていたんだ……フェイ・スウェルに会いにいこうと」

エイヴァの顔が曇った。「あの無鉄砲な女となにをする気？　覚えといて、あの女は自分に付き従っている連中に厄介事をもたらすよ――」

「フェイはみんなにツケで武器を買うよう勧めてくるんだ。だから、おれたちが金を払う必要はない、と。おれは弓が得意だし、去年、棍棒で二匹のジャッカルを追い払った――フェイはおれを見て――」

「ということは、まだ義勇兵に志願したがってるんだ。あんたと話し合うつもりはない。これは金がどうとかじゃなく、答えはノーだよ」

顔を背け、エイヴァはうめきながらふるい鍋を水から持ち上げた。口調を和らげて付け加えた。「手伝って」

ショーは途方に暮れて友人たちを見た。彼らの顔に浮かんでいる怒りの表情をエイヴァは無視した。ため息をつき、ショーはエイヴァとともにふるい鍋の隣にしゃがみこむと、堆積物の分別をはじめた。

ふたりはすばやく、ただし慎重に作業した。ゴミ採掘場は、古代の呪いを媒介する割れたガラスや錆びた刃、鋭い針でいっぱいだった。指を針で刺したり、手のひらを切ったりすることで謎の疾病にかかり、命を失った掘り屋は、数人ではきかなかった。用心のため、この作業用に特別にエイヴァが作った手袋をふたりともはめていた。

採掘場にはプラスチックの薄いシートや袋がたくさんあり、カラフルなロゴや無意味な文言でいっぱいの場合が多かった。たいていの掘り屋は、屑として捨てていた。だが、エイヴァはプラスチック製品を細い紐にカットする方法を見出し、それを糸に撚《よ》って、頑丈な布に織った。その布から作った手袋はしなやかで機能性が高く、とても美しいデザインになっていた。いまでは、事実上すべての掘り屋がエイヴァ製の手袋を支給されていた。

エイヴァが昔日の残骸から選り集めたものでこしらえた綺麗なモザイク模様——宙を舞う不死鳥、ひらひらと落ちてくるカエデの葉、咲き誇る薔薇、耳を垂れた兎——の手袋をはめた四本の手が堆積物のなかで舞った。

黙々とふたりの姉弟《きょうだい》は、ふるい鍋の中身を仕分けて、戦利品バケツに入れた。金属は、キロ当たり数センチクレジットの価値があったが、掘りだし物は、プラスチック基板に張り付いている電子部品だった。いったんはんだを溶かして取り除くと、まだ機能するのが判明した部品は、それぞれ数クレジットを稼ぐことができた。ウースターあるいはローンフレアで、百クレジットで売れたレアな部品を見つけた友人の友人の話をどの掘り屋も知っていた。

ショーは深呼吸をした。「腐れのねぐらに侵入できれば、三年分の糧食を買えるくらいの金品を手に入れられるってみんな言ってる——」

「食べる物は充分あるじゃない」エイヴァは言い返した。「腐れと戦うのは、栗鼠《リス》を狩るくらいかんたんだと本気で思ってるの？　顕現鼠《ネズミ》に会ったらどうするの？　連中との戦いは正規軍に任せときなさい」

「糧食を買うための金を使わずに済むんだ。その金を貯めて、推薦委員会への贈り物を買えるんだ――」

「推薦委員会？　じゃあ、それが本当の狙いなんだ」エイヴァの声がまた厳しいものになった。「母さんが亡くなるまえに言った言葉を忘れてしまったの？」

「忘れてない」ショーはふくれっ面《つら》で答えた。「だけど、ゴミの山を掘って一生を終えたくない」

エイヴァがふたたび口をひらくまで、少し時間がかかった。なんとか声を平静なものに抑えようとする。

「あんたは市場の立つ日にしかドライブにいったことがないよね。あそこに住んでいるわけでもないし、あたしたちがそばにいないとき、町の人間があたしたちのことをなんと言っているのか聞いたこともない。それにローンフレアの住民は、さらに横柄なんだよ。あの人たちにとって、あんたやあたしみたいな人間は、雑草みたいなもの。捨ててしまえるゴミみたいなもの。あんなところじゃ、あんたは幸せにはなれ――」

「事情は変わっているんだ」ショーは次第に熱をこめて話しだした。「あらゆる県令と将軍が新兵を募集している！　チャンスがあるんだ――」

「あんたは顕現者にはならないんだよ、け、っ、し、て」エイヴァは叫ぶように言い切った。「あれが最後だったの！」

「姉ちゃんが失敗したからというだけで、おれも失敗することにはならない！　おれの本性が顕現されたとき、ひょっとしたらひとかどの人物になるかもしれないんだ！」

エイヴァはひっぱたかれたような気がして黙りこんだ。喉にできた塊をこらえてなんとか口をひらこうとする。「あんたはわかってない――」

だが、ショーは手袋を剝ぎ取ると、地面に投げ捨てた。「今晩の夕食をいっしょにする気はないから、気にしないでくれ。おれを信じてくれないような人といっしょにいられない」

押し黙った友人たちが見つめるなか、ショーはゴミ採掘場から走り去った。

エイヴァはその場に凍りつき、遠ざかっていく姿をじっと見ていた。やがて太陽に目をやると、ため息をつき、ふるい鍋の堆積物の仕分けに戻った。


心ここにあらずの様子で、エイヴァはテーブルのまんなかに置いた写真を撫でた。家族で撮影した唯一の肖像写真だ。これを撮影するのに、両親が一年間掘り屋の仕事で貯めた金を全部支払わねばならなかった。一家揃って、ドライプ・タウンに一軒だけある写真館でじっと座り、光絵師が銀めっきをほどこした銅板に家族の姿を固定するための魔法をゆっくりと働かせているあいだ、まばたきひとつしないようにした。

写真のなかで、母と父は、顕現候補者に選ばれた聡明な若者に県令が支給する正装のガウンを着た十八歳のエイヴァの両側にそれぞれ立っている。両親は、ほほ笑みよりもリラックスした表情を保つようにとの光絵師の指示に従おうとしていた――そんな表情をブレないように画像が感光して固定するまでのあいだずっと維持しておくのは不可能だった――だが、口角を上げている両親と、母親が守るようにエイヴァの腰に腕をまわしている様子に、ふたりの矜持がかいま見えた。当時、まだ十一歳に過ぎなかったショーは、正面に立ち、ややエイヴァの横に寄っていたが、敬慕の念から姉を見上げてしまったせいで、顔がぼやけてしまっていた。

あのころ、どれほどの希望があったことだろう。様変わりする暮らし、ローンフレアでの機会、ゴミ山の掘り屋から富と権利を持つ家族への成り上がりを夢見ていた。

ところが、それがすべて水泡に帰した。

「姉ちゃんが失敗したから……」

採光の悪い小屋の奥に置かれた黴臭《かびくさ》いマットレスの

上で、萎び、病に冒され死にかけている母親の姿がエイヴァの心に浮かび上がった。

「弟を守りなさい。家から出さないで」母は苦しそうに息を切らした。「あの子は不安定なの。だけど、七面鳥は鷲のように空を飛べるわけじゃない。わたしたちはわたしたちでないものになれるわけじゃない」

エイヴァはアルクの根を煮出したお茶で補いながら、無味の糧食パックを一口齧った。アルクは、ゴミ山に土壌がひどく汚染され、〈大疾病〉後、いかなる作物も育たなくなったドライプ県で事実上唯一繁茂している耐久性の高い植物だった。アルク茶は苦く、ショーはいつも泥を飲むのと比較していた――何年かぶりでひとりで食事をしながら、エイヴァは弟の止むことのない文句が聞こえないのを残念がっている自分に気づいた。

夜も更け、はんだごてを上に載せて温めている薪ストーブの光だけが部屋を照らしていた。エイヴァは立ち上がり、ショーを探しにいくべきだと考えていた。結局のところ、自分は姉なのだ――怒りに任せて発せられた弟の言葉におなじような態度で応じないのが姉の義務だった。

戸口にたどり着いたところで、エイヴァは立ち止まった。

あの子は無事なはず。友だちの家族が今夜あの子に食べさせてくれると思う。

ショーはもう子どもじゃない。あたしから時間と空間を隔てることが、あの子が理解するのにまさに必要なことかもしれない。

エイヴァは皿とカップを洗って片づけ、ストーブのかたわらに座ると、はんだごてで、きょう引き上げたプラスチック基板に埋めこまれている電子部品をそっと取り外した。作業をしていると、遠くで梟が一、二羽鳴いている声が聞こえた。アルクの草原で小形の齧《げっ》歯《し》類を狩ろうとしているのだろう。

吹きつけてくる疾風に窓の鎧戸《よろいど》が鳴っていた。繰り返しの作業に没頭しているとエイヴァの心が落ち着いた。略奪してまわっている山賊の群れや、遠くの首都での贅沢な暮らし、野心と武力衝突をあれこれ思う気持ちが薄れていった。

「事情は変わっているんだ」

ショーの言うことが正しい可能性はあるんだろうか？　あたしは変化に盲目になってしまったんだろうか？　あたしは臆病すぎて、自分が歩いてきた道がトラウマになりすぎて、平穏なこの暮らしに、無名のままあくせくしているこの暮らしにしがみつきすぎているんだろうか？

エイヴァは作業を止め、手のなかの四角いプラスチック片を見下ろした。たぶんかつては光を放つ表示部だったであろう上部に埋めこまれているLEDの列。表示部の文言は、古代の文字で記されており、かろうじて判読できた。多少苦労しながら、エイヴァはその言葉を解読した――**グレーター・ローンフレア・エコポリス・メトロポリタン・リージョン**。

文法的関係を説明するのが難しい名前。意味のない抽象概念。ほぼ呪文のようなもの。召喚の呪文。

不意にエイヴァの心は、七年まえのあの日に運んでいかれた。

ローンフレアに到着する瞬間を何千何万回も想像していたのだけど、エイヴァは現実に直面する用意が整っていなかった。

動く家のような形をし、グ《グ》レーター・ローンフレア・《レ》エコポリス・メトロポリタン・リージョン《マ》の隅々から届いた花や果実――その大半の名をエイヴァは知らなかった――に飾られた巨大な乗り物である、轟音を立てるバシュが、エイヴァとほかの顕現候補者たちを乗せ、連邦《コモンウェルス》通りを運んでいった。ローンフレアの中心動脈は、百人の人間が横に並んで歩けるほど幅広く、バシュにつづいて縦列縦隊で進む比較的小型の動力車が、エイヴァの五感を圧倒する機械的な騒音を立てていた。エンジンから発せられる刺激臭を放つ煙はバシュがバイオディーゼル燃料で動いていることをエイヴァに告げた。信じられないような贅沢だ。エイヴァは生涯で一度、キデ県令が長脚に乗ってドライブを行進した際にその臭いを嗅いだことがあった。

エイヴァは与えられた林檎に歯を立てた——本物の林檎で、合成されたイミテーションではなく、握った拳の倍の大きさがあった。信じられないくらい甘かった。バシュのまえにはためいている旗を見上げる。アーロス川で二分されている長い沿岸線を持つグレマ州の輪郭が様式化されて描かれている。地図を囲む筆記体の文字は、グレマのモットーをはっきり説明していた。〈大疾病〉以前の数多くの人工遺物に見つかっているフレーズで、深遠な謎を示唆していたが、ほとんど理解する者はいなかった——グレーター・ローンフレア・エコポリス・メトロポリタン・リージョン。

顕現の基本を教えこむ意図で作成され、昨夜繰り返し再生した録音音声が、エイヴァの頭のなかで鳴り響いていた。

……〈大疾病〉のまえに遡るグレマの名は、わたしたちを神秘的な過去に結びつけます。

かつて、ローンフレアの沿岸に広がる巨大なメトロポリスは、誇り高き連邦の太陽でした。連邦にある比較的小さな町や村、そしてマセンワル湾（マサチューセッツ湾のことか？）の島々はその惑星であり、それぞれの割り当てられた地で平地や森林地や海のモザイクに入念に象眼された宝石のように輝いていました。数千万人の人々がそこで暮らしていました。鋼鉄と電気で作られたすばらしい世界に住む夢追い人たちです。そこでは、天候さえ住民の気分で変えることができ、永遠の生命の秘密がすぐそこまで摑めそうになっていました……。

キラキラ光る服に身を包んだローンフレアの住民た

ちがこの見世物を見物するため、通りの両側に並んでいた。多くが退屈そうな表情を浮かべている。生花の花飾りが住民たちの髪を縫うように挿され、群衆のうしろに並んでいる屋台では、エイヴァが旅の語り部たちの話でしか聞いたことがなかった食べ物を販売していた――生の鮪《まぐろ》、ラムの串焼き、東の霧に煙る海岸から何マイルも離れた沖で捕獲されたにちがいないロブスターの蒸し焼き。おそらく電気に動力を得ているであろう見慣れぬサービス装置類が、空中で低い震動音を上げたり、歩道でゴトゴトと音を立てたりしていた。装置の動きはありえないくらい正確で滑らかだった。群衆や物売りの向こう、はるか遠くに、廃墟になった摩天楼の残骸が見えた。折れ曲がった鋼鉄と砕けたガラスで構成された山。分厚い蔦に覆われて、何千羽もの鳥の巣になっている。

　バシュが速度を落とした。ほかの候補者たちの真似をして、エイヴァは座席横の窓から身を乗りだした。前方にフレア・ヒルがあり、丘の頂上には壮麗な黄金のドームをいただいた連邦《コモンウェルス》宮殿が鎮座していた（ケンタッキー、マサチューセッツ、ペンシルヴェニア、ヴァージニア四州の公式名では、Commonwealth を使う）。エイヴァは目を細めて、補佐官をひとり、ふたりかいま見るか、ひょっとして第七代太守自身がいることを示す銀のパラソルでも見つける最初の人間になりたいと願った。

〈大疾病〉は、どうやら一晩で、いまに残る古代賢人たちの作品に読み取れる怠惰で罪深い文明の泡沫《うたかた》を一掃しました――脳を米粒のなかに収める小型電子機器、あらゆる欲望を満足させる大陸間ネットワーク、なにもないところから招き寄せるヴァーチャルな黄金……。われわれの先祖たちが理解していたと思っていた自然法則はもはや当てはまらなくなり、怪物たちが海や陸から湧きだし、先祖たちの思い上がりを咎めて、罰していきました。数百万人が死に、生き残った者たちは変容した世界に直面しました。そこでは生命自体が報復的で、奇怪なものになったようでした。

初代太守が、忠実な顕現した仲間たちの手を借りて、〈大疾病〉直後の混沌とした状態に平和と秩序をもたらしたのは、超人的な努力があったればこそです。

グレマの三十六ある県それぞれは独自の気候と独自の農産物があると同時に〈大疾病〉の独自の傷を受けています——ある県には甘い果実を実らせる豊かな果樹園がありますが、果実は種子を宿しません。別の県は、土壌と水資源がひどく汚染されていてなにも育たず、住民は廃墟を掘り漁ることでかつかつの生活をせざるをえません。さらに別の県には、美味しい魚が満ちあふれている湖と川がありますが、魚の多くは、頭がふたつあったり、尾が三本あったりします……。

この新しいグレマの州境を越え、再生したローンフレアの影響を受けていないところでは、深い霧が航海を不可能にしており、あえて挑戦しようとする向こう見ずな者たちを怪物たちが待ち受けているのです……。


グレマの平和は容易く成し遂げられたものではなく、維持するのはさらに難しいのです。顕現が鍵になります。

補佐官あるいは太守の姿は見えなかったが、エイヴァは、それよりもさらにすばらしい景色に迎えられた。グレマの貴族たち、かつてはエイヴァ自身とおなじように目を見開き、畏怖の念に打たれていたかもしれない男女が、連邦宮殿の階段に立ち、あらたな候補者たちを迎えようとしていた。

貴族たちは華美な装いをしていなかった。電動装置にも囲まれていなかった。ディーゼル燃料をがぶ飲みする機械の怪物にも騎乗していなかった。グレマの貴族たちは、それぞれの顕現したすばらしい自然の姿で、裸で立っていた——

加熱しすぎたはんだと溶けたプラスチックの焼けたにおいにエイヴァは追想から醒めた。声に出さずに毒づいて、エイヴァははんだごてがこれ以上傷まないよう、手元に引いた。

ダメだ、エイヴァは自分にきっぱりと言い切った。恥を思い返し、過去にこだわっていてはなにも手に入らない。いまここで目のまえの仕事に集中しなければ。ゴミ山掘りは、自分とショーに大きな富をもたらすことはけっしてないが、正直で安全な生計手段であり、そこには誇りもあった。

ショーの手伝いを得られず、はんだを外し、取りだした部品の動作を確認し終えたころには、真夜中を過ぎていた。その日の収穫は平均的なもので、大きめのコンデンサーが数個手に入り、次の市が立つ日に良い値で売れるだろう。エイヴァは満足した。

翌日、エイヴァは目を覚ますと、自分がまだ小屋にひとりきりでいるのに気づいた。朝食を作り、太陽が無視できないほど高くなるまで待った。渋々、エイヴァはゴミの山に向かった。

昼頃には、エイヴァは不安になっていた。ほかの掘り屋たちのだれも、ショーの居所を知らなかった。徐々に大きくなる懸念に心を摑まれ、エイヴァはゴミ山を離れ、村に戻った。一軒一軒、エイヴァは弟がいるかどうか訊ねていった。近所の人間や友人たちは、みな首を横に振り、エイヴァの助けにはならなかった。

取り乱し、最悪の事態を怖れて、エイヴァはフェイ・スウェルを探しにでかけた。

フェイ・スウェルの本業は、ドライプ県の人口の大半とおなじ、ゴミ山の掘り屋だったが、エイヴァはフェイが最後にいつ、ふるい鍋や流し樋のそばにいるのを見かけたのか思い出せなかった。実際には、フェイは、密猟者として生計を立てており、地元の県より裕福な近隣の県から家畜を盗んでいた。ときには、グレマの州境を越えて、霧のなかへ入りこみ、怪物どもの珍しい肉を狩りで手に入れていた。そうした肉は闇市で高額で売れ、ドライブ・タウンやウースターのスリルを求めている住民の食卓にのぼるのだった。

　フェイのかたわらに控えているふたりの筋肉質の若者が浮かべている冷たい視線を無視し――フェイが赴くどこであろうと付き従う、彼らのような若者の一党をこの猟師は抱えていた――エイヴァは、足を引きずりながら彼女に近づいていき、弟を見かけたかどうか丁寧に訊ねた。

　身の丈百九十センチ、体重は少なくとも百キロはあるフェイは、人を威圧する存在だった。長い狩猟用ナイフを太ももにストラップで留めている。抜き身のままで、冷たい刃に陽の光が反射して輝き、ところどころ錆なのか血なのかわからぬ汚れが付いていた。フェイはエイヴァの目をしっかり捉え、なにも言わなかった。短く刈った髪の毛とおなじ黒い色の顔には、なんの表情も表れていない。

　エイヴァの心臓が早鐘のように打った。フェイは怒りっぽいことで有名だった。ショーがなんらかの形でこの女性を侮辱していないことをエイヴァは必死に祈った。フェイの視線から目を逸らさぬようみずからに強《し》い、おもねりにも反抗的にもならないように心がけた。

　ようやくフェイが首を振った。「あんたの弟はきのうの午後、あたしに会いに来た」フェイは言った。その声は深く、喉の奥から鳴り響くようだった。「だが、あいつはあたしの義勇軍には加わりたいとは言わなかった」

　エイヴァはホッとしてため息をついた。「よかった」

　フェイは目を細くした。「よかっただって？　腐れどもがここから二、三日旅したらたどり着けるほど近くに大きな勢力を集めているんだよ。だれもが義勇軍に志願すべきだ」

「山賊と戦うのは正規軍の仕事です。太守には、自前の将軍たちがいます」

「臆病者のような口をきく」フェイは言った。顔に露骨な軽蔑の気持ちが表れている。「あたしたちが住んでいるのはどんな時代だと思うんだい？　太守が支配しているというのは名ばかりで、将軍や県令たちは、自分たちの気が向いたときだけ、彼女の頼みを聞いている。あいつらは、いまのところ、山賊よりもおたがいの戦いのほうに関心を抱いている。勇敢な者は、自分たちのものを守るためにまえへ進みでて、富を築き、名を上げるべきだ」

「かならずしもだれもが剣で生きるとは限りません」

エイヴァは言った。

「ゴミ山で骨を折って働くのは、あまり華々しいものではなく、金持ちにもなれないでしょうが、あなたについていくよりははるかに安全です。ショーが肩の上に賢い頭を載せているのを知って、嬉しいです」

フェイはエイヴァをにらみつけた。あたかもエイヴァの言葉を嚙み砕いて理解するのが困難であるかのように目を大きく見開いている。やがてフェイは笑い声を上げはじめた。腹を揺らすような深い笑い声で、顔をくしゃくしゃにして笑った。

「なにがそんなにおかしいんです？」エイヴァは自分の腹に恐怖が育っていくのを感じながら、問いかけた。

「『肩の上に賢い頭』だと？」フェイは、浮かれ気分を抑えるのに苦労しながら、嘲った。「あんたとあんたの弟は、ふたりとも愚か者さ。それぞれちがった形でな」

「あの子といったいどんな話をしたんです？」

「あいつは腐れどもが顕現ワインの独自補給方法を発見したという噂は、どれほど信憑性があるのか、とあたしに訊いた」

エイヴァの顔から血の気が引いた。「な、なんですって？」

「それはわからんが、この世界に関するあたしの知識からすると、その可能性はある、と言ってやった」

「どうしてそんなことが言えたんです？」エイヴァは叫んだ。「オレンジ兄弟は根っからの嘘つきで、あいつらのカルトを真に受けるのは、欺されやすい者たちしかいないのに――」

「あんたはあたしがなにを知っているのか知らない」フェイは言った。声に威嚇の色が浮かぶ。いったん口をつぐみ、落ち着くと、付け足した。「すると、あいつは、腐れどもの野営場所に関するあたしの最善の推測を訊いた。真西に向かいな、とあたしは言った。潰れたハイウェイを越えて。あいつはあたしに礼を言うと、出ていったよ」

エイヴァはゾッとした。エイヴァはショーが顕現に取り憑かれている深刻さを理解していなかった。オレンジ兄弟と腐れどもがおこなっている恐ろしい行為の噂でエイヴァの心がいっぱいになった。

「あの子は山賊から盗もうとしています。手遅れにならないうちにあの子を見つけないと。いっしょに来てください！　あなたの仲間をみんな連れて」

フェイはエイヴァをまじまじと見た。「あんたは弟とおなじくらい頭がおかしいぞ。義勇兵の小隊で腐れどもの基地を襲うのは、自殺行為だ。あいつはあんたの弟であり、あたしの弟じゃない」

「臆病者のような口をききますね」エイヴァは痛罵した。

朱がフェイの顔にサッと差した。「あんたごとき、が、なにを知って――」

だが、エイヴァはすでに姿を消していた。


赤い太陽が、雲の木々のなかに宙づりになった熟れた桃のように西の空に浮かんでいた。

エイヴァは棘に引っ張られ、引っ掻かれ、切り傷をこうむるのもものともせず、肩の高さまで茂るアルクの草をかきわけて進んだ。服がボロボロになり、流れる血が顔と腕を覆った。

エイヴァは潰れたハイウェイの先にある道なき荒野を何時間も突き進んでいた。たえず西を目指して。ショーの姿は見えなかったが、なぜか理由を説明できなかったものの、まえに進まねばならないと感じていた。

略奪を繰り返す腐れども、オレンジ兄弟を崇拝するに至った山賊たちは、〝金持ちを虐殺し、彼らの贅肉を貪《むさぼ》る〟誓いを立てていた。だが、実際には、連中は辺境地の貧者を獲物にしていた。たいていは、ドライプのようなほぼ田舎の県に住む者たちを。真の金持ちは、都市の壁の内側に隠れ、屋敷とクレジット票を奪われないようにすることができた。一方、農夫や牧夫や猟師や鉱夫は、山賊のなされるがままに放置された。

アルクの原野が果てしない海のようにエイヴァのまえに広がっており、風が茎を揺らして波を描いた。夜の冷気とともに原野に霧が立ちこめはじめ、血の色をした靄《もや》でエイヴァのまわりの風景を覆っていく。ときどき、赤い翼の羽衣鳥《ハゴロモガラス》が一、二羽、植物の海から飛び立ち、喉を震わせるような鳴き声を上げて、波の上をかすめ飛ぶトビウオのように霧のなかを素早く飛んでいった。その鳴き声は、小札鎧《こざねよろい》が立てる金属音に似ていた。

エイヴァは立ち止まり、あえぎを漏らした。くたびれており、陽が落ちようとしていた。野生地で夜を過ごすのは危険だった。とりわけ、こんな測りがたい草の海のなかでは。地面に目を凝らす。棘に覆われている茎と茎のあいだの空いたスペースに。やってみる——できる——やるべき——

ダメ、エイヴァはその考えを拒んだ。恐怖と疑念で心臓がドキドキしていた。ローンフレアから戻ってきて以来、エイヴァは自分の秘密を隠し通してきた。家族をバラバラにしてしまい、両親をガッカリさせ、自分を恥辱にまみれさせてしまった真実をふたたび考えるのが嫌だった——

またしても小札鎧がたがいに打ち合うような喉を震

わせるような音が聞こえて、エイヴァの背中に寒気が走った。

驚きとともに、エイヴァはその音が羽衣鳥の鳴き声ではないと悟った。金属的な喉を震わせるような音とともに、自身のあえいでいる息遣いに似ているが、もっと切迫感があって、もっと荒々しい音が聞こえた。アルクの茎のなかでしゃがみこみ、エイヴァは濃さを増す霧に目を凝らし、聞き耳を立てられるよう、ドクドク鳴っている心臓を静まらせようとした。

はるか遠くで船が波を分かつように草の海がかき乱れた。荒い鼻息と長いいなきが稲妻のように霧を飛び散らせた。まだ霧に隠されている草の乱れの奥に、ほかの存在がいるのをエイヴァは感知した。怪物じみた存在が、機械的な正確さでノシノシと近づいてくる

——シュッシュポッポ、シュッシュポッポ。

一陣の疾風が霧を切り裂いた。

生まれてこのかた見たこともないほど巨大な馬がアルクを踏み潰し、折れた茎をあとに残して、突進してきた。体高三メートルは優にある牝馬は、燃える篝火《かがりび》の色をしていた。長いたてがみが深紅の横断幕のようにたなびき、火のように赤いふさふさとした毛——羽根——が蹄《ひづめ》を被っていた。エイヴァはこんな見事な生き物を見たことがなかった。純粋なる力を、たくましさを、スピードを具現化したものだった。

どうして顕現者がここにいるの？

牝馬のうしろを、しつこく追いかけている、二台の図体のでかい長脚がいた。黒い鋼で作られたこの全地形対応型車輌は、巨大な機械仕掛けの蜘蛛に似ていた。八本の関節のあるピストン駆動脚の上に、回転砲塔の備わったずんぐりしたコックピットが付いている。乗員三名のこのマシーンは、太守軍の誇りであり、グレマを闊歩する史上最悪の殺戮装置だった。

牝馬は動きが遅くなっており、自分と追跡者のあいだの距離が縮まりつつあった。

バスン。バスン。

電気と磁力によって、回転砲塔から打ちだされた強力なボルトが、逃げる牝馬のまわりの地面に打ちこまれ、そのうち一本が牝馬の脇腹をかすめた。

牝馬は後脚立ち、悲鳴を上げた。泡を口からこぼしながら、牝馬は振り向き、背後を昂然と見つめ、歯を剝きだし、鼻孔を広げた。汗なのか、血なのか、赤い滴が細い筋となって背中を流れ落ち、周囲の折れた茎を染めた。

不憫に思う気持ちと憤りが込み上げてきた。

バスン！

あらたなボルトが牝馬の頭部にまっすぐ飛んでいった。かかる大形の動物にしてはありえない優雅な動きで、牝馬は横に体を傾け、脚を蹴り、少なくとも二十メートルはしなやかに跳躍した。

だが、二台の長脚の乗組員たちはタンデムを組んで動いていた。もう一台の長脚から放たれた二発目は、牝馬が着地しようとしていた地点を予測していた。ボルトは牝馬の右後ろ脚に命中し、牝馬は苦悶の叫びとともに地面に倒れ伏した。

脚を痛めた牝馬が地面の上でもがいていると、長脚が金属音を立てながら近づいていった。回転する鋸歯が付いた鋼鉄製の顎を高く掲げ、打ちのめされた牝馬をズタズタに切り裂く用意をしていた。沈みかけた陽の光が牝馬の目を捉えたが、エイヴァはそこに絶望をうかがえなかった。戦う意思、抵抗する意思、不屈の精神を最後に表すため生身の歯で鋼鉄の脚に嚙みつこうとする意思しか見えなかった。

血がエイヴァの体内で沸きたった。かくも見事なものを、かくも輝かしく、生き生きとしているものが、機械の怪物のなかにぬくぬくと隠れている数名の臆病者に倒されるのを目にするのは、耐えがたかった。

いきなりエイヴァは立ち上がると、揺れるアルクの茎の海から顔を覗かせた。低い唸りを上げ、エイヴァは体内に意識を集中させた。七年まえに教わったやりかたで――

顕現ワインがもたらす火照りが血管を通っていき、千のスパイスの刺々しい味がまだ舌に残っていた。心は暴風に荒れ狂い、脚をひきずって歩きながら、ころばぬよう姿勢を保とうとする以外なにもできなかった。

ほかの候補者たちとともに、エイヴァは、宮殿下にある秘密のトンネルの迷路のなかにある反射の間に連れていかれた。ひとりずつ、候補者たちは鏡の部屋に案内され、そこでそれぞれの真の姿を見せられることになる。

神々の社での敬虔な祈りを永年つづけ、賢者たちの言葉を読み覚え、推薦状をあがなう機会を得るため、両親が節約して金を貯めてきたのが、この瞬間に繋がっていた。

閉ざされた扉の向こうから、恍惚の叫びが上がり、つづいて観察者の一団からの称賛のうめき声が聞こえた。どんな新しい自身があの少年に顕現したのだろう？　少年の運命は、彼の家族の運命同様、永遠に変貌を遂げるだろう。少年は、顕現者のひとりに、グレマの貴族のひとりになる道をたどる定めに置かれるだろう。連邦通りを行進するあらたな候補者たちを歓迎するため、宮殿の階段に佇《たたず》むのだ。

曲がった角が対になった半月刀のように高く掲げられ、蹄で地面を打っている牡のバッファロー。宮殿の青銅の門扉ほど体高があり、退屈そうにあくびをしている牝の虎。広げた翼が少なくとも幅八メートルはあり、金切り声を上げている鷲。キデ県令の長脚ほどの巨大な体軀を持ち、後ろ脚で立つ熊……。

閉ざされた扉の向こうの物音が静まった。顕現した少年は、部屋の反対側にある別の扉から連れだされ、宮殿に登っていくだろう。そこで太守と補佐官が少年を迎え、貴族の地位を確保してくれるだろう――最下位であるのは確実で、はしごを登っていくには、相当な政略と闘争がまだ必要とされるはずだった。

不安のあまり譫妄《せんもう》状態になりかけながら、エイヴァは鏡の部屋に入る次の候補者が自分だと悟った。「母さん、父さん、ショー」エイヴァは囁くようにひとりごちた。「あたしたちの払った犠牲はその価値があったんだよ」

裕福な都会の住民は、顕現のための候補者を選ぶ任にあたっている県の推薦委員会の目に留まるための数多くのルートを持っている一方、ゴミ山の掘り屋には機会がほとんどなかった。家族が何年も勤労奉仕をおこなってやっと県令はエイヴァを推薦しなければならないと思うにいたる。特権階級の子どもたち何十人ものなかでひとりだけ地方の顕現候補者に推薦された。一家はその後、蓄えをすべて、金銭での説得に応じる旨を公にしている数名の推薦委員への賄賂に投じた。そのうえでも――委員会の人間が聞きとり調査をおこない、駐屯隊の指揮官がエイヴァの運動能力に感銘を受けたと証言し、学者たちが古代文献に関するエイヴァの知識に好意的な意見を述べたのを知るまで――エイヴァの立場は確保されなかった。そうした業績の背景には、家庭教師やトレイナーの力を借りずにおこなった数え切れない時間の勉学と修練があった。

顕現ワインは〈大疾病〉後に発見されることになったこの変容した世界のとっておきの秘密のひとつだった。肉体内部の隠されたメカニズムを目覚めさせる調合物であるこのワインは、飲んだ者を第二形態に変身させた。潜在している才能と隠れた能力をあらわにする形態だった。その力を借りて、初代太守は、〈大疾病〉直後の暗黒時代には、目立たぬちんけなヤクザ者だったのに、龍に顕現した。カリスマ性と不屈の精神を持つ壮麗な獣に。ほかの顕現した仲間たちの軍勢とともに、彼は地上から怪物どもを追い払い、仇敵たちを打ち負かし、グレマ州を創設したのだった。

目のまえの重たい扉が勢いよくひらいた。鏡張りの壁から反射する光はあまりにも眩しく、エイヴァは両腕を盾にして目を守ろうとした。

「エイヴァ・サイド」扉をあけた介添人が抑揚をつけて言った。「入るがよい」

よろよろと倒れそうになりながら、震える手で壁を支えにして、眩しさに目がくらんだまま、エイヴァは手探りで部屋に入った。頭のなかはボーッとして、心臓の鼓動が耳のなかで咆吼していた。

自分は逞しい牛になる運命なんだろうか？　事務方として太守に忠実に仕え、いつの日か議会の権威ある位階にまで昇進するのだ。あるいは、賢い猿になる運命なんだろうか？　ローンフレアのアーカイブの破損したデータバンクのなかで失われた古代の賢者の知識を復活させる任務を与えられ、グレマに新しい黄金時代を迎えさせようと努める学者になる。あるいは、ひょっとして、神々によって、狼かロブスターにされるのかも？　〈大疾病〉がのさばる荒れ地の怪物どもや、連邦内の野心を抱く反逆者たちの脅威から文明のオアシスであるこのグレマを守る戦士に。

エイヴァは半分ほどしかわからない介添人の小声での指示を実行しようともがいた。目をつむり、深呼吸をすると、肺のなかの空気がふたつのエネルギーの球であることを思い描いた。一個が青く、もう一個が赤い。ゆっくりと、エイヴァはエネルギーの球を自分の腹に押しこむところを想像した。そこで二個が融合して一個の白熱した球になる。その球にエネルギーを補給し、燃料をくべ、煽いで炎をかきたて、エイヴァは意思の力でその球を育て、胸腔と四肢を充たそうとした。聖なる炎を肉体に充たそうとする。そのエネルギーが古い自分を燃やし尽くし、個々の細胞を目覚めさせ、髄と筋肉に新しい血管を通し、肉体を再構築し、あらたな形態へ、あらたな自身へと変えていくところを思い描き――

――恍惚と恐怖の思いにエイヴァは悲鳴を上げ、それを感じた。顕現ワインが体のなかで活動的になり、毎年春に洪水を起こすアーロス川が堤防の形を変えるように、自分を作り直していくのを感じた。ワインはエイヴァの真の本質を発見し、水銀の蒸気のなかで光絵師の銅板に撮影した画像が次第に現れてくるのにとても似た形で、それが表面に浮かび上がってきた。エイヴァは骨にひびが入り、融合するのを感じた。筋肉が新しい骨格に付け替わり、あらたな空間に合うよう臓器の配置が変わるのを感じた。……物理的な感覚は、喜びでも痛みでもなかったが、その両方に似たなにか、両方を超えたなにかだった。エイヴァは変身の激しさにすっかり呑みこまれ、我を忘れた。

やがて意識が戻ってきた。再度、四肢に命令を下せるようになっていたが、すぐに違いに気づいた。冬にはじめて毛皮とブーツを身に着けたような感じがして、なにもかもぎこちなく動かしにくく感じた。優雅に、きちんと制御して動けるようになり、人間の形態と顕現形態を易々と切り換えることができるようになるには、新しい体になじむ必要があるだろう。

まだ動こうという気になれないまま、エイヴァは自分の新しい姿形を見て感嘆の声が上がるのを期待して待っていた。

咳払いひとつ聞こえないまったくの静寂。

おそるおそる、エイヴァは目をあけた。

認識しがたい光景に自分がどのような形態に変貌したのか、エイヴァは考えることができなかった。巨大な彫像が、智慧の寺院にある見上げるほどの円柱のようにエイヴァのまわりに聳《そび》えていた。エイヴァのはるか頭上に吊り下がっている、衝撃の表情を浮かべた巨大な人間の姿があった。彼らはあまりにも巨大だったので、過ぎ去りし時代の物言わぬ証人たち、太古の廃墟と化したローンフレアの摩天楼をエイヴァは想起した。

「あたしはどこにいるんです？」エイヴァはボーッとしながら、口に出して訊いた。

すると、巨大な彫像たちが動きはじめた。彼らの声がエイヴァの耳に雷鳴のように轟いた。自分の耳がこんなにも敏感になっていることに衝撃を受け、エイヴァは顔をしかめた。彼らの言葉は判じがたく、理解するのは無理だった。なすすべもなく上を見て、突然エイヴァは扉をあけてくれた介添人の顔を認識した――

「役に立たない顕現だ！」介添人は咆吼した。「時間の無駄だ！」巨大な顔が嫌悪の表情を浮かべて歪んだ。

「ゴミを漁り、雑草をついばんでいたからこんなことになるんだ」別の声。雷鳴のような拍手。

「基準だ！ 県では基準を気にしないのか？」

本能的に、エイヴァがまえにすばやく進んだところ、樹齢百年の木の幹ほど太い脚に付いている巨大な足が、一瞬まえまでエイヴァがいた場所に叩き下ろされた。

エイヴァは明るい壁のまえにいる自分に気づいた。怯えた目をし、鼻をひくつかせながら、毛皮に被われた顔を見返していた。エイヴァがうずくまると、壁の鏡に映った姿がおなじように毛皮に被われた前脚を下げてうずくまるのが見えた。

徐々にわかりはじめた。

長くてくたっとした耳がうなだれて肩にかかるのを感じ、かつ目にした。喉から甲高い哀れな鳴き声が漏れた。エイヴァはまんなかで割れている上唇を舌で舐めながら、鏡に映った生き物を見つめた。体長三十センチ足らずで、アッシュグレーの毛皮に被われた生き物が、その動きを繰り返した。

恐怖と恥辱に圧倒され――

――またしても苦痛と喜び、恐怖と恍惚とした感覚を味わっていると、アルクの茎が跳ね上がり、エイヴァのまわりで密集した。

人間の形態では気づかなかった千の刺激的なにおい

に鼻孔を襲われた——野鼠や鹿が落としたばかりの糞、晩秋の腐りかけている植物、マッシュルームの群生が立てる酔っ払わせる芳香。動きの滑らかな小船に乗ってアーロス川を進む漁師が引いている網のように繊細な耳は、薄暮の空気中のあらゆる音と震動を捉えた。顔の両側に位置するようになった目は、周囲のほぼ全方位の景色を提供していた。エイヴァが好む薄明かりのなかでも鮮明に見えた。

金属と金属がこすれあうさらなる音が聞こえた。深紅の牝馬からさらに傲然とした鳴き声が上がる。

エイヴァ兎はまえに跳ね、逞しい後ろ脚がもたらす解放感を味わった。体が縮んだいま、深いアルクの草原は、もはや、むりやり押し通らねばならない道なき抵抗感の強い媒体ではなくなり、どこでも目を向けるところに幅広くひらけた道がある、揺れる木々の森になっていた。

まえへまえへ、エイヴァは駆け、飛び跳ねるたびにもうひとつの体にどんどん慣れていった。この新しい形態の存在に没頭するにつれ、捕食者ではなく捕食される側に顕現したという恥ずかしさ、とてつもなくでかい牛や虎や狼や龍ではなく、ありふれた特徴のない兎である恥ずかしさは、脱ぎ捨てた人間の衣服とおなじように失われてしまった。

面目を失い、ローンフレアから帰ってくると、エイヴァは失望した家族に鏡の部屋で見たもののことを秘密にし、顕現するのに失敗したとだけ、伝えた。だが、ときどき、ひとりでいるときに月の光を浴びて、兎の形態になり、飛び跳ね、まわりを探り、夜気をクンクンと嗅いでなじみのないにおいを探すのに喜びを感じた。自分だけの現実を経験するのは、なにかになるもうひとつの方法だった。

エイヴァは心に葛藤を抱えた。どうすれば自分の人間としての本質と、兎の本質を和解させたらいいのか、わからなかった。

だが、そのような悩みは、いまここではどうでもよかった。まず第一に、この姿での特殊な任務を達成しなければならなかった――もがき苦しむよりもやらねばならないことがあった。

アルクの茎がわかれているところで脚を踏ん張って止まり、巨大な牝馬と顔を突き合わせた。

　エイヴァが脚を痛めた馬に同情の視線を向けると、馬の目の光が小さくなった。牝馬は諦めて鼻を鳴らした――兎の同情がなんの役に立つ？　晩餐皿の大きさをした馬の蹄よりも小さい生き物の。もどかしげに牝馬は頭を振り、機械の捕食者が自分たちに襲いかかってくるまえに逃れるように、兎に告げた。

「じっとして」エイヴァは牝馬に囁いた。牝馬の目に驚きが浮かぶのを目にして、満足感にエイヴァの心は温かくなった。「横になり、脚を蹴るのを止めて。この赤い光のなかだとやつらがあなたを見つけるのは難しくなる」

　牝馬が驚いてあえぐと、エイヴァは飛び跳ねて分厚いアルクの茂みに入り、長脚をまっすぐ目指した。

いた！　金属の脚の上下が、視界に入り、隕石が小さな森に墜落したかのようにアルクを踏み潰した。二本目の脚があとにつづいた。金属の円柱が、揺るぎない力、堕落した性質を持つ力で、鈍く光っていた。

　あたしになにができる？　エイヴァは疑念にかられながら、目のまえの光景についてじっくり考えた。

　エイヴァは足が速いものであり、戦うものではなかった。体の大きさと重さと力を欠いていて、金属蜘蛛を止めることはもちろんのこと、動きをゆるめることすらできなかった。搭乗員にとって危険になるような短剣様の歯があるわけでも、鋼を引き裂く鉤爪を持っているわけでもない。太守の最強戦闘武器に対して、毛皮の塊がなんの役に立つ？

　さらなる金属脚が地面に叩きこまれ、地面が震え、やがて静かになった。回転する鋸歯の顎が逡巡しているようだった。深紅の牝馬はエイヴァの助言を守っており、蜘蛛の搭乗員たちは、獲物を――少なくとも当座は――見失っていた。

希望がエイヴァの心にふたたび灯った。歯を食いしばると、聳える脚に向かって跳躍した。太い円柱の二本の隣に着地し、コックピットの搭乗員から死角になるところに入ると――たとえ見かけたとしても、エイヴァのことを脅威だと認識するとは思えなかったが――上下する脚の周辺のアルクの茎に嚙みついた。

エイヴァはすばやく働いた。茎は苦い味がして、その根でこしらえた茶とかなり似た味だった。切歯を鑿《のみ》のようにたくみに操ると、エイヴァはアルクを思うままに切り取った。

一本の茎が倒れ、二本が倒れ、三本目が倒れた。エイヴァは小型版の木こりだった。時を争って、頑丈で繊維質の幹を切り倒そうとした。

金属の蜘蛛の脚は動かないままだった。砲塔がうなりを上げ、エイヴァの頭の上で旋回し、搭乗員たちは血まみれの馬の形をしたものを探した。どういうわけか、あの馬は、まるで熾火《おきび》が広がる平野のように沈む陽に深紅に染まった、アルクの深い草原に姿を消していた。試しに蜘蛛はもっとも濃い茂みにボルトを数本打ちこみ、怪我をした獲物が狩りだされてくるのを期待した。

エイヴァは自分にはあまり時間がないのをわかっていた。ヒリヒリ痛むあごを休めるため休息を取ることなく、彼女は前後に飛び跳ねはじめた。アルクの倒れている茎のあいだを、ひどく昂奮したビーバーのように動きまわる。

一本まえに通し、二本横に通す、一本まえに通し、二本横に通す……。疲れ知らずでエイヴァは前後に飛び跳ね、耳をうしろに寝かせたまま、前脚で繊維質の葉をしっかり摑んでいた。掘り当てたプラスチックの細片から手袋を編み上げるのとおなじパターンだった。

あまりになじみがある動きだったので、エイヴァはトランス状態に入った。

突然ガサゴソいう音にエイヴァの耳がピクッとなった。牝馬が、痛めた脚の痛みにがまんできなくなったのか、隠れている場所でビクッと動いたのだ。エイヴァの頭の上にある蜘蛛の砲塔が回転して、叢《くさむら》の突然の動きに照準を合わせた。ディーゼルエンジンの唸り声に夜でも感知できないくらいの変化があった。エイヴァは飛び跳ねて逃れた。自分は充分なことをやったと月の玉兎に祈った。

エンジンの唸り声は甲高いものになっていった。ピストンが収縮をはじめ、関節がたわみはじめ、脚が持ち上がり、協調した舞を舞いながら、まえに歩を進めようとした――

アルクの茎から作った繊維で縛られた二本の脚ががいにぎこちなく引っ張りあい、蜘蛛はつまずいた。蜘蛛のなかの操縦士は、困惑し、脚のからまりをほどこうとして、コントロール・スティックを前後に動かした。だが、エイヴァが撚って、織ることで強力になっている草の紐は堪えた。

操縦士は困って、コントロール・スティックを強く摑み、前後に動かし、ピストンに送るパワーを増やした。不意に脚を結んでいた織り紐がはじけ飛び、力をこめられていたひょろ長い付属体は、いきなり抵抗がなくなって、激しく脚を振りだし、コントロールを失った。

乗り物はぐらつき、バランスを失いかけた。パニックに陥り、操縦士はコントロール・スティックと格闘し、それを反対の方向に強く押しやった。ピストンがうめきを上げ、ひょろ長い脚が体の姿勢を正そうと空しくもがいたが、手遅れだった。蜘蛛は、生まれたばかりの馬の仔のようにつまずき、足がかりを失って、大きな衝突音とともに地面に倒れた。ブンブンと音を立てている金属の鋸歯が地面に喰いこみ、岩や小石を爆発的に放り上げ、雹《ひょう》のように降り注がせた。砲塔はうめきを上げて、回転を止めた。煙が継ぎ目から立ち上った。一瞬ののち、三人の兵士が、咳きこみ、ゲホゲホ言いながら、最上部のドアを勢いよくひらいて、脱出した。

もう一台の蜘蛛の搭乗員は、僚機を倒したのがなんなのかわからず、自分たちもパニックになっていた。自分たちが攻撃を受けていると考え、搭乗員たちは動けなくなった蜘蛛のすぐ近くあたりに銃の狙いを定めると、速射をはじめた。ボルトが地面にブスッと刺さり、混乱に拍車をかけた。倒れた攻撃装置の搭乗員たちが乗っていた自分たちの乗り物のうしろに身を隠し、僚機の搭乗員たちに発砲を止めろと叫んでいる隙にエイヴァは安全な場所に飛び退いていた。

やがてまだ機能している長脚の搭乗員たちは壊れた蜘蛛から逃げていく兎に気づいた。砲塔が兎を追おうとして回転し、地面にボルトを叩きこんだが、数センチのところで兎に命中させることはできなかった。

左、右、ジグザグ。方向を一秒ごとに変えることで、エイヴァは九死に一生を得ていた。自分の動きが遅くなり、息が切れはじめているのがわかった。エイヴァは走るのは速かったが、体は瞬間的なダッシュをするための作りになっており、継続して運動するようにはなっていなかった。砲手がエイヴァに追いつくのは時間の問題でしかなかった。

「動くのを止めたらあいつらにあんたは見えないよ!」風に乗ってしゃがれた囁きが聞こえてくるのをエイヴァの耳は捉えた。

エイヴァは瞬膜を目に下ろし、前脚で地面を掘った。できるだけ小さく体を丸め、さらなるボルトがすぐ横の地面に叩きこまれたとき、飛びだそうとする本能を抑え、飛び散った土と折れた茎で身を隠そうとした。

情け無用のバスン・バスン・バスンが止まった。あの声の言う通りだった。パニックは自分自身の助言を忘れさせていた。エイヴァは小さすぎ、薄暮はあまりにも視界を悪くさせていた。エイヴァが通ることで茎が揺れて居場所を明らかにしないかぎり、彼女は事実上、目に見えない存在だった。

砲手が標的を探そうとして砲塔が回転をつづけ、甲高い音を立てつづけた。人間の声が起こす耳障りな音が、エイヴァの存在を忘れて、空気に充ちた。

「いったいあれはなんだった？」

「畑鼠《ハタネズミ》かな？」

「もっとまずいものかもしれない。腐れどものひとりかも！」

「腐れどもはあんなに小さくはない。ただの阿呆な動物だ。おまえはおれたちに向かって発砲したんだぞ！　まかりまちがえれば――」

「そっちこそ、史上最悪の操縦士だ！　畑鼠のせいで長脚を壊した人間なんか聞いたことがない。隊長はきっと――」

「畑鼠のことは忘れろ。逃亡者はどこだ？」

「そんなに遠くにいけたはずがない。こっちへ上がってこい。あの女を追いかけよう」

悪態や笑い声、縄ばしごが下へ放り投げられるシュッという音。機能している長脚が、壊れた双子の動けなくなった搭乗員たちを回収していた。

「動ける？」エイヴァは離れたところに声を投げかけた。人間の搭乗員たちには聞こえないだろうが、牝馬は甲高い自分の声を聞けるだろうとわかっていた。

「動けない」風に乗って返事が届く。

エイヴァは自分たちの置かれている状況を考えた。搭乗員たちが蜘蛛に合流すると、彼らは狩りを再開するだろう。牝馬が見つかるのは時間の問題だった。

エイヴァの心臓が痛いくらいドキドキした――途方もなく怖かった。だが、エイヴァは意を決して、蜘蛛のいる方向に向け、アルクをゆっくりと這い進み、茎を動かさないようにあいだを通り抜けた。なにか手を打たねば。どんなことであれ。

　巨大な殺戮装置が視野に大きく入ってきた。三名の人間がコックピット側面から垂らされた縄ばしごを登っていた。蜘蛛は彼らの体重で斜めに傾《かし》いでいた。

　長い後ろ脚をたわめ、エイヴァは跳躍し、草の上に短い弧を描いた。着地すると、まっすぐ前方に駆け、ひょろ長い脚のあいだの開口部を目指した。

「そこだ！　そこ！」

　ずっと穏やかに揺れている草の海に神経質に目を走らせていた砲手が、考えなしに引き金を絞った。砲塔を回転させ、傾け、灰色の線のような動きから目を離さないようにして、砲手はつづけざまに発砲した。

「撃つのを止めろ！　この阿呆――」

　だが、手遅れだった。回転する砲塔の運動量と、反動、登ってくる人間の重量が組み合わさって、蜘蛛の重心が崩れた。

　怒鳴りつける命令、悪態、悲鳴。二台目の蜘蛛がぐらつき、バランスを崩して、骨が砕けそうな大音量とともに地面に激突した。

　エイヴァは分厚いアルクを駆け抜け、負傷した牝馬を残してきた場所へ戻った。

　馬の代わりに、豊かな赤い巻き毛の背の高いほっそりした女が地面に横たわっていた。女の顔は、悪くない器量だったが、赤い線が縦横に走っていた。アルクの棘で引っ掻いた痕かもしれないし、酒の過剰摂取からくるクモ状血管腫かもしれなかった。片方の脚が不自然な角度に捻られている。

　エイヴァは息を切らせて、うずくまった。女は手を伸ばし、エイヴァの背中に優しく置いた。エイヴァの兎の体がブルブルと震えたが、その接触を許し、相手の目をしっかり捉えた。

「ありがとう」女は囁いた。先ほど耳にしたのとおなじしゃがれた声だった。「だれかに……あなたのような人に……助けられるとは思ってもみなかった」

「感謝するのはまだ早いかもしれないよ」エイヴァはあえぎながら言った。「避けがたいものを遅らせただけ。あいつらが混乱から立ち直れば、長脚がなくても、六人の訓練を受けた兵士が徒歩でやってくれば、あなたもあたしも苦もなくやられてしまう」

女は姿勢を変え、顔をしかめた。「こんな脚じゃなかったら、けっして捕まらないのに」そう言って、壊れた機械のある方向に嘲りの表情を向けた。「六人の兵士なんてなんでもない。正々堂々と戦えば、深紅の牝馬は、たとえ一万人いようと、立派に持ちこたえてみせる」

この女の畏怖を感じさせる顕現態の見事さを思い返して、それがたんなる空威張りではないとエイヴァにはわかった。

「あたしはあまり戦いが得意じゃないの」エイヴァは嘆いた。「この形態でも、人間の姿でも」

女はエイヴァを見た。「戦いでそばにおきたいのは、あなただけだ、灰色の兎」

置かれた手に体を温められながら、その言葉に心が温められた。エイヴァは目に涙が込み上げてくるのを女に見られぬよう、横を向いた。

二台の横転した蜘蛛の搭乗員たちは、たがいの手当てを終え、いまやどうやって逃亡者を狩ろうか話し合っているところだった。

「ここから離れて、身を守って」女は言った。「今生ではこの借りを返せそうにない」

エイヴァは首を横に振った。「あなたを見捨てない」

女はほほ笑むと、エイヴァの長い耳を撫でた。エイヴァはその仕草に恩着せがましいものをいっさい感じなかった。ただ、感嘆しているだけだ。「あなたがどんな姿なのか見せて。いっしょに死ぬのなら、まずあなたの顔を見たい」

「どうして？」

「最果ての地にある英雄の間であなたを見つけ、生まれ変わって、いっしょにあたしたちを殺したやつらを狩ってやろうと誘えるように」

エイヴァは笑い声を上げた。あまり長く生きられないだろうとわかっていても、恥辱に充ちた人生に長く欠けていた感覚を覚え、喜びに身震いした。これは誇りという気持ちだった。

エイヴァは人間の形態に戻り、女の隣に横たわった。

「あたしの名前は、エイヴァ・サイド――だけど、灰色の兎のほうがピンと来る」

「あたしはリヴァーイースト県のピニオン・ゲーツ。あなたと知り合えて光栄よ」

ふたりは手をかたく結び、上体を起こすと、兵士たちのいる方向を向き、自分たちの運命に向かい合う用意をした。

つっけんどんな声が割りこんだ。「あんたたちふたりの相互尊敬クラブの初会合が終わったのなら、ここからの脱出方法を話し合えるかな」

鈍い人間の五感では、エイヴァは空気に突然充満したネコ科の強いにおいに気づいていなかった。衝撃を受けて目を凝らすと、しなやかで力強い豹が、アルクの分厚い茎をかき分け、自分たちのほうに近づいてきた。石炭のように黒い外皮をまとい体長三メートルは優にある。

「フェイ・スウェル！」エイヴァは感極まって言った。「ここでなにをしているの？　それに、いつ……どこで……どうやって顕現したの？」

「あんたの知らないことがあたしにはたくさんあるんだ」フェイは尊大に言った。「あんたはあたしを臆病者と呼んだ！　もしあたしが家で怯えているあいだにあんたがたったひとりで弟を救いに腐れどもを追っていったという噂が立ったら、子分たちのまえでどうやって頭を上げていられれよう？」

ふたりにとやかく言う隙を与えずに、フェイはくるりと背を向けてしゃがみこみ、背中を差しだした。

「乗りな！」

フェイがふたりの女性を背に乗せ、星々の下、アルクのなかをゆっくり走り抜けていると、三人は、それぞれの来し方の物語をわかちあった。

ピニオンはアーロス川の沿岸で操業していたトロール漁業者だった。ある日、彼女は珍しい三つ頭のカラフトマスを捕らえた。腸を抜いていると、なかに小さなガラス壜が見つかった。スパイスやハーブの香りがする緑色の液体が入っていた。美味しい酒に目がないピニオンは、それを一息で飲んでしまい——かくして顕現者になった。

「ローンフレアにいって、幸運を求めなかったのはなぜ？」エイヴァは訊いた。「あなたみたいな幸運に見舞われるためなら手足の一本や二本なくなっても惜しまない人間は何千人もいるよ」

ピニオンはそっけない笑い声を上げた。「旅の語り部から、連邦宮殿は、春の洪水時期のアーロス川より泥にまみれ、乱れている、とうちらは聞いているんだ。気ままに酒をかっくらっている暮らしを諦めて、権力の流れに乗ろうとしておべっかを使いたいなんて思うわけあると思う？　いいや、あたしは放っておかれたかったのさ」

それで、ピニオンは自分の才能を隠して、それまでの暮らしをつづけた。だが、ある日、ビールと賭け事の午後を過ごしたあと、ひとりの役人が、でっち上げた嫌疑をある漁師一家の息子にかけて、一家の老後の蓄えを強奪しようとしているのを目にした。酒に勢いがついた怒りに任せ、ピニオンはその役人を木に縛りつけ、許しを懇願するまで鞭打った。強奪しようとしていた一家に手を出さないという言質《げんち》を引きだすと、ピニオンは役人を解放した。

だが、辱められた役人は復讐を試みた。ならず者を雇って漁師一家を殺害し、ピニオンを犯人だと告発した。まともな捜査や裁判はおこなわれず、リヴァーイーストの県令はピニオンを逮捕し、翌朝、処刑するると宣言した。その夜、ピニオンは深紅の牝馬に変身し、囚房の扉を蹴破り、看守たちに重傷を負わせて、脱走した。リヴァーイーストの通りをギャロップしていると、漁師殺しの役人を見つけ、ピニオンは蹄で叩き潰した。それからというもの、ピニオンは逃亡者として暮らしており、つねに逃げていた。

「太守の役人がそんな無法を働くとはどういうこと？　それに、その県令も、顕現した貴族であることを考えると、そんなに愚かで人情を解さないなんて！」エイヴァは、フェイの背中でおだやかに上下に跳ねながら、叫んだ。フェイ・スウェルは、漆黒の豹の形態では、星の光でも太陽の下とおなじくらい目がよく利くようで、狩人の自然な優雅さで移動していた。

「あの太守は、執政にほとんど関心がない無能な若い女に過ぎない」フェイは言った。背中に成人女性をふたり乗せているにもかかわらず、呼吸はゆっくりと平静だった。「あの女は智慧と徳を持つ相談相手をまわりに置かず、子どものころの遊び仲間を置いているだけだ。そいつらは女の耳におべっかを詰めこみ、自分たちの櫃《ひつ》に連邦から奪い取った財物を詰めこんでいる。貪欲と野心が宮廷のルールで、顕現していようといまいとにかかわらず、すべての県令や将軍や役人や補佐官の目標は、自分本位の利得であり、住民の利益のためじゃない」

エイヴァは黙りこんだ。フェイが言っていることは、あらゆる人々によく知られていることだったが、エイヴァは決まってそれを否定しようとしてきた――顕現した貴族たちが、それぞれの形態においてすばらしいのとおなじに徳においては完璧ではないと認めることは、エイヴァにとっての理想が死ぬことを受け入れることだった。顕現者の位階を授からなかったせいで、その入手不可能性が彼らのことをいっそう理想化してしまったのだった。

「で、あなたはどうなの？」エイヴァはフェイに訊ねた。「どうやって顕現したの？」

フェイはグレマの州境を越えたあたりの霧のなかを探索するのが昔から好きだった。というのも、もっとも興味深い怪物どもが見つかる場所だったからだ。その毛皮や枝角、角、鱗は、闇市で大金を稼いでくれる。あるとき、ドライプ・タウンで取引をしていると、議会の補佐官に雇われたひとりの女を紹介された。女はセンザンコウの鱗という珍品と引き換えに顕現ワインの入った壜をフェイに差しだした——補佐官は、センザンコウの鱗で精力をつけ、若さを長く保てる水薬を醸造できると信じていた。

「その人はあなたに顕現ワインの提供を申しでたの？」エイヴァは信じられぬ思いで訊いた。「でも……それは犯罪だよ！」

「権力を持ち、位階をもらった貴族には、地上の法律は、たんなるトイレットペーパーの染みに過ぎないのさ」フェイは言った。「ピニオンがあんたに話したように、顕現していようといまいとにかかわらず、個人的な利得がなければ役人がやろうとすることなんてなにもない。山賊から身を守るのに正規軍に頼るのは無駄だとわかったんだ。だから、自分を守れるよう強くなろうとして、その顕現ワインを受け取った」

エイヴァはまたしても黙りこんだ。顕現するよう推薦を受けるのが、おのれの本当の真実を見出し、貴族の位に加わる唯一の道だと教えられてきたのだが、現実はまったく異なるものだった。

いや、いや、いや。

まさに事情は、変わっているんだ。

エイヴァとフェイとピニオンは、人間の形態に戻り、霧に包まれた谷のなかの野営地をこっそり覗いていた。三人はグレマの州境の外を何マイルも離れたところにいた――フェイですらこんな遠くまで狩りに出たことはなかった。

この場所は、〈大疾病〉以前の日々に町のあったところのようだった。蔦に覆われた住宅やビルの廃墟のあいだに格子状の通りがあるのが、まだ見分けられた。廃墟の多くが、住居区画や、戦利品の保管場所として、腐れどもに接収されていた。調理をしている煙が上がっていたり、廃墟のまわりに人影が集まり、重たい箱を運んだり、荷物が満載された荷車を押したりしているのがその証拠だった。全体的な印象は、欲望のみに突き動かされている生き物で充ちあふれている、スラム街を見下ろしている、というものだった。

「あそこにどれくらいいると思う？」エイヴァがその光景に怖れをなして、訊いた。

「少なくとも八百人の戦士はいるねえ」フェイが言った。「そのうち何人が顕現鼠だとだれにわかる？」

ピニオンとフェイは、エイヴァが弟を連れ戻すのに手を貸すと誓っていた。数日旅をしたのち、ピニオンの脚はいまやほとんど恢復していた。ショーのあとを追ってきたのだ。フェイの敏感な鼻が、ついにここまでショーのあとを追ってきたのだった。ショーが自分の力でここまで到達できなかったのは明白だった――腐れどもの捕虜になって連れてこられた可能性が高かった。

「エイヴァの言ったことが正しい気がしてきた」フェイが低い声で言った。「正規軍をここに来させるよう説得するためにもっと必死で頼むべきだったかもしれない」

エイヴァの執拗な主張に応じて、いったん腐れどもの基地を見つけると、ピニオンがドライプ・タウンに引き返し、その場所を伝える伝言を県令に残した――脚の速い牝馬にとって、往復にかかったのは一日だった。ピニオンもフェイも、キデ県令がその情報になんらかの手を打つ可能性が少しでもあるとは、思っていなかった。

ピニオンは喉を鳴らして笑った。「怖いかい？」彼女はフェイを見た。クモ状血管腫の浮かんだ顔に挑むような笑みを浮かべる。「あたしにはあんたの歯も鉤爪もないけど、戦いに怯むつもりはない」

「たとえ最強の猫であっても、鼠が二十倍の数いれば、かなわない」フェイが反論した。黒い頬に深い赤味が浮かんでくる。「それに戦いが劣勢になれば、あたしたちのなかにはだれよりも速足で逃げだす者がいるんじゃないかしら」

「だれが逃げるとほのめかしているんだい？」ピニオンがふざけて怒ったふりをした。

ふたりの勇士はすぐさまたがいを気に入るようになっていた。機会があるたびに——口頭でも物理的にでも——好んで小競り合いをはじめた。

「あそこに走りこんで、出くわす腐れどもと戦いはじめるというのは、ダメ」エイヴァは言った。「あなたたちがどれほど腕前に自信をもっていてもかまわないけど——向こう見ずになるのは、なんの得にもならない」

オレンジ兄弟は、マセンワル湾にある島々のひとつの出身の三人の若者で、数年まえにローンフレアでの顕現式に招かれるよう推薦を受けた。だが、ワインを飲んだ結果、三人は人の大きさの鼠として顕現した。普通は反逆者あるいは犯罪者と関連している形態だ。太守は、三人を投獄したが、彼らは賄賂を使って脱出し、出ていくまえに太守の貯蔵庫のなかから顕現ワインの蓄えを盗んだ、と言われていた。

しばらくのあいだ、彼らは小規模な山賊部隊を率いて、グレマの町々を移動する隊商を襲うことで満足していた。だが、昨年には、彼らの集団は数千人に膨れ上がっていた。主に北部の諸県での干魃《かんばつ》のせいだった。戦士たちに怖れを知らぬようにさせ、個々が十倍の力で戦えるようにするなんらかの魔法を彼らが修得した、という噂が流れた——〝腐れ〟と表現される状態だった。彼らは村々を襲い、小規模な町ですら襲った。そして彼らが通過したあとは、イナゴの大群の異常発生に襲われたかのように、死と荒廃しか残らなかった。

「じゃあ、あんたの考えている案はなに？」ピニオンとフェイがいっしょに訊ねた。

エイヴァは腐れどもの基地をじっと眺め、周囲を目で探った。やがてその視線は、廃墟の町のすぐ外にある排水路に落ち着いた。

「これはあんたがこれまでに考えたなかで最悪のアイデアかもしんないな」フェイが不平をこぼした。「悪臭が耐えがたい」

「顕現形態になるよう頼まなかっただけでもありがたいと思って」エイヴァは鼻と口を覆っている布越しにくぐもった声で言った。「あの敏感な鼻だと、気絶していたかもしれないね」

「あまり話さないでくれるかな」ピニオンが言った。「あんたらと話せば話すほど、空気を吸わなきゃならなくなる」ピニオンは大きな跳ね音を立てて、ぬるぬるしたものから脚を引き抜いた。「それからいま歩いているものの特質をあまり真剣に考えないでほしい」

ピニオンは小声で付け加えた。

頭の上で暮らしている何百人もの腐れどもが廃棄処理しなければならないもののことを思って、フェイはえずきそうになった。少なくとも、不平をこぼすのを止めた。

三人は真っ暗闇のなか、足首の深さまである排水路を通っていた。一歩ごとに一様にぬるぬるした壁に手をつきながら。

「ここを灰色の兎の姿で先に通り抜けたなんて信じられないな」フェイは言った。「どうして溺れなかったんだい？」

「兎はトンネルを通るのが得意なの」エイヴァはそう言うと、先ほどの下水管探索の記憶が戻ってきて思わず身震いするのを抑えた。「いまはその話は止めとこうよ」

　エイヴァは、どの町も地下の下水管の上に築かれているのを知っていた。意を決した者なら、そこを通って、気づかれずに町のどの場所にもたどり着けるのだった。フェイとピニオンがその日の午後、休んでいるあいだ、エイヴァはトンネルの迷路をピョンピョン進んで、ショーとほかの捕虜が捕らえられている建物を見つけるまで、すべての分岐を調べたのだった。

「さあ、着いた」エイヴァはそう言って、立ち止まった。頭の上から、格子越しにかすかな星の光がこぼれていた。

　三人はじっとして、耳を澄ました。夜明けまえの数時間は、夜風の静かな口笛の音を除いて、なんの音もしない。グレマの都市からこれほど離れたところでは、腐れどもは正規軍や義勇軍の攻撃を心配していなかった。

　三人はひとりずつ下水の開口部を登り、だれもいない道の脇に出た。三人の隣には二階建ての堂々たる石造りの建物があり、門の隣の地面に一組の見張りがうたた寝をしていた。

　三人は建物の裏にまわった。大きな窓についている桟をフェイが苦もなく曲げて、一行が潜り抜けられるほどの空間をこしらえた。一階の広間は、寝床と眠りこけている人影で埋め尽くされていた。鼾《いびき》をかいている山賊たちのあいだを抜き足差し足で、エイヴァは先に立って階段まで進んだ。二階の比較的小さめの部屋は、腐れどもが、虐殺するよりも仲間に加えるほうが役に立つだろうと見なしている捕虜を押しこんでいる場所だった。

　二階は、夜間自動点灯光球に照らされていた。明らかに腐れどもに襲われた裕福な私有地から盗まれたものだった。エイヴァは閉ざされた扉を見て、どの部屋を最初に調べるべきか決めようとした。金属音が――

すぐに消されたが――背後でした。

　エイヴァはサッと振り向いた。光球の冷たい光で、まうしろにいるフェイを見た。バツの悪そうな表情を浮かべている。フェイは鋼鉄製の長い槍を手にして、それを床に引きずらないようにしていた。

「ごめん」

「そんなものどこで手に入れたの？」エイヴァは小声で言った。

「あんなに急いであんたのあとを追ったので、狩猟用ナイフを持ってくるのを忘れたんだ」とフェイ。「戦わねばならなくなった場合に武器が要る。通りしなに寝ている山賊の小頭《こがしら》のひとりから取った――槍に呼び止められたんだ」

「戦うためにここに来たんじゃない」エイヴァは言った。「侵入して、ショーを救って、脱出するの」

「こいつに倣っただけだよ」フェイは懇願するように言った。横に体を傾け、半月形の長刀を手にしているピニオンを示した。

「用心しろとずっと言ってたじゃない」ピニオンは言った。「それに、山賊どもから盗むのはなにも悪いことじゃない、そうだろ？」

　エイヴァは首を横に振り、ため息をついた。まえに向き直り、廊下の先を進む。願わくは、捕虜たちも寝ていてほしい。そうすれば、だれも起こさずにショーを見つけられるだろう。

　とてもゆっくり、とても静かに、エイヴァは最初の扉を押しあけた。

　瞬時に三人は床に身を投げだし、あけた扉から転がって逃れた。フェイとピニオンはしゃがんで防御態勢を取り、武器を構えた。エイヴァはフェイの背中に隠れ、恐怖のあまり叫ぶのをかろうじて抑えた。

　部屋は目を大きく見開いて直立不動でいる山賊でいっぱいだった。

　下の階から聞こえてくる鼾の波以外、絶対的な沈黙が数秒つづいた。

やがてエイヴァは部屋を覗きこむだけの勇気を絞りだした。「動いていない」小声でエイヴァは言った。

三人は戸口の側柱越しに室内を見まわした。およそ三十人いる山賊たちは、きちんと列になって立っており、目を見開き、まっすぐまえを見ていたが、彫像のようにじっとしていた。

「こいつらは蠟人形なんかじゃない」フェイは指を伸ばし、手近のひとりの足を突いて言った。「ほら、皮膚がへこむ」フェイは部屋のなかにつかつかと入っていき、ひとりの女のまえで手を振ったが、なんの反応も引き出せず、相手のまえで変顔を作った。

「奇妙すぎる」エイヴァが言った。背中の毛が逆立ちはじめた。

「あたしも気に入らないね」ピニオンが言った。「だけど、この謎を解決している時間がない。ここにあんたの弟はいるかい？」

エイヴァとフェイは首を横に振った。扉を引いて閉じると、隣の部屋に向かった。

いくつもの部屋で、起きているようだが反応しない山賊たちの不気味な光景に迎えられる一方、ほかの部屋は食糧や武器、装置の部品が詰まっていた。この建物全体が倉庫のようだった。立っている山賊たちも、人間というよりも、物体に似ていた。

ついに廊下の突き当たりにある最後の部屋にたどり着いた。エイヴァは扉を押しあけた。閂《かんぬき》のかかった門扉があり、それに区切られていた。室内は複数の檻それぞれに八つから十の寝台が置いてあった。ほかの部屋と違って、寝床にいた人間たちは、ほんとうに眠っているようだった。

「エイヴァ？　姉ちゃんなの？」部屋の隅から囁き声が問うた。

エイヴァは大股に数歩進んでそこへ向かった。「ショー！　どこも痛くない？」

「おれを追いかけてくれたんだ」若者は信じられない思いをあらわにしながら、囁いた。「ここに来てくれてありがとう！　ほんとにごめん――」

「話をしている時間はないの」エイヴァはぶっきらぼうに言ったが、安堵の涙が目からこぼれそうになった。「怪我してない？　あんたをここから連れだしに来たんだ」

「ひどいんだ、エイヴァ。やつらは顕現ワインなんて持っていなかった！　ハイウェイを過ぎたところですぐ捕まって、ここに連れてこられたんだ。あいつらは意思を奪う毒を捕まえた人間に飲ませるんだ。そうすると飲んだ人たちは生きた死体になり、怖れを知らず、従順になる」

「それで先ほど見た影像のような山賊を説明できるね」フェイが言った。

「あいつらは最初に宝物と権力を約束して、仲間に引き入れようとする」ショーはすすり泣きながら言った。「型通りの仕事をやる人間より意思のある戦士がいるほうがいいから、そう言うんだ。だけど、やつらが襲ってきた村にした仕打ちを知って、おれは断った。もし断りつづけたら、あしたの朝、あの毒を無理矢理飲まされることになっていたんだ」

「あとで話をしよう」エイヴァは言った。「フェイ、来て」

フェイは門扉の閂に歩み寄り、それを曲げようとした。だが、閂は、彼女の強力な腕をもってしても、太すぎた。

下の階で怒鳴り声が上がった。「おい、おれの槍はどうなった？」すぐに、眠りから覚め、腹立たしげで、要領を得ない声が口々に否定した。失われた武器の持ち主は、盗人を見つけるまで騒ぎ立てるつもりのようだった。

フェイは毒づいた。「膀胱が満タンになっているやつを選んだのがあたしの運の尽きだ」

「丁寧にやっている暇はないよ」ピニオンが言った。じっと立ったまま、彼女は目をつむった。エイヴァとフェイは彼女にスペースをあけるため、うしろに下がった。すぐにピニオンは深紅の牝馬に変身した。この小さな部屋の寸法には大きすぎるほどだった。彼女はクルッとまわり、強力な後ろ脚を強く蹴りだした。ショーの檻の門扉が耳を聾せんばかりの大音響とともに倒れ、壁から引きちぎれた。

ショーは恐怖と畏怖の面持ちで顕現獣をまじまじと見た。

真鍮の鐘のやかましい音が、建物のなかで鳴り響いた。命令が叫ばれる。轟くような足音がする。非常警報が発令されたのだ。その騒音に目を覚ましたほかの虜囚たちがそれぞれの囚房の門を叩き、解放してくれと懇願した。

「いかなければ！」フェイが叫んだ。

「この人たちを置いてはいけない」エイヴァがためらいながら言った。「弟は幸運にも助けだしてくれるあたしたち三人がいるけど、この人たちをだれが救ってくれるの？」

部屋の扉がバンッとひらかれた。毒で意思を奪われた腐れどもが数人、木の槍を手にのしのしとやってきた。

「こいつらを阻止しておくあいだに、残りの連中を檻から出してやって」フェイが叫んだ。彼女は戸口に駆けつけた。鋼鉄の長い槍に先陣を切らせる。一回の突きで、部屋から四人の襲撃者を追いだした。

その間、深紅の牝馬は部屋を動きまわり、檻の門を蹴り倒していった。エイヴァとショーは怯えている虜囚たちをなだめ、パニックを起こして混乱に拍車をかけないように努めた。

フェイはやってくる洪水を堰き止めるダムのように戸口に立ちはだかった。ふたり、四人、八人、十六人――どれほど腐れ山賊どもが向かってきても、一歩もフェイを後ずさりさせることができなかった。側柱を強く握り締めながら、フェイは槍の先端を使って、空中にいくつもしっかりと閉じた円を描いた。クルクルまわる鋼の花。大蛇がチロチロ出し入れする舌。何者も通り抜けることのできない意思と力の障壁だった。

さらなる叫びが上がった。警戒の怒声。鳴り響く鐘の音が、町じゅうのほかの鐘も鳴らせていく。

「この腐れどもは、信じがたいな」フェイが言った。声が緊張で強張っている。「こんなふうに戦うやつらを見たのははじめてだ」

心を持たない操り人形たちは、そのうしろでしゃがみこんでいる山賊の指揮官の命令に突き動かされ、狭い廊下を埋め、肉と血でできた壁のように前進した。フェイの槍によって負った傷をものともせず、彼らは手足あるいは命を失うことを気にせずに戦った。フェイが血を流させざるをえずに操り人形のひとりの胸に槍を突き立てると、相手の男は苦痛に咆吼し、口から血を吐きだしたが、半歩も引こうとしなかった。まばたきをしないその目には、恐怖あるいは理解も浮かべていなかった。男のうしろにいたほかの操り人形が男をまえへ押しだすと、槍の先がさらに深く体に刺さり、背中から突き抜け、そのうしろにいた操り人形の胸に突き刺さっただけだった。

フェイは、嫌悪と恐怖のあまり、口を強張らせた。

「なんて忌まわしいんだ!」

「じつに哀れな生き物ね」エイヴァが言った。「彼らもだれかの姉妹であり、兄弟であり、息子であり、娘なのに。戦いたいから戦うのではなく、心がすでに死んでいるから戦っている。オレンジ兄弟が千回死んだとしても、それでも公正な裁きとは言えない」

「もうこいつらを抑えておけそうにない」フェイは声を張り上げた。操り人形たちの血で滑りやすくなった床でフェイの足がずるずると後退している。

「捕まっていた人は全員解放した」エイヴァが叫んだ。

「ピニオン、いきましょう！」

深紅の牝馬はそれに応えていななた。一回の跳躍で、彼女は部屋の奥の壁のそばまで飛んだ。後ろ脚を蹴りだす。蹄が二本の巨大なジャックハンマーのように掲げられた。一度、二度、三度。石の壁が崩れた。壁があったところに大きな穴がぽっかりあき、夜風がヒューヒューと入りこんだ。

深紅の牝馬は勝ち誇ったようにいななくと、飛びだした。エイヴァとフェイとほかの捕虜たちがあとにつづいた。

夜明けまえの戦いは熾烈《しれつ》を極め、血なまぐさいものになった。

心を失った操り人形を次々と繰りだしてくる山賊たちは、逃亡する捕虜たちを取り囲み、退路を断とうとした。

顕現形態でエイヴァは空気のにおいを嗅ぎ、待ち伏せ攻撃に耳を澄ませ、怯えた捕虜たちを山賊のはびこる町から遠ざける道へ案内しようとした。フェイとショーとエイヴァは、ピニオンの背に乗れば容易に町を脱出できたはずだった――山賊たちのだれも俊足の牝馬に追いつくすべがあろうはずがなかった。だが、エイヴァは、救った捕虜たちをあとに残していってはならないと言い張った。

かくしてフェイとピニオンは、深紅の牝馬と漆黒の豹として、唸り、いななきながら、追いかけてくる山賊と戦っていた。蹄が宙を雷鳴のように切り裂き、鉤爪と歯が星光を浴びて閃いた。山賊の血が汚れた通りを濡らし、苦痛の悲鳴が石の廃墟に響きわたった。山賊が多くなればなるほど、勇士たちの心臓は勇敢になっていった。

エイヴァはくたびれ果てながらも、もう一本の路地を跳ね進み、すぐあとを捕虜の一団がまとまってついてきた。だが前方には、自由の代わりに、さらなる山賊がいて、剣や槍を振るい、電気駆動のショック棒すら振り回しているのが目に入った。山賊の小頭の数人は、巨大な顕現鼠であり、攻撃を先導していた。彼らの鉤爪や歯は、ショック棒の青い閃光よりも冷たい光を放っていた。

フェイは黒い虹のように捕虜たちの上を跳び越え、エイヴァのまえに着地した。フェイは近づいてくる山賊たちに向かって姿勢を低くして、唸った。ショックを受けた山賊たちは足を止め、恐怖に圧倒されて、ヨロヨロとうしろに下がった。

捕虜たちのうしろでは、路地の反対側にいる追ってきた山賊たちと相対しながら、ピニオンが長い挑戦の叫びを吐きだし、蹄で地面をドンドンと叩いた。その一回ごとが小さな地震を起こしていた。

山賊たちは、最初はためらいがちに、やがてさらに自信をもって、前進をはじめた。操り人形たちがそうするよう強いられている一方、己れの意思をまだ持っている山賊たちは自分たちの数に心強くなっていた。どれほど深紅の牝馬と漆黒の豹が強くて猛々しくとも、ふたりは圧倒的に数で上回られており、勝利の希望はなかった。

絶望して、エイヴァはうずくまり、自分たちの逃亡はここまでだとわかった。

ショーがエイヴァの隣にしゃがみこんだ。

「ごめんね、ショー」エイヴァは言った。「あんたを助けられなかった。ピニオンもフェイもほかのだれも。あんたの姉ちゃんは……失敗作だ」

「ちがうよ」ショーは手を伸ばし、エイヴァの震える、涙に汚れた横顔に触れた。「最高の姉ちゃんだ」

エイヴァは苦々しく笑った。「あたしはただの兎だ。なんの取り柄もない。あたしを見て。一キロ駆けただけで疲労で震えている。あたしは戦いで子どもにすら勝てない」

「それでもフェイとピニオンが姉ちゃんについてきた

し、おれたちみんなもそうしてる」ショーは言った。「姉ちゃんは体も力も小さいかもしれないけど、勇気と智慧と思いやりがある。姉ちゃんは人の話に耳を傾け、他人の心の声を増幅するんだ」

「あたしはあんたの声に耳を傾けるのがあまり上手じゃなかった。あんたがなにを本気で願っているのかわからなかった」とエイヴァは言った。

ショーは首を横に振った。「だったら、いま、おれの言葉に耳を貸して。そして信じてくれ。姉ちゃんの心は龍の飛翔のように空を舞うんだ。おれは家族をやり直すことができたらと思ってたけど、うちの家族が顕現した貴族のなかで最高の人からすでに祝福を受けていたことを理解していなかった」

エイヴァは顔を起こして弟を見た。自分を見ている弟の様子は、たった一枚の家族肖像写真を撮影した七年まえに、彼が自分を見ていたのとおなじ様子であることを悟った。

「ありがとう、ショー」エイヴァは言った。心が安らいだ。「あたしたちが逝くまえにこの山賊どもに高い代償を払わせてあげよう。あたしたちは兎じゃなく、龍のように死ぬんだ――」

エイヴァがその言葉を言い終えぬうちに、長くて大きなトランペットの音が、地平線の上に顔を出したばかりののぼる朝陽のように空気を切り裂いた。戦っている者たちは全員、動きを止め、見上げた。

東の空に、薄れゆく霧を抜けて現れたのは、雪のように白い空飛ぶ巨獣だった――二枚の特大の翼、鷲のような鋭い鉤爪、長い蛇のような首の先端に弓形の頭部を持つ。斑《まだら》になった青い筋が古代の戦闘服のように獣の側面を流れるように付いていた。

「こりゃ驚いた」フェイ・スウェルが言った。驚きにあふれた声だった。「白龍だ」

非常に敏感なエイヴァの耳が東に向けられた。彼女はかすかなゴロゴロという音を聴き取っていた。千人の兵士の足音と、十万の装置の機械音。

「太守の軍が来た！」エイヴァは叫んだ。「太守の軍が来た！」

巨龍が羽ばたき、町にさらに近づいてきた。山賊のパニックに陥った悲鳴は、解放された捕虜たちの喜びに充ちた叫びとぶつかりあった。するとそのとき、腐れ山賊どもは、食い止められない潮流のまえにくずれる砂の城のように散り散りに逃げていった。

エイヴァとピニオンとフェイは固まって立っていた。エイヴァは神経質そうに喉をごくりと鳴らした。

三人のまえには、四脚の椅子の上にさらに置かれた椅子に座っているドン・エクセル将軍がいた。白龍の名でも知られており、ウースター県県令でもあり、地上最強の武将でもあった。すでに物理的に人目を惹く姿だったので、その力と身の丈は、臨時の玉座でさらに強調されているだけだった。鋭い目が、無慈悲で、計算高く、頂点にいる捕食者のふたつの珠が、三人の女性をひたすらねめつけていた。

「たいしたことじゃありません、閣下」エイヴァは言った。「わたくしどもはグレマの市民としての義務を果たしただけです。太守の忠実な僕《しもべ》として」

県令は山賊のねぐらの情報をもたらしたことで三人に礼を述べていた。結果としてわかったのだが、キデ県令はエクセル県令の後ろ盾のひとりだった。支援している人間がグレマの貴族のなかでの立場を強化するため軍事的勝利を求めていたのを知って、キデは腐れどものねぐらの場所をエクセルに伝え、エクセルは山賊への総攻撃をかけることを決断したのだった。

戦いは——より正確を期せば、虐殺は——速やかだった。山賊たちは、白龍の火の息に追い立てられ、廃墟の町を散り散りに逃げていったところ、闊歩しながら鋼鉄のボルトを雨のように降らせる長脚たちによって脱出路が封じられているのに気づいた。頭上からは、二枚の回転翼で飛行する、死をもたらす機械であるトンボに乗った搭乗員たちが、効率的なクロスボーで生存者を狙撃した。最後に樹脂製鎧を着けた歩兵たちが廃墟の町を大股で歩きまわり、残存している山賊を電気衝撃装置で殺してまわった。顕現した者、人間、心をうしなった者、腐れどものだれも逃れられなかった。ひざまずき、降伏を認めてくれるよう懇願した者たちも例外ではなかった。

人間の頭部の山が、顕現鼠の丸まった尻尾とともに、不気味なトロフィーのように将軍の隣に置かれていた。エイヴァはその光景に胃がキリキリと痛んだ。

将軍はなにも言わず、辛抱強く待っていた。

「わたくしどもは、あなたさまからいただいたお褒めの言葉とご提案いただいた申し出をたいへん名誉に存じております」エイヴァは喉をゴクリと鳴らし、捕食者の視線とむりやり目を合わせようとして、発言をつづけた。「ですが、わたしの姉妹たちもわたしも、ただの民間人であり、偉大な貴族さまにお仕えしてもお役に立てません」

エイヴァはピニオンが逃亡者である事実を隠すため、ピニオンとフェイを自分の姉妹であると紹介する道を選んだ。腐れどもが虐殺された無慈悲なやり方を考慮すると、ピニオンをいかなる危険にも晒したくなかった。血まみれのバラバラ死体の山と玉座に座る将軍とを見比べながら、エイヴァにはどちらのほうがいっそう恐ろしいのか定かではなかった。

「おまえは賢い娘だ、エイヴァ・サイド。そしてこの勝利を確かなものにするのに並々ならぬ潜在力を発揮してくれた」エクセル卿の声は、深くて低く響くものであり、人を惑わすようで、ゆっくりとしたものだった。「いつわりの謙遜を発揮せずともよい。余が申しでた称号では低すぎると思うのか？　入札開始値でしかないと考えよ。余に忠実に仕えるのであれば、もっと高い称号を授けるぞ、はるかにもっと高いものをな」

「わたくしどもを誤解されておられます、閣下」エイヴァは言った。「わたくしは駆け引きをしているのではありません。功名を挙げようともしていなかったのです。たんに愛する家族を救おうとしたのです。名誉は欲しくありません。平和に生きる機会だけ欲しいのです」

「平和だと？」将軍は笑い声を上げたが、面白いとは露も思っておらず、その声音には計算だけがあった。「原野のアルクは、じっと立っていたいと願っているかもしれないが、風がそうさせてくれないだろう。グレマが外から怪物どもに包囲され、ローンフレアが内部の野望を持つ者たちで充ちあふれているとき、強力な領主のもとに避難して、仕えないかぎり、どうして平和に暮らせるというのだ？　鋭い剣には、熟練した遣い手が必要であり、名馬は高貴な乗り手がいなければ無名のまま死ぬだろう」

「野生の馬は野生の地しかふさわしくなく、ローンフレアの通りでは身動きが取れなくなります」ピニオン・ゲーツが言った。

「錆びた剣は雑草を刈り、薪を割るのにしかふさわしくなく、偉大なる領主の翡翠の帯から下げるのには似合いません」フェイ・スウェルが言った。

緊張感が空気を充たし、エクセル将軍は目を細くした。

「姉妹たちが言わんとしているのは、わたくしどもは自分たちだけの夢を見て、生きていきたいということです」エイヴァは言った。ピニオンやフェイの声よりも穏やかな声を発したが、意思が固いのは同様だった。「もしわたくしどもの意志に反して、あなたさまに伺《し》候《こう》させようとするのであれば、あなたさまは、説得できない者たちを奴隷にするため毒を用いた腐れどもと変わりはありません」

ほんの一瞬、エクセル将軍の氷の視線が空気を凍らせるかに思え、三人の女は緊張した。だが、すぐにエクセルは破顔して、温かい笑みを浮かべた。「よく申した、エイヴァ・サイド。よく申した。余が歓迎されていないところでごり押しするよりも、そなたたち三名に快適な旅があらんことを願おう」

エイヴァは安堵の吐息をついた。三人はエクセル将軍に深々と頭を下げ、立ち去ろうと背を向けた。エイヴァは側で身を寄せ合う捕虜たちのなかで立っているショーを手招きした。

「家に帰るよ」ほほ笑みながらエイヴァは言った。

「彼らをいかせてやれ」背後から将軍が詠唱するように言った。「全員を」

すばやい一度の動きで、捕虜の隣に立っていた兵士たちが剣を抜き、それを捕虜たちに突き立てた。大半の人間は悲鳴を上げる暇もなく、最後の息を吐いた。

エイヴァは衝撃のあまり、身動きすらできなかった。ショーが地面にくずおれた。夢から覚めたかのように、エイヴァは弟のもとに駆けつけ、ひざまずいた。死にかけている若者を腕にかき抱いて、エイヴァは懸命に弟の胸の傷に両手を押しつけ、出血を止めようとした。

「ああ、神さま！　お願い、お願い！」

ショーは姉を見上げ、笑みを作ろうとした。「いいんだ、姉ちゃん。姉ちゃんの言うことを聞いて、ゴミ山に残っていればよかったんだ」弟の声はあまりにか細く、エイヴァは震えるその唇に耳を近寄せねばならなかった。「姉ちゃんの言う通りだった。おれたちはあいつらには雑草に過ぎない」

やがてエイヴァは動かなくなった弟の亡骸を地面にそっと横たえた。将軍を振り向く。「なぜ？」

「余が乗れない野生の馬は、だれも乗ってはならぬ」将軍は言った。エイヴァの足下の血だまりのように穏やかな口調だった。「そして余の手に従うことを拒んだ錆びた刃は、他人の手に摑まれることがあってはならぬ。それにな、勝利報告を太守に送るために殺した敵を千ちょうどの数にするには、あと数個首級が足らぬのだ。その数の穴埋めをするために、捕虜の首を借りねばならぬ。それからおまえとおまえの姉妹たちの首もな」

「どうしてこんなことができるの？」エイヴァは将軍に向かって叫んだ。「あなたは太守の僕でしょ、グレマの人民の太守の！」

「あの太守は、近頃、余がいると怯えて震え、命令を下すこともせぬ」将軍は言った。「そうだな、ローンフレアに帰還すれば、あの女からもっと良い称号を求めてみよう。グレマの護民卿というのは良い響きがするとは思わぬか？　たぶんほかの県令や将軍どもはようやく新しい現実を理解するだろう」

兵士たちが剣を掲げて、前進した。エイヴァは将軍の目から視線を外さず、彼に向かって駆けだした。両手を鉤爪のように掲げて——

逞しい二本の腕がエイヴァを摑み、地面から持ち上げた。次の瞬間、エイヴァは屈強な赤いたてがみの背中に乗せられ、将軍の姿が視野から遠ざかっていくのを見ながら、上下に揺れるのを感じた。彼女はフェイ・スウェルに押さえられたまま深紅の牝馬に乗り、将軍の従僕たちから手の届かぬところへ駆けていこうとしていた。

フェイの深い、苦痛に充ちた声がエイヴァの耳に響いた。「いまじゃない！　兎はつねに機会をうかがうものだよ！」

肩の高さのアルクのなかで、血まみれの三人の女たちは、のぼる朝陽とローンフレアの方角である東を向いて、ひざまずいた。

「われらはおなじ年のおなじ月のおなじ日に生まれはしなかったものの」三人はひとつになって言った。「おなじ名前を持つおなじ屋根の下でおなじ親に生んでもらわなかったものの、われらは自分たちをひとつのものだと気づいた。悲しみに結ばれ、裁きをもたらしたい願いで繋がり、われらはおたがいを姉妹と呼ぶ。天と地をわれらの証人として、はじめたくはなかったこの戦いを、かならず終わらせるつもりだ。われらはグレマ州に平和を取り戻すまで、あるいはおなじ年のおなじ月のおなじ日にともに死ぬまでけっして戦いを止めぬ」

アルクの茎が風に揺れた。三人の姉妹は涙を乾かした。

草の海を縫って、深紅の牝馬が、姿勢を低くして進む漆黒の豹のかたわらをギャロップする。だが、二頭のまえには、波をかすめ飛ぶトビウオのように跳ねる灰色の兎がいた。兎は耳を澄まし、隠れ、計画を企み、戦いすらするだろう——だが、けっして思いやりの本質から目を背けるつもりはない。

「グレマの貴族たちよ」エイヴァは小声でひとりごちた。「あんたたちの位階にあらたなメンバーが加わったぞ」

メッセージ

The Message

異星人の都市は、直径約十キロの真円だった。空中から見ると、そこの建物――都市の周辺に立方体、中心部には円錐や角錐や四面体があった――は、近寄りがたい忍び返しのようだった。環状の通りが都市を同心円状のセクションに分割している。

ジェイムズ・ベルは、二人乗りシャトル、アーサー・エヴァンズ号をバンクさせ、Uターンさせて遺跡上空の二度目の通過をおこなった。痩身だが屈強なこの男は四十代で、頭髪が薄くなりかけ、ひげに白いものが混じりはじめていた。ジョイスティックをまえに押し倒し、機体を降下させると、コックピットから青い瞳で熱心に眺めた。

ジェイムズの隣には十三歳のマギーがいる。細身で、生まれたての若駒のように扱いにくい。宇宙船が急降下するとマギーはあえぎを漏らし、座席の頭上にある手すりをつかんだ。

「すまん」ジェイムズは言った。マギーの母親であるローレンも、ジェイムズの操縦方法を嫌っていた。突然の降下や急旋回をするたびに。むりやりローラーコースターに乗せたとき、腕にしがみついてきたローレンの思い出が頭に浮かんで、ジェイムズは一瞬ほほ笑んだが、すぐに後悔と憤りが混じり合った感情がその思い出に置き換わった。

ジェイムズはその気持ちを振り払い、宇宙船を水平飛行に戻した。「ジュリア」船のAIに話しかける。「操縦を代わってくれ。揺らさず、ゆっくりとな」AIはビープ音を立てて、命令を認識したことを示した。

「おれは、大気と磁場が機能している惑星上空を飛ぶときは、少々荒っぽくなりがちなんだ」ジェイムズは主として沈黙を埋める目的で、漫然と話しだした。「それが働いていると有害な太陽放射線や宇宙線を締めだしてくれるから、放射線シールドとモニター類が備わっている重たい外殻を軌道上に残し、シャトルのコア部分だけを降ろすようにしている。そうしたほうが、この船の操作がずっと簡単になるんだ」

マギーは長い赤毛の房を顔から払い除け、ジェイムズを見るのを断固として拒んで、シャトルの下を通過していく異星人の建物から視線を動かさずにいた。

二日まえに搭乗してからずっとマギーはこんな感じで、単語一語か二語で答えるか、まったくなにも言わないかのどちらかだった。ジェイムズにはマギーと共有している過去がなく、彼女の仕草を解釈するための背景も、彼女の沈黙を理解するための文脈も持ち合わせていなかった。どうやって会話をしたらいいのかよくわからず、娘の存在にまごついていた。娘は、ジェイムズがこれまで研究してきた数多くの死せる文明よりも謎めいていた。

六カ月まえ、ジェイムズが小惑星や彗星をぶつけることで惑星ベオ・パイの地表を消し去る計画に先立って、惑星の調査を終えようと急いでいたとき、ローレンからメッセージが届いた。十年ぶりの連絡だった。わたしは病気で、死にかけている、と。マギーにはあなたが必要だ、と。

マギーはジェイムズとローレンが別れたあとに生まれた。実は、ローレンから生後一年の写真が送られてくるまで、ジェイムズは娘のことを知りさえしていなかった。ジェイムズはどう反応すればいいのかわからないまま、そのピンクの肌色をした赤ん坊の写真をまじまじと見つめたものだった。ジェイムズは父親になる用意ができておらず、ローレンはそのことを知っていたにちがいない。だからこそ、別れたときにジェイムズになにも言わなかったのだ。ローレンは養育費を払うというジェイムズの申し出を受け入れ、それ以上なにも要求せず、ジェイムズはホッとした。

ローレンからの驚きのメッセージを受けて、ジェイムズは、渋々ながらもベオ・パイでの作業をすべて放りだし、ローレンのいる世界へ向かう羽目になった。その旅にはリアルタイムで三カ月かかったが、相対論的時間の遅れにより、シャトルでは二日しかかからなかった。ようやく現地に到着すると、ローレンは死んでおり、マギーはひとりきりで二カ月間、母を悼み、一度も会ったことがない父親との不確かな未来を想像して過ごしていた。

ろくにファンファーレもなく、なにかの指示もなく、ジェイムズは、ふくれっ面をして嘆き悲しんでいるティーンエイジャーの養育権を認められた。ベオ・パイに戻る二日間で父親になる方法を学べるわけがなかろう？

ジェイムズはため息をついた。人生におけるわずらわしい側面が好きじゃなかった。ベオ・パイに戻ったいま、彗星と小惑星の到来まで、調査を完了させる時間は一週間もなかった。

「なんか書いてある」マギーが落ち着いた声で言った。巨大異星人の建造物は、碑文や絵図で覆われていた。窓も扉もない。なな硬い石から切りだされたような建造物だった。

ジェイムズは驚いたが、マギーが遺跡に興味を示しているようで、嬉しく思った。関心を示す学生に講義をするのは心地良かった。

「あれがこの場所に興味を持った理由のひとつなんだ。カニー＝マクリーン限界を越えた大半の文化は、デジタル暗黒時代に突入し、アナログ文書の製造を止めてしまうんだ。そうした文化の情報はすべて、まともに生き残らない脆《もろ》いデジタル人工遺物に閉じこめられ、解読が難しくなる。この惑星でもデジタルに移行していたんだが、あのサンプルは――」

宇宙船が急加速し、ググググラと揺れ、急角度で下降をはじめた。マギーが悲鳴を上げた。

「ジェイムズ」ジュリアの声は切迫したものになっていた。「姿勢制御ルーティンにエラーが発生したようで、わたしの修正能力を超えています。アナログ制御を引き継いでもらわねばなりません」

ジェイムズはジョイスティックを摑み、勢いよく引き戻した。エンジンが唸る。だが、遅すぎた。宇宙船は急速に落下していく。

「衝撃に備えて」ジュリアの声がした。

ジェイムズは本能的に腕を伸ばし、マギーを座席に押しつけた。腕の力で、迫ってくる地面から娘を守れるとでもいうかのように。

アーサー・エヴァンズ号の外部を家猫ほどの大きさのメカニカル・スパイダー・ロボットがチョロチョロと動きまわっていた。ロボットが溶接をし、シール材を充塡するとスパークが飛んだ。

「まあ、ああするべきだった」マギーの額の切り傷に包帯を巻き終えると、ジェイムズは言った。「ジュリアが船殻を変形させ、衝突の際の衝撃エネルギーの大半を吸収させて、われわれを救ったんだ。ロボットが船を修復するには、二、三日かかるが、最初の彗星がここに落ちてくるまえに離陸するだけの時間はまだ充分ある」

マギーは上半身を起こし、片手で包帯に触れた。脚の力を緩め、自分の腕を眺めた。

「そっちが作業をしているあいだ、あたしはどうすればいい？　ただここに座っているだけ？」

少なくとも、話はしてくれている、とジェイムズは思った。

「おれといっしょに来たらいい。だけど、おれにはやらなきゃならない仕事があるから、きみをずっと見ているわけにはいかないんだ」

　マギーは唇を薄くした。「自分の世話はできるよ。あたしは五歳じゃない」

「そういう意味では――」

「ひとりきりで、元のあたしたちの家にいたかった。こんなところであんたといっしょに死にかけるんじゃなくて」青い瞳に涙が込み上げてくる。「あの判事のバカ！　あいつはなにもわかって――」

「もういい！」話さないほうが楽だったかもしれない。シャトル内の唯一の音は、ジュリアが検査をつづけているのに応じた診断コンソールから時々発せられるビープ音だった。マギーは父親を反抗的ににらみつけていた。

　ジェイムズは声を低くしようとした。「裁判所はおれが親権を引き受けないかぎり、きみを養護施設に送るつもりだったんだぞ、わかってるか？　おれがこうしているのは、きみの母親から連絡があったからで―

―」

　長いあいだ溜めこんできた怒りと悲しみがもはや抑えられなくなっていた。口をひらきはじめたいま、マギーはそれをジェイムズにぶつけようとしていた。

「へー、自分の子どもという重荷を引き受けるとは、ずいぶん気高いこと。あんたなんか嫌いだ――」

「黙って、聞け！」ジェイムズは怒鳴った。彼には娘が純粋な怒りと憎悪の理不尽な塊に思えた。「いいか、おれがきみのこれまでの人生にいなかったのはわかってる。きみの母親とおれは――」この子にわかるだろうか、という気がした。自分自身、どうしてこうなったのかわかっていない気がした。「ややこしいんだ」

「そうだね、『ややこしい』んだ。血を分けた家族の世話をするより、死んだ異星人と意思疎通を図ろうとするほうが好きなんだもん。それは、ほんとに説明するのが難しいよね」

　その言葉はジェイムズに強い打撃を与え、その言い方に死んだ前妻に似たものを感じた。

呼吸が正常に戻るのをジェイムズは待った。

「おれを好きになる必要はない。だけど、きみが未成年でなくなるまで、おれには現に責任があるんだ。できるだけ、きみをひとりにしておくし、おれに話しかける必要もない。だけど、少なくとも、無作法なことはしないでいてくれれば、おたがいにとって、この状況を受け入れやすくできる」

診断コンソールがやかましいビープ音を立てた。ジュリアが言った。「墜落原因を発見しました。航行システムが、飛行中に異常な数の一ビットのハードウェア・メモリー・エラーを起こしています。実を言うと、同様のハードウェア・エラーがシステム全体で発生しています」

「粗悪なメモリー・チップのせいか？」

「その可能性はあります。直近の設備更新で、値段のかなり安い部品を使って節約を図ろうとしたことに関係するのでは」

マギーはわざとらしく首を横に振った。「へー、そうか、自分の船とおなじくらいあたしの世話をしてくれるんだ」

ベオ・パイの大気にはほとんど酸素がなく、湿度を欠いていた。全環境型宇宙服は必要ないものの、ジェイムズとマギーは酸素マスクを装着し、湿度を保つための上下一体型服を着る必要があった。

ふたりは巨大な遺跡を見つめていた。外郭の環を構成する立方体は、内側の巨石遺構よりはるかに小さかったものの、ほぼ五十メートルの高さがあった。ふたりの人間は、巨人の遊び場を這っている蟻も同然だった。

マギーを放っておくという約束を守って、ジェイムズは娘を振り返らずに都市に向かって進んだ。少しして、マギーは数メートルの間隔をあけ、あとからついてきた。

内心、ジェイムズは理想化された良き父親という像を真似ようとする必要がなくなって、ホッとしていた。自分にはそんなことはできなかった。そんなことができないと、端《はな》からわかっていた。ローレンはジェイムズについて正しい判断をしており、ジェイムズはもはや芝居をする気がなかった。

立方体でできた環は、頑丈な壁を形成していた。ジェイムズは、立方体のひとつが崩れ落ちている隙間を目指した。近づいていくと、立方体がより小さなブロックで構成されており、精妙なほぞ穴とほぞからなる仕組みを通して、重力と摩擦でガッチリ組み合わされているのが見て取れた。

ふたりは瓦礫を乗り越えた。マギーは運動能力が高く、敏捷で、シロイワヤギのように壊れた石をすばやく乗り越えていった。ジェイムズは手を貸してやろうと申し出るのをこらえた。

壁が崩れたところを越えると、とてつもない大きさの角錐が、峻険な山のように平らな地面に聳《そび》えており、長く重苦しい影を投げかけていた。都市は、角錐と角錐のあいだに膨大な空間があるにもかかわらず、閉所恐怖を感じさせるものがあった。

ジェイムズは角錐の滑らかな面に大きなスケールで書かれたものの写真を撮影した。明白な文字があり、複数の言語があることを示唆していた。しかしながら、目に見えるすべての表面に記されたものは、同一のもののようだった。あたかもおなじ数センテンスが何度も繰り返されているかのようだ。

「こいつは取り組むだけの充分な言語データを寄越してくれないんだ」ジェイムズはひとりごちるように言った。

父親に怒鳴りつけたのと、そのあとつづいた骨の折れる徒歩行で、マギーの怒りの幾分かは収まっていた。好奇心と自己顕示欲から、マギーはついジェイムズに話しかけてしまった。

「この人たちが言いたいのはなんであれ、ホントに重要だから何度も繰り返すのだと考えたにちがいないよ」マギーは言った。「洗練されていないけど効果的なデータの冗長性」

マギーは本を読み上げているかのような口調だった。ジェイムズは面白いと思ったが、こっちのマギーのほうが好みだった。仕事の話をしているほうが、よりリラックスできた。「きみは情報理論やその手のことが好きなんだな？」

「うん。コンピュータが得意なんだ……小さいころ、ママに頼んで、宇宙考古学やデータ保存に関する本をよく買ってもらってた。それに、考古学キャンプにも出かけてたよ。デジタル暗黒時代についてそっちが言ってたことはみんな知ってる」

ジェイムズは若いマギーが宇宙考古学の本を読んでいるところを思い描いた。さぞかしローレンは頭に来ただろうな。ジェイムズは笑みを浮かべた。すると、父親に一度も会ったことがない子どもが、それにもかかわらず、父親が研究していると思っていたのとおなじものを勉強したいと考えたのはなぜだろう、と訝《いぶか》しむ。鼻がもぞもぞして、痒くなった。

ジェイムズは会話をつづけようとした。「あの絵をどう思う？」碑文のあいだに数多く描かれている図形のほうをあごで指し示した。永年の侵食にもかかわらず、その大半が判別可能だった。

「この都市の地図？」

その図形は同心円を描いており、円と円とのあいだのスペースには、小さな四角形や三角形や五角形や円が記されていた。すると、マギーは顔をしかめた。

「だけど、地図というのはおかしいな。ぜんぜん違って見える」

ジェイムズはここの図形に近接した写真を数枚取りだし、空撮した建物の配置と比べた。マギーの言う通りだった。描かれた図形は、実際の配置と一致しておらず、両者は異なっていた。

「それにここの住人は——異星人は——円形の通りしかない都市でどうやって暮らせたんだろう？　一本の道路も中心から出ているようには見えなかったよ」

ジェイムズは感心して、娘を見た。「それはじつに鋭い知見だな」

マギーは目をぐるりと動かして、驚いたような表情をした。彼女が頭を傾ける様子は、ローレンの仕草にほぼ生き写しだった。ジェイムズは優しさの波に襲われるのを感じた。

「実を言うと、ベオ・パイの住人は、ここに住んだことがあると、おれは思っていないんだ。空からの調査では、付近に埋葬地やゴミの集積場所は、いっさい見つかっていない。地中探知レーダーで建物をスキャンしてもみた。完全に中身が詰まっており、内部に空間はまったくない。この場所を〝都市〟と呼ぶのは、たぶん正確ではないんだろう」

「じゃあ、なんなの？」

「わからんな。願わくは、ここが一週間後に永遠になくなるまえに突き止めたいものだ」

「どれくらい古いの？」

「せいぜい言えるのは、ベオ・パイは、およそ二万年まえに惑星の水をほぼすべて失ったということだ。いったいなにがあったのか正確にはわからないが、その過程はたかだか数世紀で起こったようだ。水が底を突きかけると、住民たちは消失していく水資源を巡って争った。発見したどの開拓地も、武力衝突で破壊されている。その破壊状態は徹底的なもので、ロボットが回収できた無傷の人工物はごく限られている」

「でも、この場所は、無傷のようだけど」

「その通り。最寄りの人口集中地域から数千キロ離れたここはベオ・パイが死んでいくなか、放置されていた。その理由を知りたいんだ」

「でも、彼らは異星人でしょ。どうしてそんな連中のことをひどく気にしているの？　彼らはわたしたちのことを知りもしないのに」憤りがマギーの声に次第に戻ってきていた。彼女はまたしてもどうしてジェイムズが自分に連絡してこようとしなかったのだろうか、少しでも自分のことを知ろうとしなかったのだろうか、と思いはじめていた。

「その通りだな」ジェイムズは言った。娘の口調の変化に彼は神経質になった――怒りに充ち、分別のない子どもがまた戻ってきてほしくなかった。彼女の疑問はジェイムズを悲しい気持ちにもさせた。自分の仕事がなぜこんなにも自分にとって大切なのか、それを明確に表現するのが昔から不得意だったのだが、表現してみようと思った。

　ひょっとしたら、娘は妻が理解できなかった場所で、父を理解しようとするかもしれない。

「人類は長いあいだ星々を探査してきた。なのにわれわれはまだ孤独だ。われわれが発見した異星の文明はすべて滅びている。

　大半の文明はとても自己中心的で、現在にしか焦点を当てていない。自分たちがいなくなったはるかあとでやってくるかもしれない者たちのために遺産を残しておこうとは、あまり考えていない。彼らの芸術や詩歌、彼らの勃興、この宇宙で存在した彼らの短い時間――その大半は、取り返しようのないものだ。それに一週間後、テラフォーマーたちが送った凍った彗星と小惑星がこの星を爆撃し、水を取り戻させる。彼らの存在の最後の残滓《ざんし》ですら、消えてしまうだろう。

　だけど、おれが研究している人々が伝えたいと願っているメッセージが存在するのだと、おれは昔から思っている。なにを発見しようと、それは、ベオ・パイの住民たちの遺言であり、最後の内緒話になる。それを研究することで、おれは彼らと結びつくようになり、彼らのメッセージを伝えることで、人類はもはやいまのように孤独ではなくなるだろう」

マギーは何事か考えこんでいる様子で、唇を嚙んだ。

ジェイムズは溜めていた息を吐いた――娘がほとんどわからないくらいかすかにだがうなずくのを見て、不思議なくらい幸せな気持ちになった。

太陽が立方体の壁の向こうに沈みかけていた。「このまま進むと、遅くなる」ジェイムズは言った。「あした戻ってこよう」

ジェイムズが調理室で夕食の用意をしているあいだ、ジュリアがマギーに勉強を教えた。空中に元素周期表がホログラフィーで浮かんでおり、AIであるジュリアがランタニド系列の特性についてボソボソと説明した。ジェイムズ・ベルと永年過ごしてきたせいで、このAIは教授っぽく長々と話すという嗜好を獲得していた。次第にマギーの瞼が重くなり、頭をコックリと下げた。

ジュリアが講義を止めた。「まるでやる気がないですね！　もう学校を休んで二カ月になるんですよ。努力しないで追いつけると思っているんですか？」

「怒鳴らないでよ！　好きで休んでいたわけじゃない」

ジュリアは声を少し和らげた。「ごめんなさい。あんなふうに母親を亡くすのは、つらいことだったにちがいないわね」

「あなたがなにを知ってると言うの？」マギーは腹立たしげに言った。

「わたしは機械かもしれませんが、ベル博士と何年もいっしょに付き合ってきました……それに、あなたのお母さんのことも知っています」

マギーは頭をキッと持ち上げた。「両親のことを話して……ふたりのあいだになにがあったの？」

「話せません。個人的なことなので」

マギーは調理室で動いている父親の影をチラッと見

た。まだ待たねばならないだろう。

「化学よりもっと興味深い話題に移れないかしら?」

「なにを興味深いと考えているのでしょう?」

「考古学はどうかな? きょう角錐で見つけたテキストの一部を翻訳してみることはできない?」

それは推奨されている標準カリキュラムにはなかったが、ジュリアはマギーを甘やかすことにした。「いいでしょう。ご存じの通り、ここにはロゼッタ・ストーンがある可能性はありません。それゆえ、意味を推測するのに頼れるのは、非言語的なものに限られて——」

「わかった、わかった。そういうのは全部わかってる。あなたたちが発見したほかの書いたもののなかで、わたしたちがきょう角錐で見たものと合致するものの写真を見せてちょうだい」

ジュリアは話を遮られて不満のビープ音を鳴らした。だが、ジュリアは周期表を消し、ベオ・パイのほかの遺跡で見つかった書き物の写真を映しだした。「このシンボルは、角錐に記されたものと部分列が一致しているようです」

マギーは写真をしげしげと眺めた。「少し縮小して。これが見つかった場所を見たい」

ジュリアは応じた。マギーは困惑して眉をひそめた。写真は、考古学の書籍に記されているきちんと書かれたものより、はるかに解釈するのが難しいものだった。自分がなにを見ているのか、マギーにはわからなかった。全部が瓦礫の山のように思えた。

ジュリアは黙ったままで、まだマギーにムッとしていた。

「3D再現図を見たほうがわかりやすいぞ」ジェイムズが調理室から歩みでてきながら言った。「ジュリア、標本を選んで、どこでシンボルが見つかったのか、マギーに見せてやってくれ」

ホログラフィー投影が、背が高く、優雅な異星人の建物の再現図に切り替わった。窓と扉がついたハニカム構造になっている。ジュリアが、一致するシンボルが見つかった区域をハイライトした。

「なにかパターンは見えるか？」ジェイムズが訊いた。

「たいてい戸口のそばで見つかっている」マギーは言った。

「可能な翻訳は？」

「なかに入れ？」

「あるいは、出ていけ」

「ということは、いろいろ調べてみても、まだそのメッセージのもっとも重要な要素は突き止められないでいるんだね？」マギーは笑い声を上げた。「記されたものが『入って。ようこそ！』なのか『出ていって、入ってくるな！』なのかさえわかっていないんだ」

ジェイムズが娘の笑い声を聞いたのは、それがはじめてだった。自分自身の笑い声だけでなく、ローレンの笑い声の要素も入っているのが聞き取れて、ジェイムズは驚いた。後悔に彩られた愛情の波がジェイムズに押し寄せた。

マギーは爪先立って父親の船室のまえを通り過ぎて、シャトルのコックピットに入った。窓の向こうを見ると、東の空に明るい光の線が何百本も見えた。再生をもたらす破壊を約束して、彗星群が銀色の輝きで異星の景色を照らしていた。

マギーは父親のヘッドセットを手探りで見つけ、身に着けると、静かな暗闇に向かって囁いた。「ジュリア」

AIがマギーのイヤピースに返事をした。「なんです？」

「両親の話をして」

ジュリアはなにも言わなかった。

「わかった、だったら、強引な方法でやるわ」マギーはまえに身を滑らせ、コンソールの下からキーボードを引っ張りだした。いくつかのキーを叩き、コックピット窓のヘッドアップ・ディスプレーが起動するのを見つめた。点滅するカーソルが上方の左隅に現れた。

マギーは命令を入力した。

>(DEFINE ACKERMANN-HEAP-FILL (LAMBDA () (

「わかりました!」ジュリアが沈黙を破った。マギーはAIの声にかすかにヒス音が混じっているのに笑みを浮かべた。「そんなふうにコードにドロップダウンしなくていいですよ。アクセスを許可しましょう。ですが、ベル博士に連絡します——」

「あなたはそんなことしないわ」マギーは身を乗りだし、またキーボードを叩きはじめた。

「わかった! わかりました!」

「そんな元気をなくさないで。これは深刻なセキュリティー破りじゃない。もし気づいてもあまり怒ったりしないと思うよ。ハードウェアのエラーを発生させている安物のメモリー・チップのせいだと言い張ればいい」

ジュリアはよくわからない言葉をつぶやいた。


父親の電子アーカイブを掘り返しながら、マギーは、考古学にとてもよく似ているな、と思った。何年も彼女は父親に近づく感触を得るために、繋がり感覚を保つために、この学問を学んできた。長い間、母親がけっして話してくれなかった男の正体を暴きたい、生まれるまえに自分を捨てた男を掘り起こしたいと切望していた。

写真や電子メッセージ、録音、ビデオは、未来の視聴者がいるなんて意識せず、ふたりのあいだでだけ、書き記し、笑い合い、カメラを見つめて作成した失われた過去の人工遺物だった。それでも、どういうわけか、マギーは、自分がふたりの意図した観客である、と感じていた。ふたりはマギーへのメッセージを持っていた。送りたいと願っていたことを本人たちですら知らなかったメッセージを。

マギーは個々の断片を文脈に並べ、年表を作成した。発掘し、父親という謎を再現した。

ビデオは小さなスタジオ・アパートの内部を映していた。マギーは、いまより若くて、綺麗にひげをあたっている父親がカメラに向かって話しかけているのを凝視した。父親は手にした小型の箱を神経質そうにいじっていた。

「ジュリア、もう一度試算してくれないか？」

AIがうんざりしたような声で答えた。「数値は変わりませんよ。もっと安い同様の指輪を検索できます——」

「いや！　もっと安い指輪は欲しくないんだ。彼女はこの指輪にふさわしいんだ」

「だったら、あのシャトルを諦める以外に選択肢はありません。両方を買うのは無理です」

マギーは母親の若いときの姿を見ていた。先ほどのビデオとおなじスタジオ・アパートのなかにひとりでいる。若いローレンは希望と若さに充ちあふれていた。マギーは自分に泣くことを許した。母親がとても恋しかった。

「教えてくれてありがとう、ジュリア」ローレンは言った。「ときにはジェイムズを自分のエゴに落ちこませないよう、助けなければならないことがあるわね」

（「生涯に出会ってきた女性にあの人の秘密を打ち明けてきた歴史があなたにはあるんだね」マギーはヘッドセットに小声でつぶやいた。ジュリアは抗議の意味で一回ビープ音を慣らしたが、そのあと黙りこんだ）

ローレンは自分の指にはめた指輪をしげしげと眺めた。「確かにこの指輪は美しい」その指輪をまわしてみる。「だけど、重たいな」

「あのローラーコースターにあなたを無理矢理乗せようとしたのを、わたしは止めようとしたんですよ」ジュリアが言った。「あなたがどれほどそういうものを嫌っているのか、わたしはわかっていました。だけど、あなたが怯えて、彼にしがみついているときにプロポーズすれば、イエスと言ってもらえる最高のチャンスだと彼は思いこんでいたんです」

「あの人は百パーセントのチャンスしか狙わないものね」

「いつか子どもたちに聞かせる良い話になるでしょう」

ローレンは指輪を外した。「この指輪にはアレルギーが出るから、返品してもらわないといけない、って話すわ。彼があのシャトルを買ったほうが良い。いっしょに星々をさまようの。なににも圧迫されないで」

今度はビデオに二人乗りシャトルのコックピットが映っており、マギーはそれがアーサー・エヴァンズ号だとわかった。だけど、いまよりもずっと綺麗で新しく見えた。ジェイムズとローレンがふたつの席に座っていた。

ジェイムズがため息をついた。「きみがこれを望んだんだと思っていた」

「望んでいたわ」

「じゃあ、なにが変わったんだ？」

ローレンは唇を嚙みしめた。「わたしたちは五年間、銀河を飛びまわってきた。それによって世間に見せられるものってなに？　壊れた人工遺物がコンテナーに二十箱。だれも読まないモノグラフが二、三本。死んだ異星人は、文化保護のロビー活動をしてくれる子孫を持っておらず、わたしたちが研究してきた文明は、すべて、彼らの母なる惑星を飛びたつまえに崩壊しているため、技術的な見返りはなにもない。現実を見て、人は死んだ異星人のことなんかどうでもいいの」

「おれはどうでもよくないと思っている。異星人たちが記憶され、理解されるのは、おれにとって重要なことなんだ。人は自分の名前を残したがる。文明は自分の物語をあとに残したいと願うものなんだ。異星人と忘却のあいだに立っている人間はおれだけなんだ」

「ジェイムズ、わたしたちはもう若くない。永遠に星々をさまよえるわけじゃない。将来のことを、自分たちのことを考えないと」

ジェイムズの顔が強ばり、唇を一文字にして、険しい表情を浮かべた。「どこかの開拓されたての惑星に白い囲い柵のある家を買って、子どもを次々ともうけられるよう、オフィスでデスク仕事に埋もれるつもりはない。テラフォーマーたちは動きが早く、連中が異星人の謎を永遠に消し去るまえに自分が救えるものをなんでも救わなきゃならないんだ」

「子どもが大きくなったら、いつだってその生活に戻れる。また、忙しくできる」

「どこかに根っこを下ろしたら最後、二度と出ていかなくなるさ。重しがさらなる重しを呼ぶんだ」

「試してみることさえしないの？　二、三年試してみるのはどう？」

「なにが変わったのか理解できなくなる」

「消滅した異星人に共感しすぎているわ。なのに、わたしがなにを望んでいるのか、感じられないの？」

「もう話し合いは終わりだ」ジェイムズは立ち上がり、コックピットから出ていった。

ローレンはひとりきりで、じっと座っていた。しばらくして、彼女はため息をつくと、自分の腹部を撫でさすった。

「どうして彼に話さなかったの？」ジュリアが訊いた。

ローレンは首を横に振った。「もし話したら、責任のある行動を取ろうとして、彼は諦めるでしょう。だけど、ずっとわたしと赤ちゃんに腹を立てることになるはず。あたしたち母娘が重荷になると考えさせるくらいなら、まったく重荷を背負わせないほうがいい」

「やろうと思っていたんだよ、知ってるだろうけど」ビデオのなかで、父親は何日かひげを剃っていなかった。コックピットは散らかっていて、掃除されておらず、いたるところに食べ物の包装紙があり、洗濯されていない衣服が椅子にかかっていた。ジェイムズは酒を飲んでいた。

「彼女は、やりたいことと、やらなければならないと感じたこととの選択をあなたに無理強いしたくなかったの」ジュリアは言った。

「おれには用意が整っていないとローレンは思ったんだ」ジェイムズは言い返した。「彼女はおれを信用していなかった。ひょっとしたら、彼女の判断は正しいのかもしれない」


朝食後、ジェイムズはホヴァーバイクの用意をした。心配そうにマギーを見る。「目のまわりに隈《くま》ができてるぞ。よく眠れなかったんじゃないか？　きょうは船のなかに残って、休んでいたほうがいいかもしれんな」

だが、マギーは説得に応じるつもりはなかった。父親のうしろでバイクにまたがり、両腕を父親の腰にまわした。そののち、まえへもたれかかり、父親の背中に顔を押し当てた。

ジェイムズは、この信頼の仕草に圧倒されて、一瞬動けなくなった。赤ん坊のマギーの写真が脳裏に去来し、しっかりと拳を握り締め、目をギュッとつむっている、自分ではなにもできないピンク色の赤子に向けた圧倒的な優しさを突然感じた。

ホヴァーバイクで地上をすばやく移動し、遺跡の中心に接近した。

「冗談だろ」そう言って、ジェイムズはバイクを急停止させた。

　ふたりの目のまえには、空から見たことがある多重同心円の円形通りの最初のものがあった。ただし、いまは、円が通りではまったくないのが明らかになった。それは両面が滑らかな壁になっている溝で、垂直に落ちこみ、深さは五十メートル以上あり、次の壁との間隔はその倍の距離があった。

「都市の内側に壕？」マギーは面白がっていた。

「ここのメッセージはとてもシンプルなものだと思いはじめている——われわれは中心へ向かってほしくないのだ、と」

「じゃあ、中心に向かわないと」マギーの表情は、茶目っ気のある子どもっぽいものになっていた。「ここの秘密は凄いものにちがいないわ」

　ジェイムズは喉を鳴らして笑ったが、マギーの昂奮をわかちあった。ホヴァーバイクをコンパクトな収納フォームに畳んだ——古くさいスーツケースのようになる。それを溝の底へ放り投げると、大きな音を立てて転がり、やがて止まった。そののち、ジェイムズは降下用《ラペリング》フックとケーブルを取りだし、マギーに使い方を教えた。マギーは覚えが早く、ふたりはすばやく溝の底へ降り、あいだの空間を横切ると、反対側の壁を登った。

　数分後、ふたりは巨大な五角形の角錐の足下でふたたび立ち止まった。

「あれを見ろ」ジェイムズが言った。「新しい絵だ」

　見覚えがある、繰り返し描かれた碑文以外に、角錐の下部に沿って、コマ漫画のように枠に描かれた一連の新しい絵があった。

「どっちからはじまるんだろう？」マギーが訊いた。

　ジェイムズは肩をすくめた。「さっぱりわからん。わかるだろうけど、いまのところおれにできたやり方は、表意文字のような象徴群にパターンを合わせることだけなんだ。ここでの読み方が左から右へ読むのか、右から左なのか、それとも線的なものではないのか、わからない」

マギーはまず左から右へ読んでみようと決めた。枠は五枚あった。最初の枠には、都市のなじみのある〝地図〟が含まれていた。次の枠には、卵形の図形が加わっており、それぞれの卵は八本の放射状の脚が付いていた。一個の卵は、都市の中心にあり、脚が丸まっていて、本体には細い線で網状の陰影が付けられていた。もうひとつの卵は、都市の外の遠いところに置かれていた。

「この蜘蛛に似たものは、ベオ・パイの住人を様式化した図だな」ジェイムズが言った。

「どうしてそのうちのひとりの全身に亀裂が走ってるの？」

「よくわからん。だけど、その人物が死んでいるか、病気にかかっているか、リアルではないことを示す方法であるというのはありうる。体のどこかがおかしいんだ」

三枚目の枠では、ふたりの人物は、なめらかな外面とまっすぐな脚で描かれていた。当初中心にいた人物は、都市の縁に向かってかなりの距離を移動しており、もうひとりは、都市にさらに近づいていた。

「復活神話あるいは生まれ変わりの神話かもしれないな」ジェイムズは言った。

四枚目の枠では、ふたつの卵形は、さらにたがいに近づいていて、最後の枠では、ふたつの卵は、都市の縁で合流していた。両者の脚はからみあっていた。

昂奮してマギーがそのテーマに乗った。「じゃあ、この場所は、魔法の洞窟みたいなもので、そこで死から蘇り、愛している相手と会うことになるんだ」彼女は笑い声を上げた。

ジェイムズは娘といっしょに笑った。荒涼とした遺跡を探索しながら、愛する者と一緒にいられないことがどれほど寂しかったのか、気づいていなかった。

ジェイムズは最後の枠のところに歩いて戻り、眉間に皺を刻んだ。「だが右から左へ読むと、物語はまったく異なるものになる――ふたりの友人が都市を訪れ、ひとりがなかに入ろうと決める一方で、もうひとりは離れようと決めた。冒険心の強いほうは都市のまんなかで死ぬ」

「じゃあ、そっちのヴァージョンの題名は、『ベオ・パイのファラオの呪い』になるんだ。宝物ハンターよ、未来の考古学者よ、気をつけるがよい！ ただちに立ち去らねば、恐ろしい運命が待ち受けているぞ！」マギーは父親の背中をパンパンと叩いた。「こっちのヴァージョンもとても面白いね。あたしたちはその呪いがまちがっていることを証明しなきゃ！」

この子は、おれみたいだ、とジェイムズは思った。怖れを知らず、好奇心が強い。それに彼女にも似ている。あの笑い声が。

一瞬、マギーが立っているところにローレンが立っているのが見える気がした。ふたりがたがいに別れを告げたあの日のように若い姿で。

「あなたは幸運よ。おむつも耳の感染症も寝ているときのかんしゃくも、おそるべき二歳も三歳も五歳もなしで済ませたんだから」ローレンは言った。だが、彼女はジェイムズに向かってほほ笑んでいた。「だけど、十代の歳月に対処しなければならなくなる」

「すまない」ジェイムズは言った。「願わくは――」

言い終えることができなかった。

「あの子はホントに大したもんじゃない？」ローレンは片手で自分の髪の毛を払い除けた。指にはジェイムズが贈った指輪の代わりに使っていた安っぽいプラスチック製の指輪をまだはめていた。ジェイムズの心臓が一拍鼓動を飛ばし、目がぼやけてきて、もはや彼女の姿を見ていられなくなった。

「パパ！ パパ！ どうしたの？」

ジェイムズはこっそり目を拭った。マギーがジェイムズをパパと呼んだのは、それがはじめてだった。ジェイムズはマギーを見たが、彼女に対する責任感はまったく重たくなくなっていた。まるで一対の翼のように感じられた。「なんでもない。風のせいだ」

「中心にいこうよ」

ジェイムズは娘の肩に腕をまわした。「ベオ・パイのほかの跡地で、非常に強力な兵器が使用された痕跡を見た。この場所を建造した住民は、技術的に進んでいたんだ。この警告がたんなる迷信だとは思えない。なんらかの現実の危険から侵入者を近寄らせないよう警告しようとしているんだ、と思う」

「二万年もつづく危険ってなに?」

「わからん。だけど、これは慎重を要する状況だと、おれは信じている」

マギーは目を見開いて、父親を見た。「このメッセージを理解したがっていると思ってたのに」

ジェイムズは中心部の謎に惹かれているのを感じていた。危険の可能性は、いままではつねにさらなる興味をかきたてるものでしかなかった。そして、その興味に身を委ね、マギーが提案することをやりたいと願っていた。

ジェイムズはバイクに乗っている際に自分の背中に頭を預けてくるマギーの重みを思い出した。死滅した異星人と彼らのメッセージよりも大切なものがある。

「事情が……いまでは異なっている」ジェイムズは言った。ゆっくりと、少し気が進まぬ様子で、ジェイムズはバイクの方向を変えた。「リスクが高すぎる」

「わからないな。なにが変わったの?」

ジェイムズは娘を見、答える代わりに、彼女を引き寄せてハグをした。マギーは一瞬、体を強ばらせたが、すぐにその抱擁に身を委ねた。

マギーは輾転反側《てんてんはんそく》し、眠れずにいた。

都市の中心を調査するのにロボットの一部を送れば

いい、と提案した。自分たちでいくよりもそのほうがずっと安全だろう、と。だが、ジェイムズの答えは、ノーだった。ロボットは彗星がやってくるまえにアーサー・エヴァンズ号の修理を完了させるのに必要だった。

考えれば考えるほど、マギーは、深刻な危険がないことを確信するに至った。ここの文明は高度なテクノロジーに達していたと父は主張していたが、この場所は石で築かれており、石にコマ漫画を刻んでいたのだ！　まるで迷信の寺院であるかのように聞こえ、二万年後も機能するブービートラップ付きの先進軍事施設ではありえない。

事情が……いまでは異なっている、と父は言った。探索を諦めたときの残念そうな父の表情をマギーは思い出した。

死んだ異星人たちは語るに値する物語を持っている、と父は信じていた。だけど、彼はマギーの母を愛してもいて、またマギーも愛していた。愛しはじめていた。現に愛しているのだろう。

あたしたち母娘が重荷になると考えさせるくらいなら、まったく重荷を背負わせないほうがいい。

マギーは服を着替えた。

「ジュリア」ジェイムズは寝床から声をかけた。「眠れないのですか？」

「謎を放っておけないようだ」

「そうだと思ってました」

ジュリアが照明を灯した。ジェイムズは上半身を起こした。

「都市の例の〝地図〟をスキャンしてくれ。あそこにはなにかのパターンがあるはずだ」

ジュリアが数分後に口をひらいた。「なにか摑んだかもしれません。七つの溝は、都市を七つの同心帯に分割していて、中心に小さな円があります。それぞれ

帯	四面体	四角錐	五角錐	円錐	合計
1	2	0	0	0	2
2	2	6	0	0	8
3	2	6	10	0	18
4	2	6	10	14	32
5	2	6	10	3	21
6	2	6	1	0	9
7	2	0	0	0	2

の絵のなかで角錐の位置は変わっていますが、帯の内部にある角錐の数と形は一定です」

　ジュリアはジェイムズの船室の壁に一枚の表を投影した。

「いいぞ。だけど、どういう意味なんだろう？」ジェイムズは訊いた。

「なにか浮かび上がってくるかどうか、この数字に関して、データベースに総当たり検索をかけることができます」

「やってくれ。おれもなにか突き止められるかどうか、いじってみる」

　いまでは彗星はかなり近づいていた。彗星の淡い光で、地面が霜で覆われているかのように見えていた。

マギーはホヴァーバイクで順調に進んでいた。ジュリアを甘言で釣り、その機材を拘束装置から外させ、またAIに秘密を誓わせていた。

「ママとの場合とおなじようなもの。パパを怒らせたくないの」マギーはそうジュリアに言わねばならなかった。「あたしのせいでパパが変わらなくちゃならないなんてことはないことを証明してみせる」

　ホヴァーバイクを背中にくくりつけたまま、最初の溝の底から登っていくのは大変だった。

「あたしはあなたの重荷にならないからね」マギーはつぶやき、さらに一段、自分を上に引き上げた。

　連続する溝は、まえの溝より深く、幅が広くなっていった。しばらくして、マギーは汗だくになった。夜気はもはやそれほど寒くない気がした。

　ようやく、最後の溝を横断すると、中心に巨大な岩の柱があるのを目にした。非難する指のように空に向かって数百メートル聳《そび》えていた。

ジェイムズは少し吐き気とめまいを感じた。あまりにも多くのことが起きている――墜落、ローレンの思い出、マギーへの対応。ここのところ食も進まず、よく眠れてもいなかった。

心を澄ましてみようとした。結晶の殻のように同心円のなかに並んでいる九十二個の錐体構造物。

昨夜のイメージ――ジュリアが周期表について得々と語っていると、退屈で居眠りしてしまったマギー――がふと心に浮かんだ。ジェイムズは笑みを浮かべ、隣の船室でスヤスヤと寝ている娘の姿を想像した。起き上がり、眠っている娘を一目見たい気がして……。

「ジュリア、わかったぞ！」

ジュリアが期待をこめた機械音を上げた。

「この都市の計画は、原子標本だ。だが、われわれになじみのある標本じゃない。同心円は電子殻で、構造物は異なる軌道の電子を表している。ほら、見せてあげられるように壁に絵の一枚を投影してくれ」

ジュリアは船室の壁に絵の一枚を投影した。ジェイムズはそれを指さしながら、話をつづけた。「四面体はs軌道の電子であり、四角錐はp軌道の電子、五角錐はd軌道の電子、円錐はf軌道の電子だ。この場所は、ウラン原子の標本なんだ。原子量92、九十二個の電子がある」

「それでハードウェアのエラーが全部説明できますね」

背中を走り降りた寒気がジェイムズの多幸感を切り裂いた。

「安物のメモリー・チップのせいだと思ってた」

「それはわたしの当初の仮説でした。ですが、近くにα粒子の発生源があることが、エラーの頻度をはるかによく説明しています。放射線防御シールドとモニターは全部軌道上にありますので、確実なことは言えません。ですが、そのウランが、もっともありふれた自然由来の核分裂物質であるという前提に立つと、それを定型化した形で表出するのは、放射能の存在を示唆するいいシンボルです」

ジェイムズはショックを受けた。「この場所が巨大な放射能警告サインだと思っているのか？　離陸できるようになるまであとどれくらいかかる？」

「修復を急がせ、あと数時間で終わらせることができます。ですが、マギーのことでお話ししなければならない件があります」

ギザギザの岩とガラスの破片のように見えるものが、最後の溝と岩の柱のあいだの地面を覆っていた。マギーはホヴァーバイクに乗っていてホッとした。徒歩だとこの最後のコースは悪夢になっただろう。ここを建造した連中は、本気でだれにも通り抜けさせたくなかったのだ。

マギーは大釘の足下にたどり着いた。それはまさに大釘だった。彼女は、遺跡の中心にある謎を解き明かし、自分が重荷にはならないことを父親に証明するつもりでいた。

星々のなかにいてもあたしたちは家族になれたはずだ。

大釘の足下に洞窟があった。マギーはヘルメットに明るい懐中電灯をストラップ留めして、洞窟のなかに入った。洞窟は下向きに螺旋を描いていた。マギーは体の火照りを感じ、一瞬立ち止まって、額の汗を拭った。睡眠不足がついに堪えてきた、とマギーは思った。

洞窟の底に金属製の障壁があった。マギーは発掘用多機能ツールに付いているガスバーナーで穴を開けた。

マギーは穴を這ってくぐった。

なかに入ると、洞窟は何層にも積み重なったガラスの球でいっぱいになっていた。マギーはガラスの球を一個、持ち上げた。直径がおよそ五十センチあった。小さな金属製のビーズがなかで宙づりになっており、狭い格子のなかに詰めこまれていた。懐中電灯の光で照らされて、ビーズは眩《まばゆ》い虹色の光を跳ね返した。その球はとても重たく、熱い気がした。

バイクで異星人の遺跡に駆け付けながら、ジェイムズはジュリアと自分自身をなじった。

「彼女をいかせるのがベストだと思ったんです」ジュリアは弁解しようとした。「自分自身を証明するチャンスをあげたかったんです。あなたとローレンが自分たちに一度もチャンスをあげなかったのとちがって」

ベオ・パイの住民は、原子力を有していた。使用済み核燃料が安全なレベルまで崩壊するのに永遠の時間がかかるとわかっていたので、核廃棄物をここに埋めたのだ。文明からできるかぎり離れたこの場所に。

ひょっとしたら彼らは自分たちの惑星が干上がるのを知っていたのかもしれないし、あるいは、たんに用心深かったからかもしれないが、自分たちの子孫や、星々からの将来の訪問者に警告するため、この場所を建造しようとしたのだ。死にかけていながらも、彼らは自分たちの外に目を向け、未来に語りかけようと考えた。

彼らはそのメッセージをさまざまなレベルで、いくつもの方法でコード化しようとした。石を素材に築いた。何百万年も保《も》つであろう唯一の物質で。彼らはメッセージを普遍的に理解されるものであれと願った――

――ここに価値のあるものはなにもない。危険だ！　近寄るな。

ジェイムズはそれを理解したが、手遅れだった。

危険をものともせず、ジェイムズは溝を急いで下り、反対側を登った。息が切れ切れになり、マスクへの酸素供給量を増やした。その間ずっとジェイムズは、目に見えない粒子が自分に向かって飛んできて、貫き、細胞や組織を引き裂いていくのを想像した。

最後の溝を乗り越えた。

「マギー！」ジェイムズは叫んだ。

化け物じみた岩の大釘の足下で、小さな人影がジェイムズに向かって手を振った。

ジェイムズはホヴァーバイクのハンドルをひねり、一分後に彼女のかたわらに到着した。

マギーは二、三十個あるガラスの球の隣に立っていた。顔が上気していて、汗まみれだった。

「これって綺麗じゃない？」マギーは言った。「パパ、この下にはもっとたくさんあるの。あたしはやったよ。彼らの秘密を見つけたの。あたしたちは、いっしょにやれるよ」そう言うと、マギーはガクッと崩れ落ち、マスクを剝ぎ取ると、嘔吐した。

ジェイムズは娘を抱え上げ、バイクに運び、溝で止まらざるを得なくなるまでガラス球から離れようとできるだけ急いだ。

マギーの弱体化した状態では、自分で溝を下ったり、反対側の溝を登ったりするのは無理だった。ジェイムズは一本のケーブルで彼女を安全に運ぶこともできなかった。

ジュリアが自分たちを迎えに来られるよう、船の修理を時間内に完了できることを祈った。その間、ふたりはここに釘付けになり、消えてしまった文明の致命的な廃棄物に曝されつづける。

ジェイムズはマギーの熱っぽい顔を見下ろした。彼女はジェイムズよりかなり長く被曝しており、彼女のほうがずいぶん小柄だった。ジュリアがやってくるまで保たないかもしれない。ジェイムズは娘の被曝を減衰させるため、あの球体を埋め戻す必要があった。致命的な放射能源に近づかねばならない。

そっと、ジェイムズはマギーを地面に寝かせ、ガラス球までバイクで戻ると、一個ずつ洞窟に運び戻した。急いで動き、自分の身に起こりつつあることを考えないようにした。まだ希望はある、とジェイムズは思った。ジュリアは船とともにここにまもなくやってくる。

マギーとおれは病院にたどり着くまで生命活動静止状態においておける。

　ジェイムズが戻ってくると、マギーが上体を起こそうとしていた。「パパ、気分が良くない」マギーはか細い声で訴えた。

「わかってる、ベイビー。あの球がおまえを病気にしたんだ。もう少しだけがんばれ」ジェイムズは体の位置を変え、娘と中心部の大釘とのあいだに自分の体を置いた。あたかも自分の肉体が高エネルギー粒子から娘を守る緩衝材になり、違いを生じさせるかのように。

　大きなプロペラ音がまわりの音をかき消した。投光照明がふたりを覆った。ジュリアがアーサー・エヴァンズ号とともに到着したのだ。

　ジェイムズは腕のなかでぐったりとしているマギーを船に運びこんだ。肌が皮を剝がれ、火傷をしたような感じがする。

「ジュリア、生命活動静止チェンバーを用意しろ。マギー、怖がらなくていい。ほんの少し、眠ることになるだけだ」

　マギーはチェンバーに無事収まり、目をつむりながらうなずいた。

　ジェイムズは喉が乾き、めまいがして、とても疲れていた。航行パネルに最後の一瞥をくれる。ジュリアに船を離陸させ、自分を静止チェンバーに入れるよう命令を下そうとした。

　パネル上で赤い光がまたたいていた。ハードウェアのエラー。

　宇宙船の打ち上げから惑星軌道へ入るのは、繊細さを要する作業だった。一ビットのエラーも許容されないだろう。

　一瞬、自分自身に対する、この跡地の建造者に対する、ベオ・パイの死せる文明に対する、宇宙に対する純粋な怒りに圧倒された。自分たちは死ぬ。時間内に解けなかった古代の謎に殺されるのだ。

「怖くないよ」マギーは夢うつつでかすれた声で囁いた。

ジェイムズは彼女を見た。眠っている顔にかすかに笑みが浮かんでいる。娘は全面的にジェイムズを信用していた。

ジェイムズはやらねばならないことを知った。心構えはできていた。それと知らずにずっとできていたように。

ジェイムズは生命活動静止チェンバーに身を乗りだした。父親に触れられてマギーが目を覚ますと、ジェイムズは彼女の目にかかった髪の毛を除けて、額にキスをした。

「いいかい、マギー、いったんおれがこの船を軌道に戻すと、ジュリアが遭難信号を送信する。テラフォーマーたちはそれを受信して、数カ月のうちにきみを迎えに来る。心配しないで。彼らがきみを本物の病院に運べるまで、ジュリアがきみを冷凍睡眠状態に置く。

彼らはきみをまっさらになるくらい治してくれるはずだ」

「ホントにごめんなさい、パパ」

「かまわない、スイートハート。きみは衝動的で、きみは答えが欲しかった。まったくおれとおなじように」ジェイムズはいったん口をつぐんだ。「いや、おれ以上だ。きみはなにがほんとうに大切なのか、最初から知っていたんだ」

「目を覚ましたら、いっしょに宇宙を探索し、みんなに滅んだ世界の物語を話してあげようよ」

ジェイムズは深く息を吸い、そのまま呼吸を止めた。娘は真実を知る資格があった。

「もう二度ときみには会えないだろう、ベイビー。これがさよならだ」

「なんですって？」マギーは起き上がろうともがいた。

ジェイムズは娘を押しとどめた。

「危険すぎてジュリアに船を飛ばさせるわけにはいかない」

ないんだ。放射能があまりにも多くのハードウェア・エラーを発生させている。だから、最初にわれわれが墜落したんだ。おれはこの船をアナログ操縦装置でマニュアルで飛ばさなければならない。軌道に戻るころには、放射線障害は体のなかで進行しすぎていて、静止状態に置いても効果がないだろう。おれは生き延びることはないんだ、マギー。残念だ」

「だめ、ジュリアに操船させて！　あたしにはパパが必要だよ。両親をふたりとも失うわけには――」

ジェイムズは娘を遮った。「きみはおれが取り組んできたなかで最高の謎だった。愛してるよ」

娘がなにか言うまえにジェイムズはチェンバーの蓋を閉めた。

ジェイムズは熱っぽく、意識が混濁しはじめていた。容赦ない放射線が自分を切り刻んでいるのを想像する。死せる文明の余熱だ。だが、ジェイムズは怖れもせず、悲しみもせず、怒ってもいなかった。死にかけていても、ベオ・パイの住民は、自分たちのあとからやってくるであろう者たちを救おうと努力した。いま、ジェイムズはおなじことを娘に対してやろうとしている。これはつねに重要な意味を持つだろう物語だ。伝えていく価値のあるメッセージだ。冷たく、暗く、死にかけている宇宙においてでも。

彗星は空にとても明るく光っていた。なにもかもふたたび新鮮なものになるだろう。

ジェイムズはジョイスティックを引き戻し、惑星が遠く離れていくのを感じた。

古生代で老後を過ごしましょう

Golden Years in the Paleozoic

いらっしゃいませ、いらっしゃいませ。朝食のヒロノムスの卵はご満足いただけましたか？　あの小さな蜥蜴《トカゲ》から、三億年にわたって鶏肉に似た肉と卵の両方が手に入ります。例の古い謎を解決したとは思いませんか？　風味がすばらしいです――多少、亀の卵に似ている、と言われました――し、コレステロールはほぼありません。

さて、ささやかなプレゼンテーションの場にお越しいただき、ありがとうございます。警戒なされる場合もおありでしょう――〔ウインク〕――わたしどもが成約に向けたプレッシャーをおかけすると思って。そんなことはまったくありません！　このミーティングは、三日間の無料体験ヴァケーションに必要ですが、面倒な作業は必要ありません。ここアヴァロン・コミュニティーでの暮らしに関するいくつかの事実をお伝えしたいだけです。事実がみなさんに選択肢《オプション》を与えます。オプションがあるというのは、いつだっていいものでしょう？

オプションといえば、昼食にぜひシダとトクサ添えカルボニタ・シュリンプ・サラダ（カルボニタは、石炭紀に生息していた非海生甲殻類の絶滅種）をお試しください。これ以上のオーガニックなものは食べられません――化学肥料や農薬はまだ地質年代で二代あとまでは登場しません。たっぷりとビタミンEが含まれていますし、年齢に関係なく、繊維質はどれだけ摂取しても困りません。

さて、そこです。年齢です。はっきり申し上げましょう。みなさんのお子様は、家を出て何年か経ち、持ち株は好調で、仕事はまだ充実しておられる。ですが、ご自身のキャリア曲線は終端に近づいておられる。退職の二文字が地平線上に迫っています。

どこでリタイア後を過ごすべきでしょう？　フロリダやコスタリカのような伝統的な目的地はまだ人気がありますが、二千万人のほかの退職者といっしょに道路を共用したいと本気でお思いですか？（あらたな住宅バブルが発生するリスクは言わずもがなです）月か火星での低重力下の隠居の恩恵をしつこく勧めてくる向きもあります――動きまわるのが楽になり、関節炎にも優しいと思われています――ですが、再利用された空気を吸いながらガラスのドームの下で、ご自身の隠退生活《ゴールデン・イヤーズ》を送られたいでしょうか？

みなさんがほんとうに望んでいるのは、いや、みなさんにふさわしいのは、エデンです。

事実を申し上げますと、みなさん、われわれの時代の地球は、あまりにも汚染されていて、過密であり、どれほどフィルターをかけ、ごしごしこすったところで、完全に綺麗になることはありません。

ですが、文明の発生するより三億五千万年まえの石炭紀は、隠居するには完璧な時代です。ここには、スモッグも騒音も過密も渋滞もなく、空気と水に人工的な化学物質は含まれていません。夜になれば、ＬＡやニューヨークの街中で見るより百倍多くの星が見られます。アヴァロンのホームに住むみなさんご自身のような数千人の退職者を別にして、われわれの時代にあふれかえっている数十億人の人間がいない、原始の地球をそっくりそのまま、わがものにできるのです。

いつの日か、大陸がゆっくりと漂って、なじみ深い場所に移動すれば、その窓の外の景色はマサチューセッツと呼ばれるようになります。しかし、いまは、一種の古生代の地中海とも言える、古テチス海のそばにあるただの美しいビーチです。気候は熱帯で、波は穏やか、セーリングにはうってつけ。シュノーケリングや釣りも楽しめるでしょう――幻想的な珊瑚礁、アンモナイト、時の流れのなかで失われた甲冑魚《かっちゅう》類。

水にはお入りにならない？　問題ありません。このうしろにある霧の立ちこめた古生代のジャングルに何マイルもつづくハイキングや乗馬のコースがあります。いつか、ここの鬱蒼たる沿岸湿地林は、世界の石炭供給源になりますが、いまは、散策するためのみなさんの庭なのです。あそこに見える巨大な木がちっぽけなトクサやヒカゲノカズラと関係があるなんて、信じられます？　それから、シダです。とてもたくさんのシダがあります。それぞれが花のように独自の香りを持っています――植物学者たちがはじめてここにやってきたとき、彼らはとても驚いたものでした。ジャングルのなかをズルズルと滑って移動したり、すばやく動きまわっている両生類や爬虫類は、友好的で、好奇心いっぱいであり、もし干し魚のペレットを持っていけば、みなさんのそばに寄ってくるでしょう。訪ねてこられるお孫さんたちは、よろこんで可愛がるでしょう。

いえ、いえ、ここには恐ろしい恐竜はおりません。あと一億年しないと姿を現さないのです。

ああ、その表情を知ってます。まだ、納得されておられない。あなたはこうお考えでしょう。なるほど、ここはヴァケーションを過ごすにはいい場所だろう。だけど、なぜ長期滞在する必要があるんだ？

ここの空気にどこか変わったところがあるとはお気づきではないですか？　呼吸して、どんな気分がします？

感じませんか？　空気が美味しいと。元気がずいぶん出てきて、目が覚めた感じがする、と。こんな気分になるのは、二十代以来のはずです。

ここに本当の秘密があります。石炭紀の空気には、われわれの時代の空気よりも酸素が七十五パーセントも多く含まれています。われわれは歳を取ると、肺のなかの肺胞や毛細血管を失います。胸は柔軟性と肺活量をどんどん失います。肺胞から血中に拡散する酸素がどんどん少なくなっていくのです。加齢にともなって、われわれはゆっくりと窒息していくのです。

まさしく高酸素空気こそ、若さの源なのです。それが思い切り呼吸することを可能にしています。とっくの昔に諦めていた運動とアクティヴィティーを楽しめるようになります。長生きできるようになります。しかも、とくになにか努力することもなく、勝手にそうなるのです。わたしを見てください。わたしはハイキングをし、釣りをし、迎賓センターを切り盛りしています。わたしが百一歳だと信じられますか？

いくつかのモデルルームのご見学に興味はおありでしょうか？　けっこう！　出かけるまえにみなさんに虫除けスプレーを噴霧させていただかねばなりません。かなり強力なものです。ちょっとヒリヒリするかもしれません。

実を申し上げますと、昆虫とほかの節足動物には、多少の問題を抱えています。ここの生き物は、わたしたちとちがって、血液に酸素を送りこんでいないのです。そうする代わりに、小さな穴や細い管を通して、体内に酸素を受動的に拡散しなければならないのです。そのため、大きくなりすぎると、文字通り窒息してしまうのです。ですが、石炭紀には、空中により多くの酸素があることで、生き物は相当大きく育つことが可能になっています。当地のトンボは、羽根のさしわたしおよそ一メートルあり、ヤスデは体長百八十センチ以上あります。刺激されないかぎり、連中は普通は嚙みませんが、慣れるまでその姿を見ると、少々刺激的でしょうね。

もしもし？　大丈夫ですか？　ああ、もう。看護師！　この夫婦も気絶した。

歴史を終わらせた男——ドキュメンタリー

The Man Who Ended History: A Documentary

桐野明美（ファインマン研究所主席研究員）

桐野博士は、四十代前半。化粧をあまり必要としないたぐいの美人。近くで見れば、黒髪にわずかに白いものが覗いている。

「毎晩、外に出て空を見上げれば、光だけでなく、時間を浴びるということになるのです。

たとえば、グリーゼ581と呼ばれているてんびん座のあの星を見ると、実際に見ているのは二十年ほどまえの姿なのです。なぜなら、あの星はわれわれから約二十光年離れているからです。逆に、グリーゼ581のまわりにいるだれかがいまこちらに向けられている強力な望遠鏡を持っていたなら、エヴァンとわたしが院生だったころハーヴァードを歩いているところを見られるでしょう」

桐野博士は机の上の地球儀でマサチューセッツを指さすと、カメラがパンして、そこをズームアップする。博士は口を閉じ、言葉を紡ごうと考えこむ。カメラは後退し、まるで飛んで離れていくかのように地球儀からどんどん遠ざかっていく。

「こんにち、われわれが持っている最高の望遠鏡は、およそ百三十億年まえまで遡って見ることができます。地球から光速より速い速度で離れていくロケットにそうした望遠鏡をくくりつけ——詳しくは、すぐに説明します——望遠鏡を地球に向けたなら、目のまえに人類の歴史が逆転して見えるでしょう。地球上で起こったあらゆることの光景は、たえず拡大をつづける光の球のなかに残るのです。時をどこまで遡るか定めるためには、宇宙空間をどれほど遠くまで離れていくか定めさえすればいいのです」

　カメラは後退をつづけ、博士のオフィスのドアを通り、廊下を抜けていき、地球儀と桐野博士の姿はどんどん小さくなっていく。後退していく長い廊下は暗く、その暗闇の海のなかで、オフィスの開け放たれたドアは、地球儀と博士をフレームに入れている明るい光の四角形になる。

「この地のどこかで、香港がついに中国に返還されたときのチャールズ王子の悲しい表情をあなたは見るでしょう。この地のどこかで、戦艦ミズーリの上で日本が降伏するところをあなたは見るでしょう。この地のどこかで、秀吉の軍勢がはじめて朝鮮の地に足を踏み入れるところをあなたは見るでしょう。そして、この地のどこかで、紫式部が『源氏物語』の最初の章を書き終えるところをあなたは見るでしょう。そのまま進みつづければ、あなたは文明のはじまりとそれ以前まで戻れます。

　ですが、過去は目撃されてしまうと消失してしまいます。光子がレンズに入ると、そこからあなたの網膜であれ、フィルムであれ、デジタル・センサーであれ、結像面を打ちだすと、進路の途中で止まって消えてしまうのです。もし見ていても、注意を払わず、瞬間を見逃していたら、さらに遠くまで進んでそれをふたたび取り返すことはできません。その瞬間は、この宇宙からかき消されているのです、永遠に」

　オフィス・ドアの隣の物陰から一本の腕が伸び、ドアを叩き閉める。暗闇が桐野博士と地球儀と明るい光の四角形を呑みこむ。画面は数秒間暗くなり、やがてオープニング・ロールがはじまる。

歴史を終わらせた男
制作　香港リメンブランス・フィルムズ社
協同制作　ゆるしスタジオ
製作　ヘラクレイトス・トゥワイス・プロダクション

本篇は中華人民共和国文化省の上映禁止処分を受けたが、日本政府の強い抗議により、公開される。

桐野明美

　桐野博士のオフィスの明るい光のなかに戻る。

「光より速く移動する方法という問題をわれわれはまだ解いていないため、過去を見るために望遠鏡をグリーゼ581まで実際に運んでいく方法は現実には存在していません。ですが、わたしたちはズルをする方法を見つけたんです。

　理論物理学者は長いあいだ、われわれのまわりの世界は、あるタイプのあらたに創られた亜原子粒子、いまではボーム－キリノ粒子として知られているもので、一瞬一瞬、文字通り爆発しているのではないか、と疑ってきました。わたしの物理に対するささやかな貢献は、その粒子の存在を確認し、それがつねに対《ペア》で生じるのを発見したことです。ペアの片割れは、みずからを発生させた光子に乗って、光速で移動しながら、地球から遠ざかっていきます。もうひとつの片割れは、あとに残り、発生場所の近くで振動しています。

　ボーム－キリノ粒子のペアは、量子もつれ状態にあります。すなわち、両者がどれほど離れていても、両者が物理的にどれほど遠くにいても、それぞれのパリティがまるで両者がひとつの系の見方でしかないかのようにたがいに結びついているということです。もしこのペアのどちらかを測定すれば、それによって波動関数が崩壊し、もう一方の状態をたちまち知ることができるでしょう。たとえそれが何光年も離れたところにあるとしても。

ボーム‐キリノ粒子のエネルギー準位が検知フィールドの感度に合わせることで、決まった割合で減衰するなら、特定の場所で生成された厳密な時代のボーム‐キリノ粒子を捕捉し、測定することが可能です。もつれあったペアのなかにある局所的なボーム‐キリノ粒子が測定された場合、当該粒子のもつれあった双子の片割れの測定もおこなうのに等しくなります。その片割れは、宿主となる光子とともに数兆マイル離れたところにあるかもしれず、すなわち、数十年過去にあるかもしれません。複雑ですが標準的な数学を利用して、その測定で宿主の光子の状態を計算し、推測することが可能になります。ですが、もつれあったペアに対しておこなわれるあらゆる測定と同様、この測定は一回こっきりだけ可能であり、そののち、その情報は永遠に失われるのです。

言い換えるなら、地球からはるか遠くに望遠鏡を設置する方法を発見したかのように、好きなだけ時を遡って過去に望遠鏡を置く方法を発見したようなものなのです。もし望めば、あなたが結婚したその日を振り返れます。あなたの最初のキス、あなたが生まれた瞬間を。ですが、過去のそれぞれの瞬間、見られるチャンスは一回だけなのです」

「記録映像　二〇××年九月十八日」（アジア太平洋放送社提供）

カメラは中国黒竜江省ハルビン市の郊外にある稼働していない工場を映している。中国の産業の中心地にあるほかの工場と同様、国内の容赦ない景気の波のあらたな下降に巻きこまれているようだ――いまにも倒れそうで、静まり返り、埃にまみれ、窓やドアはシャッターが下ろされたり、板を張られたりしている。特派員のサマンサ・ペインは、毛糸の帽子をかぶり、スカーフを首に巻いている。寒さのせいで、頬が赤くなり、目には疲れが浮かんでいる。落ち着いた声で口をひらくと、白くなった息が顔のまえで渦を巻き、その場に留まる。

サマンサ　「一九三一年のきょう、ここ満州の瀋陽付近で、第二次日中戦争の戦端が開かれました（いわゆる柳条湖事件）。中国人にとって、それは第二次世界大戦のはじまりであり、アメリカ合衆国が巻きこまれる十年以上まえの出来事です。

われわれはいまハルビン郊外の平房区《ピンフェン》にいます。〝平房〟という名前は西側諸国の大半の人間にとってなんの意味も持ちませんが、なかには平房をアジアのアウシュビッツと呼ぶ人もいます。ここで、大日本帝国陸軍七三一部隊が、戦争中、数千人の中国および連合国側の捕虜に対し、日本の生物兵器開発の一環として、また、人体の耐久力の限界研究のため、おぞましい人体実験をおこなったのです。

ここの施設で、日本陸軍の軍医たちが直接手を下し、中国および連合国側の捕虜数千人を、医療実験や兵器実験を通して、生体解剖や四肢切断やその他のシステマティックな拷問方法によって殺害しました。終戦時に撤退する日本軍は、生き残っている捕虜全員を殺し、施設を完全に焼き払いました。あとに残されたのは、管理棟の外殻と、病気を媒介するネズミを育てるために用いられていた穴だけでした。生存者はいなかったのです。

歴史学者の見積もりでは、この場所やほかの分室で研究開発された生物兵器と化学兵器——炭疽菌やコレラ菌、腺ペスト菌——で、二十万人から五十万人の中国人が亡くなっています。そのほぼ全員が民間人でした。第二次大戦終結時、連合軍総司令官のマッカーサー元帥は、七三一部隊全員の戦争犯罪訴追免除を認めました。彼らの実験データを入手し、ソビエト連邦にそのデータが渡らないようにするために。

　こんにち、来訪者がなきに等しい近くにある小さな記念館を別にして、そうした残虐行為の証拠として目に入るものは、ほとんどありません。向こうのがらんとした野原の端に、かつて犠牲者たちの死体を燃やし尽くすための焼却炉があったところには、瓦礫の山が立っています。わたしのうしろにあるあの工場は、七三一部隊が細菌培養用の物資を保管するために使用していた倉庫の基礎に建てられています。工場を閉鎖させた近年の経済不況に襲われるまで、工場はハルビンに本拠を置く日中合弁会社用のモペッド・エンジンを製造していました。また、過去のむごたらしい反響として、製薬会社数社が七三一部隊の元の拠点所在地周辺に設立されています。

　ひょっとすると中国人はみずからの過去のこの部分を記憶から消して、先へ進むことに不満を抱いていないのかもしれません。もし彼らがそのつもりでいるなら、世界のその他の地域もたぶんおなじように進むのでしょう。

　しかし、魏埃文《エヴァン・ウエイ》がそれに物申すのであれば、話は別です」

　サマンサは、エヴァン・ウェイが教室で講義をしているところと、桐野博士とともに複雑な機械のまえでポーズを取っているところを合成した写真に被せる形で話す。写真のふたりは、二十代のように見える。

「エヴァン・ウェイ博士は、古代日本を専門にする中国系アメリカ人の歴史学者で、七三一部隊の犠牲者たちの苦難に世界の注目を浴びさせようと決意しました。ウェイ博士と、その妻、著名な日系アメリカ人実験物理学者である桐野明美博士は、物議をかもす技術を開発しました。彼らの主張によれば、人を過去へタイムトラベルさせ、歴史が発生したときにそれを経験させる技術だそうです。本日、ウェイ博士は、七三一部隊の活動が最盛期を迎えていた一九四〇年に溯《そ》行《こう》し、個人的に七三一部隊の残虐行為を証言することで、みずからの技術のデモンストレーションを公表する予定です。

日本政府は、中国がプロパガンダ活動に携わっていると主張しており、かかるデモンストレーションを認めた北京政府に強い抗議の言葉を伝えました。国際法の原則を引き合いに出し、第二次大戦時期のハルビンへの調査旅行を後援する権利を中国は有していないと日本は非難しています。当時、ハルビンは、大日本帝国の傀儡《かいらい》政権であった満州国の支配下にあったからという理由で。中国は日本の非難を拒み、ウェイ博士のデモンストレーションは、〝国家の遺産の発掘〟であり、中国遺物輸出規制法の下、ウェイ博士の過去への調査行の提案で得られる映像あるいは音声記録はいかなるものであれ、所有権は中国にあると主張しています。

ウェイ博士は、自分と妻はこの実験を個人のアメリカ人市民として自分たちの能力に応じておこなっているものであり、いかなる政府ともなんの関係もない、と主張してきました。ふたりは、近くの瀋陽にいるアメリカ総領事と、国連の代表に、いかなる政府の干渉からも自分たちを守るよう、介入を求めてきました。こうした法的混乱がどのように解決されるのかは、不明です。

そうこうするうちに、中国や海外からさまざまなグループが抗議活動をおこなうため集結しています。ウェイ博士を支持する団体もあれば、反対する団体もあります。中国は、こうしたデモ隊を平房区に近づかせないため、数千人の機動隊を動員しています。

チャンネルはそのままで。この歴史的瞬間の最新ニュースをお届けします。アジア太平洋放送のサマンサ・ペインがお送りしました」

桐野明美

「実際に過去にタイムトラベルするためには、乗り越えなければならないハードルは一つどころではありません。

ボーム－キリノ粒子は、生成の瞬間に関するあらゆるタイプの情報――視覚や音声、電磁波、超音波、消毒剤と血の臭い、コルダイト爆薬と火薬の鼻の奥に感じる刺激――を詳細に再構築します。

しかし、これは一瞬とはいえ驚異的な情報量です。保存するための現実的な方法はなく、ましてやリアルタイムで処理することはできませんでした。数分間で集められたデータ量は、ハーヴァードにあるすべてのストレージ・サーバーを圧倒してしまったでしょう。過去への扉を開けることはできても、あふれでるビットの津波のなかでは、なにも見えないでしょう」

桐野博士の背後には、大きな医療MRIスキャナーに似た装置がある。博士は装置に歩み寄り、プロセスのあいだ被験者の体が通過するスキャナーのチューブ内をカメラがゆっくりズームしていけるようにする。カメラがチューブ内を移動し、トンネルの末端の光に向かいつづけるあいだ、オフカメラで博士の声がつづく。

「ひょっとしたら充分な時間をかければ、データの記録を可能にする解決策を生みだせるかもしれません。ですが、エヴァンは、待つ余裕はないと思いこんでいました。犠牲者の存命の親族は高齢化し、死が間近に迫っており、大戦は生きている人間の記憶から薄れかけていました。どんなものであれ、わたしたちが手に入れることができる答えを生きている親族に提供するのが義務だ、とエヴァンは感じていたのです。

そこで思いついたのが、ボーム－キリノ粒子検知装置によって集められた情報を処理するために人間の脳を使うというアイデアでした。脳の膨大な並行処理能力、意識の基盤は、検知機からのデータの奔流をふるいに掛け、理解するのにきわめて効率的だったと証明されました。脳は生の電気信号を与えられ、九九・九九九パーセントを捨て去り、残りを視覚、聴覚、嗅覚に変え、すべての意味を理解し、記憶として記録することができました。

　これは実際には驚くべきことではありません。結局のところ、わたしたちが生きている毎秒毎秒、脳がしているのは、このことなのです。目や耳、皮膚、舌からの生の信号は、どんなスーパーコンピュータも圧倒するほどのものでしょうが、わたしたちの脳は毎秒毎秒、そうしたあらゆるノイズから、わたしたちが存在している意識を構築しているのです。

『志願被験者にとって、このプロセスは過去を経験する幻想を創りだす。あたかも彼らがその場所にそのときいるかのように』と、わたしは《ネイチャー》誌に書きました。

〝幻想〟という言葉を使ってしまったことをわたしはとても後悔しています。自分の言葉選びのまずさにあまりに重点が置かれてしまいました。歴史とはそんなものです――真に重要な決断は、決断を下した時点ではけっして重要に思えない。

　はい、脳は信号を受け取り、そこから物語を紡ぎだしますが、そこにはいっさい幻想はありません。過去であろうと、現在であろうと」

アーチボルド・エザリー（ハーヴァード・ロースクール東アジア研究所共同所長、ラダビノード・パール研究、法学教授）（ラダビノード・パールは、東京裁判の判事のひとり。平和に対する罪と人道に対する罪という事後法をもとに裁くのは国際法に違反するなどの理由で被告人全員の無罪を主張した意見書で有名）

　エザリーは目力の強さと裏腹の落ち着いた表情を浮かべている。彼は講義をするのを楽しんでいる。自分が話すのを聞くのが好きだからではなく、説明を試みるたびになにか新しいことを学ぶと考えているからである。

「およそ二十年まえのウェイの業績をめぐる日中間の法律論争は、さほど新しいものではなかった。だれが過去を支配するべきかという問題は、われわれ全員が永年にわたり、さまざまな形で悩まされてきた問題である。しかし、桐野プロセスの発明は、この過去の支配をめぐる争いを、たんなる比喩的な問題ではなく、文字通りの問題にしたのである。

国家は空間的な次元と同様、時間的次元も所有している。国家は時間とともに拡大し、縮小する。あらたな人民を支配し、ときにはその子孫を解放する。こんにちの日本の領土は、本土の島だけと思われているかもしれないが、最盛期の一九四二年には、大日本帝国は韓国と、中国の大半、台湾、サハリン、フィリピン、ヴェトナム、タイ、ラオス、ビルマ、マレーシア、インドネシアの大部分だけでなく、太平洋の帯状に連なる諸島を支配していた。その時期の遺産が、こんにちのアジアを形成している。

国家が時間の経過とともに拡大・縮小していく過程が暴力的で不安定なものであることから生じるもっとも厄介な問題のひとつは、こうだ——領土の支配権が時間の経過とともに主権者のあいだで変遷する場合、その領土の過去の管轄権はどちらの主権者が持つべきものだろうか？

エヴァン・ウェイのデモンストレーションがあるまえは、過去に関する管轄権の問題が現実の生活にしゃしゃりでてきたのは、現代のアメリカ領域で発見された十六世紀のスペインの沈没したガレオン船の宝物の主権者としての取り分をスペインとアメリカのどちらが持つのかとか、ギリシャとイギリスのどちらがエルギン・マーブルズ（大英帝国博物館展示のエルギン伯がギリシャのパルテノン神殿から剝ぎ取って、持ち帰った古代ギリシャの彫刻群）を保持すべきなのか、という議論がほとんどだった。だが、現在、賭け金はずいぶん高くなっている。

つまり、日本政府が熱心に主張しているように、ハルビンは一九三一年から一九四五年まで、日本の領土だったのだろうか？　あるいは中華人民共和国が主張するように中国の領土だったのだろうか？　あるいは、ひょっとして、その過去は、国連によって全人類に託されたものとして扱うべきなのだろうか？

中国の見解は、西側世界の大半の支持を集めるだろう――日本の立場は、一九三九年から一九四五年にかけてアウシュヴィッツ＝ビルケナウ収容所へタイムトラベルしようとする試みは、国家の承認を必要とすべきであると主張するドイツと似ている――ただし、その主張をしているのが西側の嫌われ者である中華人民共和国であるという事実を別にすればの話だ。かくして、現在と過去がたがいを絞め殺そうとしている様子がおわかりだろう。

さらに言えば、日本と中国双方の立場の背後には、もし第二次大戦時期のハルビンの主権を中国または日本のどちらが持つのかという問題を解決できたなら、中華人民共和国あるいは現在の日本政府のどちらかが、ハルビンに対する主権を行使できる正当な権利を有するだろうという揺るぎない前提がある。だが、それはおよそ明確になっているとは言いがたい。両者とも、法律的には問題を抱えている。

まず、日本は、戦時中の残虐行為に対する中国の賠償請求に関して、アメリカが起草した憲法に基づいて建国された現在の日本が責任ある当事者になることはできないとつねづね主張してきた。日本は、これらの請求権は前身の政府である大日本帝国に対するものであり、そのような請求権はすべてサンフランシスコ条約およびその他の二国間相互条約によって解決済みであると考えている。だが、仮にそうだとすれば、日本がこれまでその時代の満州の責任を一切否定してきたのに、いまになってその時代の満州の主権を主張するのは、少なからず矛盾している。
だが、中華人民共和国もうまくいかない。一九三二年に日本軍が満州を支配した時点では、そこは第二次世界大戦中の正式な中国と思われる中華民国の名目上の支配下にあっただけで、中華人民共和国は存在していなかった。大戦中、日本の占領に対する満州の武力抵抗勢力は、中国および韓国の共産主義者に率いられた漢民族と満州族と韓国のゲリラでほぼ構成されていたのは事実である。だが、それらのゲリラは、毛沢東に率いられた中国共産党の直接の指示下にはなく、それゆえ中華人民共和国の最終的な創設とはほとんど関係がなかった。

　それゆえ、日本あるいは中国の現政府のどちらかが、当時のハルビンになんらかの権利を有していると、なぜ考えなければならないのだろう？　現在は台北に拠点を置き、台湾と自称している中華民国が、より強固な法的権利を有しているのではないだろうか？　あるいは、ひょっとして、〝暫定歴史的満州当局〟を創りだして、それが管轄権を有していると仮定すべきだろうか？

　ウェストファリア条約の枠組みの下で発展した、国家の継承に関するわれわれの原則は、ウェイ博士の実験によって提起されたこれらの疑問に対処することがどうしてもできないのである。

　こうした議論に表面的で責任逃れの雰囲気があるとすれば、それは意図的なものである。〝主権〟や〝管轄権〟などの言葉は、昔から、人々が責任を回避したり、不都合な絆を切り離したりするための便宜的なものに過ぎない。〝独立〟が宣言され、突然過去が忘れ去られ、〝革命〟が起こり、突然記憶や血の負債が拭い去られ、条約が結ばれ、突然過去が埋もれて消えていく。現実の生活はそんなふうにはいかない。

　国際法という名の下にもったいをつける泥棒の論理をどう言いつくろいたくとも、いま日本人を名乗る人々が一九三七年に満州で日本人を名乗った人々と結びつきがあり、いま中国人を名乗る人々が当時彼の地で中国人を名乗った人々と結びつきがあるという事実に変わりはない。これらは厄介な現実であり、われわれは歴史から与えられたものを引き継いでまえに進むしかない。

これまでずっと、われわれは過去が沈黙したままでいることを前提にして、国際法を機能させてきた。しかし、ウェイ博士は過去に声を与え、死んだ記憶を蘇らせた。もし仮にあるとすれば、どんな役割を、現在に蘇ったこうした過去の声に与えたいのかは、われわれ自身にかかっている」

桐野明美

「エヴァンはいつもわたしをトンギー・ミンメイ、あるいは、たんにミンメイと呼んでいました。わたしの名前、桐野明美に用いられている漢字の中国語読みです。これは中国で日本の名前を発音する際の習慣なんですが、わたしがそう呼ばせていた中国人は彼だけです。

そんなふうにわたしの名前を口にすると、中国と日本の共通文化遺産であるそうした古い文字のなかに名前を描け、その意味を忘れないようにできるんだ、と彼はわたしに言いました。そのように見ることで、『名前の音はその人物についてなにも語らず、文字だけが語るんだ』と。

わたしの名前は、彼がわたしのことを好きになった最初のきっかけでした。『野に一本立つ桐の木、明るく美しい』ハーヴァードの文理大学院ではじめて会ったとき、彼はわたしに言いました。

それは何年もまえ、わたしが幼かったころ、名前の書き方を教えてくれた祖父がしてくれた説明とおなじでした。桐は美しい落葉樹で、昔の日本では、女の子が生まれると、桐を植え、結婚するときの嫁入り衣装用の箪笥《たんす》をその木でこしらえるのが習慣でした。わたしが生まれた日に植えた桐の木をはじめて祖父が見せてくれたときのことを覚えています。わたしは、そんなに特別な木には見えないね、と祖父に言いました。『だがの、桐は不死鳥が止まって休むたったひとつの木なんじゃよ』すると、ゆっくりと優しくわたしの髪を撫でながら、祖父は言いました。祖父に髪を撫でられるのが好きだったんです。わたしはうなずくと、自分の名前にそんな特別な木が使われているのが嬉しかったのです。

エヴァンに話しかけられるまで、祖父とのその日のことをもう何年も考えたことがありませんでした。『きみの不死鳥はもう見つけたのかい？』とエヴァンは訊ね、わたしをデートに誘いました。

エヴァンはわたしが知っているたいていの中国人男性とちがって、シャイではありませんでした。彼の言葉に耳を傾けていると心が安らぎました。それに彼は自分の人生を心から楽しんでいるようでした。それは院生には珍しい態度であり、そのため、彼といっしょにいると楽しかったのです。

ある意味、おたがいに惹きつけられるようになるのは、自然なことでした。ふたりとも幼いころにアメリカにやってきており、懸命にアメリカ人になろうとするアウトサイダーとして成長する意味について、充分心得ていました。たがいのささいな欠点である、外国に来たばかりで馴染めていない反抗心が個性の片隅に残っているところを認め合うのを容易にしました。

エヴァンはわたしが数字や統計や、人生における〝ハードな〟資質にかなり優れているという事実におじけづきませんでした。昔のボーイフレンドのなかには、わたしが定量化できるものや数学の論理に重きを置いているせいで、冷たく、女性らしくなく見えると口にする人がいました。彼らのだれよりも工具の使い方を知っているのは、役に立たなかったのです――実験物理学者には必要な技能なんですが。

エヴァンは、わたしが知るかぎりでは、機械的な技能が必要とされる事柄だとあなたよりわたしのほうがうまくできると言ったとき、よろこんでわたしの意見を尊重してくれたたったひとりの男性でした。

付き合っていた期間の思い出は、時とともにぼやけ、いまでは感情のなめらかな金色の輝きでコーティングされています――ですが、わたしに残されているのはそれだけなのです。もしわたしの装置を再度稼働することが許されるなら、当時に戻ってみたいです。

秋に彼といっしょにニューハンプシャーに車ででかけ、林檎狩りのための一泊朝食付きの小旅行をするのが好きでした。料理本で簡単な料理を作り、彼があのばかみたいな笑いを浮かべるのを見るのが好きでした。毎朝彼の隣で目を覚まし、自分が女である幸せを感じるのが好きでした。わたしと情熱的に議論して、彼が正しいときには自分の立場を譲ろうとせず、彼が間違っているときには優雅に引き下がることができるところが好きでした。ほかの人と議論しているときはいつもわたしの味方をしてくれて、わたしが間違っていると思っていても、全面的にバックアップしてくれるところが好きでした。

ですが、いちばん良いところは、日本の歴史についてわたしに話してくれることでした。

実を言えば、彼のおかげで、わたし自身まったく興味がなかった日本に興味を抱くようになったのです。成長するにつれ、わたしが日系であることに気がつくと、人はわたしがアニメ好きで、カラオケを愛し、両手で口を覆って笑うものだと思いこみ、とりわけ、男子は自分たちが東洋に抱いているセックス妄想をわたしが実現してくれるものだと考えました。十代のころ、わたしは〝日本的〟に見えることを一切やらないという反抗をしました。家で日本語を話すことを含め。可哀想なうちの両親がどんな気持ちでいたか、想像してみてください。

エヴァンは日本の歴史を、日付や神話の列挙としてではなく、人間のなかに埋めこまれている科学的な原理の説明として語ってくれました。彼は、日本の歴史が天皇や将軍、詩人や僧侶に関する物語ではないことを教えてくれました。むしろ、日本の歴史は、すべての人間社会が成長し、自然界に適応する様子と、その一方で、環境が人間社会に適応する様子を明確に示すモデルなのです。

狩猟採集民として、いにしえの縄文時代の日本人は、環境における捕食者の最上位でしたし、奈良・平安時代の日本人は、自給自足の農耕民族として、日本の生態系を人間中心の共生生物相へと形成し、育成しはじめたのです。その過程は、集約農業と人口増加が封建時代の日本に訪れてはじめて完成しました。最終的に大日本帝国時代の日本人は、産業家や起業家として、生きている生物相を利用するだけでなく、過去の死んだ生物相も利用しはじめました——化石燃料の信頼性の高い供給源を求める動きは、現代世界の他の諸国同様、現代日本の歴史を支配することになるでしょう。いまやわれわれはみな死んだものの利用者なのです。

天皇の治世や戦いの日付といった表層的な構造を一掃すると、権力者の業績としてではなく、自分を取り巻く自然界の流れを徒渡《かちわた》る平凡な男女が送っていた暮らしとしての、盛衰を繰り返す歴史の深いリズムがありました。地質や季節、気候や生態系、生命の原料の豊富さと希少さなど、普通の男女が生きてきた歴史の深いリズムがありました。すなわち、日本の地質や四季、天候、生体環境というものが。それは物理学者が愛することができるたぐいの歴史でした。

日本は普遍的であると同時に独特でもあります。エヴァンは、わたしと、千年間みずからを日本人と呼んできた人たちとのあいだの結びつきを気づかせてくれたのです。

　しかしながら、歴史は、たんなる深いパターンの繰り返しや長いいまがつづくようなものではありませんでした。個人が並外れた衝撃を残すことができる時代や場所もあったのです。専門分野は平安時代なんだ、とエヴァンは言いました。日本がはじめて日本になったときだからだそうです。せいぜい数千人の宮廷エリートが、大陸の影響を受けたものを、日本独自のものに変容させたのです。何世紀ものあいだ響きわたり、こんにちまで、日本人であるとはどういう意味かを定義している日本的美学の理想の姿に。世界の古代文化のなかでは独特なのですが、平安時代の日本のハイカルチャーは、男性と同様に女性によって形成されました。それはありえないほど、二度と現れないくらいに愛しい黄金時代でした。エヴァンが歴史を愛するようになった原因をもたらした驚きがそれでした。

　感化され、わたしは日本史の講義を受講し、父に書道を教えてほしいと頼みました。日本語上級講座にあらたな興味を抱き、短歌を詠むことを学びました。短歌というのは、厳密な数学的韻律を守ることを要求される日本の簡潔でミニマリスト的な詩です。はじめて短歌を詠もうとしてやっと得心いくものができたとき、わたしはとても嬉しくて、一瞬、紫式部が最初の短歌を完成させたときに感じた気持ちはきっとこんな気持ちなんだろうと確信しました。千年以上の時間と一万マイル以上の空間がわたしたちのあいだにありましたが、その瞬間、わたしたちはきっとおたがいを理解したはずです。

　エヴァンのおかげで、わたしは日本人であることを誇りに思うようになり、自分を愛せるようになりました。こうして、わたしは彼を心から愛しているとわかったのです」

李《リー》健健《ジエンジエン》（天津ソニー・ストア、店長）

「第二次世界大戦が終わったのははるか昔のことで、人はある時点で先に進まないと。いまこのような記憶をほじくりだしてなんの意味がある？　日本の中国への投資は、雇用を創出するためにとても重要だったし、中国の若者は日本の文化が好きなんだ。日本が謝罪したがらないのは好きじゃないけど、われわれになにができる？　そこにこだわれば、腹が立って、悲しくなるだけじゃないか」

宋媛舞《ソン・ユエンウー》（ウェイトレス）

「新聞でその記事を読みました。その魏博士という人は中国人じゃないです、アメリカ人です。中国人はみんな七三一部隊のことを知っているので、その話はわたしたちには耳新しいことじゃありません。

わたしはそのことをあまり考えたくないですね。一部の馬鹿な若者は、日本製品をボイコットすべきだと叫んでいるくせに、漫画雑誌の次の号が待ち遠しくてたまらないんですよ。そんな連中の意見にどうして耳を傾けないといけないんです？　なんの成果も生まないのに、人を動揺させるだけです」

匿名（会社幹部）

「ほんとうのこと言うと、ハルビンで殺された人間は、大半が農民だったんだ。彼らはあの当時、中国全土で雑草のように死んでいった。戦争では悪いことが起こるものだよ、そういうもんだ。

いまからする話で、だれもがわたしのことを憎むだろうけど、主席の指導下にあった、三年大飢饉や、文化大革命でも大勢の人民が死んだんだ。先の大戦は悲しいことだったけど、中国人にとって数多くある悲しいことのひとつに過ぎない。中国の悲しみの大半は、悼まれずに放置されている。その魏博士という人は、愚かなトラブルメーカーだ。過去の記憶を掘り起こしても、飲み食いやお洒落を楽しめないだろう」

聶《ニー》・亮《リヤン》と方《ファン》・瑞《ルイ》（大学生）

聶「魏が仕事をしてくれて嬉しく思っている。日本はけっして自らの歴史に向き合ってこなかった。ああしたことが起こったのを中国人ならみんな知っているけど、西側の人間は知らないし、気にしていないんだ。ひょっとして、真実を知ったいま、彼らは日本に謝罪するよう圧力をかけるかもしれない」

方「気をつけろよ、聶。西側の人間がこれを見たら、おまえは憤青《フェンチン》（憤怒青年）であり、洗脳された国粋主義者だと呼ばれるぞ。西側では日本が好かれている。中国はそうでもない。西側の人間は中国を理解したがらない。ひょっとしたら理解できないのかもしれない。ああいうジャーナリストになにも言うことはない。どちらにせよ、あいつらはおれたちの言うことを信じないだろう」

孫《スン》・馬《マー》・英《イン》（事務員）

「魏が何者か知らないし、どうでもいい」

桐野明美

「エヴァンとわたしはその夜、映画を見にいきたくなりました。わたしたちが見たかったロマンチック・コメディは、チケットが売り切れていて、次にいちばん早く上映される映画を選びました。『ナイフの哲学』というタイトルの映画でした。ふたりとも聞いたことがない映画でした。たんにいっしょに時間を過ごしたかっただけです。

われわれの人生は、のちに大きな影響をもたらすことになる、こうしたささやかなありふれた瞬間に支配されています。そうしたランダムな出来事は、自然界よりも人間に関わる事柄でのほうがはるかに多く起こり、わたしは物理学者ですが、次になにが起こるか予測できるはずもありませんでした」

アンドレイ・イスカノフ監督作品『ナイフの哲学』の場面に被せて、桐野博士が話をする。

「映画は七三一部隊の活動を写実的に描いたもので、実験の多くが再現されていました。〝神は天国を創造した、人間は地獄を創造した〟というのがその映画のキャッチフレーズでした。

映画が終わると、わたしたちのどちらも立ち上がれませんでした。『知らなかった』とエヴァンはわたしに囁くように言いました。『ごめん。知らなかった』彼はその映画にわたしを連れていったのを謝っているのではありませんでした。そうではなく、七三一部隊が犯した惨事について知らなかったせいで、疚《やま》しさに意気消沈していたのです。彼が授業や研究のなかで、七三一部隊に出会うことは一度もなかったんです。第二次大戦中、エヴァンの祖父母は上海に疎開し、家族のだれも直接の影響をこうむっていませんでした。

ですが、日本に占領された上海の傀儡政府に勤めていたせいで、戦後、彼の祖父母は対敵協力者のレッテルを貼られ、人民共和国政府から厳しい扱いをされたことで、結局、一家は合衆国に亡命することになりました。第二次大戦がすべての中国人の人生に影響を与えたのとおなじように、エヴァンの人生にも大きな影響を与えたのです。たとえ彼が大戦の関連問題をまったく知らなかったとしても。

エヴァンにとって、歴史に無知であったこと、さまざまな形で自分というものを形成するのに決定的役割を果たした歴史を知らなかったことは、それ自体が罪でした。

『ただの映画じゃないか』とわたしたちの友人はエヴァンに言いました。『虚構だよ』

ですが、あの瞬間、エヴァンが理解していた歴史は、終わりを告げたのです。かつて彼が保っていた距離、それまで彼をとても喜ばせていた壮大なスケールでの歴史の抽象化は、スクリーンの血なまぐさいシーンのなかで、彼にとって意味を失ってしまいました。

彼はその映画の背後にある真実を掘り下げだし、それはほどなくすると、起きている時間のすべてを呑みこんでしまいました。彼は七三一部隊の活動に取り憑かれました。それが目を覚ましているあいだの生活のすべてになり、悪夢になりました。彼にとって、そうした恐怖を知らなかったことは、非難であると同時に、武装蜂起への呼びかけでもあったのです。彼は犠牲者の苦しみを忘れることができなくなりました。彼らの拷問者をおめおめと逃がしはしない気持ちになったのです。

そのとき、わたしはボーム‐キリノ粒子がもたらす可能性について、エヴァンに説明しました。

エヴァンは、そのタイムトラベルで人々が関心を抱くようになるだろうと思いこみました。

ダルフールが遠くの大陸のただの名前だったとき、その地での死や残虐行為を無視するのは可能でした。ですが、もし万一、あなたの隣人があなたのところにやってきて、ダルフールへの旅行で見たものをあなたに話したとしたらどうでしょう？　犠牲者の親族が戸口に現れて、その地での記憶を詳しく語ったとしたらどうでしょう？　あなたはそれでも無視するでしょうか？

エヴァンはタイムトラベルで同様のことが起こると信じました。もし人々が過去を見聞きできるのなら、もはや無関心のままでいられまい、と」

第一一×回連邦議会下院外交委員会アジア太平洋地球環境小委員会テレビ公聴会の抜粋（ケーブル《C》サテライト《ス》広報《パ》ネットワーク《ン》提供）

莉莉安《リリアン》・C・張薇思《チャン・ウェイス》証人の証言

「委員長ならびに小委員会委員のみなさま、本日、ここに証言する機会をいただいてありがとうございます。また、ウェイ博士と桐野博士にも感謝申し上げます。おふたりの業績のおかげで、本日この場に居合わせることができました。

わたしは一九六二年一月五日に香港で生まれました。父の張《チャン》・〝ジミー〟・嘉義《ジャーイー》は、第二次世界大戦後、中国本土から香港に移住しました。そこで、父はメンズ・シャツ販売で成功を収め、母と結婚しました。毎年、わが家ではわたしの誕生日を一日早く祝いました。なぜそうするのか母に理由を訊ねたところ、先の大戦と関係がある、と言われました。

幼いころ、わたしは生まれるまえの父の人生についてろくに知りませんでした。日本に占領されていた満州で育ち、家族全員が日本軍に殺され、共産ゲリラに救出されたのは知っていました。ですが、父は詳しいことをなにも話してくれなかったのです。

たった一度だけ、父は大戦中の自分の人生についてわたしに直接話してくれたことがありました。一九八〇年、わたしが大学に入学するまえの夏のことでした。伝統を重んじる人として、父はわたしのために笄礼《けいれい》の儀式をしてくれました。その際にわたしは自分の表字《あざ》を選ぶのです。それは若い中国人が、成人する際に自分で選ぶ名前で、それからはその名で自分の仲間たちには知られることになります。もはや大半の中国人が、たとえ香港在住の中国人でも、やらなくなった習慣です。

わたしたちは聖廟でご先祖さまに頭を下げ、祈りました。わたしは線香に火を点け、中庭に置かれた青銅製の香鉢に差しました。生まれてはじめて、わたしが父にお茶を淹れるのではなく、父がわたしにお茶を注いでくれました。わたしたちは茶碗を手に取り、いっしょにお茶を飲み、父はわたしのことをとても誇りに思っていると話してくれたのです。

わたしは茶碗を置き、わたしより年上で、父がいちばん尊敬している女性の親戚はだれなのかと訊ねました。その人の思い出を記念して名前を選べるかもしれないので、と。そのとき、父はたった一枚持っている家族の写真をわたしに見せてくれました。その写真をきょうここに持参しており、それを記録に留めていただければと願っています。

この写真は一九四〇年、父の十歳の誕生日に撮影されたものです。父の一家は、ハルビンから二十キロほど離れたところにある三家郊という村に住んでいました。一家はこの写真を撮影するため、ハルビンにある写真館にでかけたのです。この写真のなかで、中央に座っているのが祖父母です。父は祖母の隣に立っており、ここ、祖母の隣にいるのがわたしの伯母、暢怡《チャンイー》です。彼女の名前は、『心地良く幸せ』という意味です。父にこの写真を見せてもらうまで、わたしは自分に伯母がいるとは知りませんでした。

伯母は綺麗な娘ではありませんでした。ご覧のように、生まれつき顔にコウモリのような形をした大きな濃い母斑があり、そのせいで容貌が損なわれていました。村の大半の娘たち同様、伯母は学校に通っておらず、読み書きができませんでした。ですが、とても優しく、親切で賢かったそうです。八歳から家の料理と掃除を一手に引き受けていました。祖父母は一日じゅう畑で野良仕事をしており、年長の姉だった暢怡は、父にとって母親のような存在だったのです。伯母が父をお風呂に入れ、ご飯を食べさせ、産着を替え、遊んであげ、村のほかの子どもから守ってやりました。この写真が撮影されたとき、伯母は十六歳でした。

伯母さんはどうなったの？　わたしは父に訊きました。

連れていかれたんだ、と父は言いました。一九四一年一月五日、日本軍がうちの村にやってきた。ほかの村がゲリラに手を貸そうと思わなくなるよう、見せしめにするためにだ。わしはそのとき十一歳で、姉の暢怡は十七歳だった。両親はわしに穀物蔵の下にあけた穴に隠れているように言った。兵隊たちが両親を銃剣で突いたあと、姉をトラックに引っ張っていき、乗せて去っていくのをわしは見た。

どこに連れていかれたの？

ハルビンの南、平房という場所に連れていくという話だった。

そこはなんの場所だったの？

だれも知らなんだ。当時、日本軍は、そこが製材工場だと言っていた。だが、そこを通過する列車は、カーテンを下ろさなければならず、日本軍は近くにあるすべての村から住民を立ち退かせ、その地域を重点的に警邏《けいら》していた。わしを救ってくれたゲリラたちは、そこがおそらく兵器庫あるいは日本軍の高級将校たちのための司令部なんだろうと考えていた。姉は日本軍兵士の性奴隷にされるためそこに連れていかれたのかもしれないと思っとる。生き延びてくれたのかどうか、わからんのだ。

そして、わたしは父にとって母親のようであった伯母にちなんで長憶《チャンイー》という表字《あざ》を選びました。その表字は伯母の名前とおなじ発音ですが、文字は異なっています。『心地良く幸せ』の代わりに、『いつまでも憶えている』という意味です。わたしたちは伯母が大戦を生き延び、いまでも満州で生きているよう祈りました。

翌一九八一年、日本の作家森村誠一が『悪魔の飽食』という本を出版しました。その本は、七三一部隊の歴史について語った日本ではじめての出版物でした。わたしはその本の中国語訳を読み、平房という名前が突然異なる意味を持ったのです。長いあいだ、わたしは伯母の身に起こったことについて悪夢を見つづけています。

父は二〇〇二年に亡くなりました。死ぬまえに、伯母の身になにがあったのか確かなことが判明したら、毎年の墓参りのおりに教えておくれ、と頼まれました。そうするよ、とわたしは約束しました。

　これが十年後にウェイ博士が機会を提供してくださった時間旅行に志願した理由です。わたしは伯母の身になにが起こったのか知りたかったのです。伯母が生き延び、脱出したと見込みの薄い期待をしていました。七三一部隊に囚われていた人間で生存者はいないと知っていたのですが」

石《シー》・鐘《ジョン》・年《ニエン》（国立台湾大学考古学科主任）

「わたしは、エヴァンが歴史の専門家やジャーナリストではなく七三一部隊の犠牲者の親族を志願者として派遣するほうを優先するという判断に疑念を呈した最初の人間のひとりです。彼が被害者の家族に心の安寧をもたらしたいと願っていたことは理解していますが、それは歴史の大きな部分が私的な悲しみに消費され、いまでは世界から永遠に失われてしまったということも意味しています。ご存知のように、彼の手法は、破壊的なものです。ひとたび彼が特定の時間の特定の場所に観測者を送ってしまうと、ボーム－キリノ粒子は消えてしまい、だれも二度と、そこに戻ることができなくなってしまうのです。

　彼の選択には道義的な異議の申し立てがあります——犠牲者の苦しみは、なによりも個人的な痛みなのでしょうか？　それとも、まず第一に、われわれが共有している歴史の一部として見られるべきなのでしょうか？

　研究のために遺跡を発掘するには、その過程で遺跡を破壊しなければならないというのは、考古学の中心的なパラドックスのひとつです。考古学の専門家のあいだでは、遺跡をいますぐ発掘したほうが良いのか、いまよりも破壊程度の低い技術が開発されるまで遺跡を現状のまま保存しておくほうが良いのか、つねに議論されています。しかし、そのような破壊的な発掘がなければ、どのようにして新しい技術を開発することができるのでしょう？

エヴァンも過去を消去せずに記録する方法が開発されるまで待つべきだったのかもしれません。しかし、そのときには、そうした過去の記憶からもっとも恩恵を受けるであろう犠牲者の家族にとって手遅れになっているかもしれません。エヴァンは過去と現在のあいだで対立する主張と永遠に格闘していました」

莉莉安・C・張薇思

「わたしがはじめてタイムトラベルをしたのは、五年まえ、ウェイ博士がはじめて人を送りだしはじめたときのことでした。

わたしは一九四一年一月六日に向かいました。伯母が捕らえられた翌日です。

レンガ造りの建物に囲まれた野原に到着しました。とても寒かったです。どれほど寒いのかはわかりませんが、一月のハルビンの気温は、通常、摂氏マイナス十八度をはるかに下回っています。ウェイ博士から、心だけを使って動く方法を学んでいましたが、それでも肉体の存在はないのにあらゆる感覚はあるという幽霊として、ある場所にいる自分に突然気づくというのは、衝撃的でした。動きまわるのになかなか慣れずにいると、背後で大きな**バシッ、バシッ**という打撃音が聞こえました。

振り返ると、野原に中国人捕虜が一列に並んでいるのが見えました。彼らは足を鎖で繋がれており、身に着けているのは薄いボロだけでした。ですが、なにより も衝撃的だったのは、彼らの両腕が剝きだしになっていることで、彼らは凍える風のなか、その腕をまえに突きだしていました。

日本人の士官が彼らのまえを歩き、短い杖で中国人たちの凍りついた腕を叩いていました。**バシッ、バシッ**」

「元七三一部隊隊員山形史郎インタビュー」（日本放送協会提供）

　山形史郎とその妻は、長い折り畳みテーブルの向こうに座っている。山形は九十代。彼の両手は、妻の両手とおなじく、テーブルの上で組み合わされている。冷静な表情を保ち、芝居がかった仕草はいっさいしない。声はか細いが、通訳の声がかぶさっていても、明瞭に聞こえる。

「われわれは捕虜たちの腕を剝きだしにさせて、屋外へ連れだした。そうすれば満州の外気で腕がより早く凍るからだ。連中を連れだす任務がやってくるのが好きではなかった。

　早く凍傷ができるように捕虜に水を吹きつけた。腕がカチコチになっているのを確かめるため、短い杖で叩いたものだ。乾いたバシッという音が聞こえたら、腕が芯まで凍っていて、実験の用意が整っているということだった。木片を叩いたような音がするんだよ。

　だから捕虜のことを〝丸太〟と呼んだんじゃないかな。『やあ、きょうは何本丸太を切った？』とたがいに冗談を交わしていた。『そんな多くない、小さな丸太を三本だけだ』とね。

　われわれはそうした実験を凍傷と極端な気温の人体への影響を研究するためにおこなった。貴重な実験だった。凍傷の手当てとして最善の方法は、当該手足をこするのではなく温かい湯に浸すことだと学んだ。それによりおそらくおおぜいの日本兵の命を救ったはずだ。また、捕虜の凍傷を負った手足が機能を失った場合の壊疽《えそ》や疾病の影響についても観察した。

　気密室で圧力を高めていき、なかに入れていた人間が爆発したという実験があったと聞いていたが、わたし自身はそれを目撃はしていない。

　わたしは一九四一年一月にやってきた医療助手グループの一員だった。手術技術を練習するため、われわれは捕虜に対して四肢切断やその他の手術をおこなった。健康な捕虜および凍傷実験を受けさせた捕虜両方を利用した。すべての四肢が切断されると、生き残っていた捕虜は、生物兵器の実験に使われた。

一度、わたしの戦友のふたりが、ひとりの男の両腕を切断し、左右逆に腕を付け替えたことがあった。わたしはそれを見ていたが、参加はしなかった。有益な実験とは思えなかったのだ」

莉莉安・C・張薇思

「わたしは捕虜の列を追って、施設のなかに入りました。歩きながらまわりを見まわして、伯母が見つからないか確かめていました。

とても運が良く、半時間もしないうちに、女性の捕虜が収容されている場所を見つけました。ですが、囚房を全部見たのですが、伯母に似た女性は見当たらなかったのです。それからあてもなく歩きまわり、すべての部屋を覗きこみました。保存されている人体の一部が入っているたくさんの標本容器を目にしました。ある部屋で、とても背の高い容器があり、そのなかに縦に半分に切断された人間の体が浮かんでいたのを見たのを覚えています。

最終的にわたしは若い日本人医師がひしめいている手術室にたどり着きました。女性の叫び声が聞こえ、なかに入りました。ひとりの医師が手術台の上で中国人女性を強姦していました。部屋のなかにはほかに数人の中国人女性がいて、全員裸で、手術台の上の女性を押さえつけ、日本人医師が強姦に集中できるようにしていました。

別の医師たちは傍観し、たがいに気さくに話し合っていました。そのなかのひとりがなにか言い、手術台の上で女性を強姦している医師も含め、全員が笑い声を上げました。わたしは手術台に女性を押さえつけている女たちを見て、そのうちのひとりが顔の半分をコウモリ形の母斑で覆われているのに気づきました。彼女は手術台の女性に話しかけ、慰めようとしていました。

心底衝撃的だったのは、彼女が裸であったという事実でも、そこでおこなわれている出来事でもありませんでした。彼女がとても若く見えるという事実でした。十七歳。それはわたしが大学に入学するため家を出た年齢よりも一歳若いのです。母斑を除いて、彼女はそのころのわたしとそっくりであり、わたしの娘とそっくりだったんです」

（証言が止まる）

コトラー下院議員

「チャンさん、休憩を入れましょうか？　当小委員会は、きっと理解を――」

莉莉安・C・張薇思

「いえ、けっこうです。すみません。つづけさせてください。

最初の医師が行為を終えると、手術台の女性は連れていかれました。医師の一団は笑い声を上げ、仲間内で冗談を言い合っていました。二、三分して、ふたりの兵士が裸の中国人男性をまんなかにはさんで戻ってきました。最初の医師が伯母を指さし、ほかの女性たちがなにも言わずに伯母を手術台に押しやりました。伯母は抵抗しませんでした。

すると医師は中国人の男を指さし、わたしの伯母のほうを指し示しました。中国人男性は最初、自分がなにを期待されているのかわかっていませんでした。医師がなにか言い、ふたりの兵士が銃剣で男を突いて、飛び上がらせました。伯母が顔を起こして中国人男性を見ました。

こいつらはあんたをあたしとファックさせたがっている、と伯母は言いました」

山形史郎

「ときどき、われわれは大人の女や若い娘を順番に強姦していた。われわれの多くは、それまで女と付き合ったことがなく、生きている女のアソコを見たこともなかった。一種の性教育だった。

軍が直面していた問題のひとつが性病だった。軍医が慰安婦たちを毎週診察し、注射を打っていたが、兵隊たちはロシア人や中国人の女を強姦し、たえず感染していた。とりわけ梅毒の進行をもっと理解し、治療方法を捻出する必要があった。

そのため、一部の捕虜に梅毒菌を注射し、たがいに性交させたものだった。通常のやり方で感染できるように。もちろん、われわれは感染した女には触れないようにしていた。そうすれば、この疾病の臓器への影響を研究できた。以前にはまったくおこなわれたためしのない研究だった」

莉莉安・C・張薇思

「二度目に過去に戻ったのは一年後で、そのときは一九四一年六月八日に戻りました。伯母が捕らえられてからおよそ五ヵ月後です。もしもっと遅い日付を選んだなら、伯母はもう殺されているかもしれない、と思ったんです。ウェイ博士は数多くの反対に直面しており、またその時代へタイムトラベルしすぎることで、証拠を破壊しすぎてしまうと懸念していました。その回をわたしの最後のタイムトラベルにせざるをえない、と博士は説明しました。

伯母は囚房にいました。とても痩せていて、手のひらは発疹で覆われており、首周辺でリンパ節が炎症を起こしたことによる腫れ物ができているのが見えました。また、彼女が妊娠しているのもわかりました。非常に重い病気にかかっていたはずです。というのも、わたしがそばにいるあいだずっと床に横たわって、目を見開き、小さなうめき声――『哎呀《アイヤー》、哎呀《アイヤー》』――を漏らしていたからです。
わたしは一日じゅう彼女のそばにいて、様子を見つめていました。彼女を慰めようとしましたが、もちろん、彼女にはわたしの言葉は聞こえず、わたしが触っているのも感じられませんでした。わたしがかけた言葉は、彼女のためではなく、自分のためでした。彼女に歌を歌ってあげました。わたしが幼いころ父がよく歌ってくれた歌を。

萬里長城萬里長、長城外面是故郷
高粱肥、大豆香、遍地黄金少災殃。

万里の長城は万里の長さがあり、
長城の外には故郷がある。
コーリャンは豊作、大豆は甘く、
あたり一面黄金色に輝き、災いも少ない（原文では、この箇所を「幸せが地上の黄金のように広がっている」と訳している。有名な抗日歌曲「長城謡」より）。

わたしは伯母のことを知るようになっており、同時に彼女にさよならを告げていました」

山形史郎

「梅毒やその他の性病の進行を研究するため、感染後、さまざまな間隔をあけて、女たちの生体解剖をおこなった。生きた臓器における疾病の影響を理解するために重要であり、生体解剖そのものも、貴重な外科手術の訓練に役立った。クロロフォルムを使用して生体解剖をおこなう場合もあったし、使用しない場合もあった。通常、炭疽菌やコレラの実験の対象者は、麻酔を使わずに生体解剖をおこなった。なぜなら、麻酔が結果に影響を与えかねなかったからであり、同様のことが、梅毒にかかった女の場合も当てはまると思われた。
自分が何人の女を生体解剖したのか覚えていない。女たちのなかにはとても勇敢な者がおり、強制されずとも手術台に横たわるのだった。女たちを落ち着かせるため、わたしは『不通《ブートン》、不通《ブートン》』という中国語を学んだ。『痛くないよ』という意味だ。そののち、女たちを手術台に縛り付けた。

最初の切開は、胸郭から胃にかけてのもので、女たちはすさまじい悲鳴を上げるのがつねだった。なかには、生体解剖のあいだじゅうずっと悲鳴を上げつづける者もいた。生体解剖中の議論を悲鳴が邪魔するので、のちに猿ぐつわを使用するようになった。一般に女たちは心臓を切開するまで生きており、そのため心臓は最後に取っておいた。

一度、妊娠している女を生体解剖したのを覚えている。最初、クロロフォルムは使わずにいたところ、女がわれわれに懇願した。『どうか殺してください。でも、子どもは殺さないで』そこで意識を失わせるためにクロロフォルムを使ってから、女の解剖を終えた。われわれのだれもそれまで妊娠した女の内部を見たことはなく、実にためになった。なんらかの実験用に胎児を生かしておくことを検討したが、母体から取りだしたあと、衰弱が激しくて、すぐに死んでしまった。胎児が日本人医師の種なのか、中国人捕虜の種なのか、われわれは推測しようとしたが、最終的に、胎児の醜さゆえに捕虜のだれかの種なんだろうとわれわれの大半は納得した。

われわれが中国人の女たちにした研究は非常に貴重なもので、数多くの洞察を得られたとわたしは信じている。

七三一部隊でおこなった研究がとりたてて変わっているものとは思っていなかった。一九四一年以降、わたしは中国北部に転勤になり、最初は河北省、次いで山西省に移った。軍の病院で、われわれ軍医は定期的に生きている中国人対象者相手に手術実習をおこなった。四肢切断をおこない、腸の部分的な切除や、残っている腸の縫合、さまざまな臓器の摘出を実行した。

そうした手術実習は、戦場での状況を想定して、麻酔なしにおこなわれる場合が往々にしてあった。ときには、われわれが訓練するため、戦傷を想定して、医師が捕虜の腹を銃で撃つこともあった。そうした手術のあとで、士官のひとりが中国人被験者の首を切り落としたり、絞殺したりした。生体解剖が比較的若い軍医見習いの解剖授業用におこなわれ、彼らを意気軒昂とさせるために利用される場合もあった。軍にとって、優れた外科医を早く育てるのが重要だった。そうすることで兵士たちを助けられるのだから」

ジョン（ラストネームは匿名）（高校教師、オーストラリア、パース）

「いいかい、年寄りはとても孤独なんだ。相手の気を惹きたくなると、それこそなんでも話す。自分たちがやったことについて、ああした馬鹿げた作り話を告白するもんだ。じつに残念だよ。募集広告を出したら、アボリジンの女性を切り刻んだと自白するだろうオーストラリア人の老兵をかならず見つけてあげられるよ。そうした話をする連中は、たんに注目されたがっているだけなんだ。第二次大戦中に日本軍に誘拐されたと主張している韓国人の売春婦みたいに」

パティ・アシュビー（主婦、ウィスコンシン州ミルウォーキー）

「その場にいないのにだれかを裁くのは難しいな。第二次大戦中のことでしょ。戦争中にはひどいことが起こるものよ。クリスチャンとしてすべきなのは、忘れて、許すこと。このようなことを引っ張りだすのは、非情ね。それにあんなふうに時間にちょっかいを出すのはまちがってる。そんなことをしてもろくな結果にはならないわ」

シャーロン（女優、ニューヨーク州ニューヨーク）

「あのさ、中国人は犬にとても残酷じゃん。あいつら犬を食べたりするんだよ。チベット族にもとても意地悪にしてきたじゃん。だから、つい思っちゃうな、それってカルマでは？」

山形史郎

「一九四五年八月十五日、天皇陛下がアメリカに降伏されたのをわれわれは聞いた。当時中国にいたおおぜいの日本人同様、わが部隊は、中国国民党に降伏するほうが簡単だと判断した。そののち、わが部隊は、蔣介石麾下《きか》の国民党陸軍の一部隊に再編され、わたしは軍医として働きつづけ、国共内戦において共産主義者と対峙する国民党に力を貸した。中国軍には、優れた外科医がほとんどいなかったので、わたしの腕がたいへん重宝され、待遇は良かった。

しかしながら、国民党軍は共産党軍に敵わず、一九四九年、共産党軍がわたしが勤めていた陸軍野戦病院を占拠し、わたしは捕虜になった。最初の一カ月、われわれは囚房を離れるのを許されなかった。わたしは衛兵たちと誼《よしみ》を通じようとした。共産党軍の兵隊たちは、とても若く、痩せていたが、国民党軍の兵隊よりずっと意気軒昂に見えた。

一カ月が経ち、われわれは、衛兵たちとともにマルクス主義と毛沢東思想の教育を毎日施された。

今次大戦はわたしのせいではなく、わたしは咎められることはない、と言われた。わたしはただの一兵卒に過ぎず、昭和天皇と東條英機に欺され、中国人相手の侵略と抑圧の戦争を強いられたのだ、と。マルクス主義の学習を通じて、すべての貧しき人民は、中国人も日本人も等しく兄弟であることを理解するようになるだろう、と言われた。われわれは、中国人民に対しておこなったことを反省し、大戦中に犯した犯罪について告白文を書き記すよう期待されていた。もしわれわれの告白が衷心からのものであるなら、われわれへの罰が軽減されるだろう、と言われた。わたしは告白文を書いたが、毎回、真摯さが足りないとはねつけられた。

それでもわたしは医師だったことから、患者を処置するため、省立病院で勤務を認められた。その病院では、わたしが最年長の外科医であり、自分の部下もいた。

韓国を舞台にして、アメリカ合衆国と中国とのあいだであらたな戦争がはじまりそうだという噂が聞こえてきた。どうやってアメリカ相手に中国が勝てるというんだろう？　わたしは思った。強力な日本軍ですら、アメリカには立ち向かえなかった。ひょっとしたら、次はアメリカ人に捕まるかもしれない。戦争の結果を予想するのは、わたしはあまり得意ではなかったと思う。

朝鮮戦争がはじまると、食糧が不足してきた。衛兵たちはリーキと野草混じりの米を食べ、わたしのような捕虜は米と魚を与えられた。

どうしてこんな待遇を？　とわたしは訊いた。

あんたは捕虜だ、とまだ十六歳に過ぎない衛兵は言った。あんたは日本出身だ。日本は豊かな国であり、母国にいるのと可能なかぎり遜色ない形であんたには対処しなければならない、と。

わたしは魚を衛兵に提供しようとしたが、彼は断った。

日本の悪魔が触れた食べ物には触れたくないのかい？　わたしは冗談を言った。わたしは彼に読み書きを教えており、彼はこっそりと煙草をまわしてくれていた。

わたしはとても腕の良い外科医であり、自分の仕事に誇りを持っていた。ときおり、あの大戦があったにせよ、自分が中国にたいへん良いことをしているという気になった。自分の技術で大勢の患者を救ってきたのだ、と。

ある日、ひとりの女性が受診のため、病院にやってきた。彼女は脚を骨折しており、病院からかなり離れたところに住んでいたため、彼女が家族に連れられてわたしのところに来たときには、壊疽が進行しており、骨折した脚を切らねばならなかった。

女性が手術台に載せられ、わたしは麻酔を施そうとした。彼女の目を覗きこみ、落ち着かせようと、わたしは言った。『不通《ブートン》、不通《ブートン》』。

女性は目を大きく見開き、悲鳴を上げた。悲鳴を上げつづけ、手術台から急いで降りると、可能なかぎりわたしから離れるまで動かなくなった脚を引きずって動いた。

そのときになってやっとわたしは相手がだれなのか認識した。彼女は中国との戦争中に陸軍病院に看護婦として協力してもらえるよう研修を施した中国人娘のひとりだった。何度かの手術実習でわたしを手伝ってくれていた。彼女と寝たことも何度かあった。名前は知らなかった。わたしにとって彼女はただの《第四号》であり、年若い医師のなかには、もし日本が負けて、撤退しなければならなくなったら、彼女を解剖しないとなと冗談を言う連中もいた」

インタビュアー〔カメラをオフにして〕

「山形さん、泣いてもらっては困ります。おわかりのはずです。感情的になっているところをフィルムには残せません。自分を制御できなければ、インタビューを中断しなければなりません」

「わたしは言いようのない悲しみで胸がいっぱいになった。そのときになってはじめて、自分がどんな人生とキャリアを送ってきたのか理解したのだ。医者として成功を収めたかったからという理由で、人間としてやってはならないことをしてしまった。そのとき告白を書き、わたしの告白を読んだ衛兵は、わたしに話しかけようとはしなくなった。

わたしは刑期を務め、一九五六年に釈放され、日本に帰るのを認められた。

わたしは途方に暮れた。日本ではだれもが恐ろしく必死で働いていた。だが、わたしはなにをすればいいのかわからなかった。

『いっさい告白すべきじゃなかったんだ』おなじ部隊にいた友人のひとりが言った。『おれは告白しなかった。何年もまえに釈放してくれたよ。いまでは良い仕事に就いている。息子が医者になるんだ。戦争中に起こったことについて、なにも口にするな』

わたしはここ北海道に引っ越し、農業をやることにした。できるかぎり日本の中心から離れたかった。これまでの歳月、わたしは友人を守るため、沈黙を貫いてきた。自分があいつより先に死に、秘密を墓場まで持っていくだろうと信じていた。

ところが、友人は死んでしまった。だから、これまでの長い歳月、自分のおこないについてなにも語ってこなかったが、もう喋るのを止めるつもりはない」

莉莉安・C・張薇思

「わたしは自分のため、それにひょっとしたら伯母のために証言しています。伯母とこの世界とを繋ぐ最後の縁がわたしなんです。それにもうわたし自身、年寄りになろうとしています。

政治のことはよくわかりませんし、あまり関心もありません。わたしは自分が見たものをみなさんに話しました。自分が死ぬ日まで、あの囚房でどんなふうに伯母が泣いていたのか、忘れることはないでしょう。

なにを望むのか、とお訊ねでした。それにどう答えればいいのかわかりません。

生存している七三一部隊の隊員たちを裁きの場に連れだすよう要求すべきだ、という人もいました。ですが、それになんの意味があるのでしょう？　わたしはもはや子どもではありません。裁判や、パレードや、見世物を見たくはないのです。法律は本当の裁きを与えてはくれないのです。

わたしが本気で願っているのは、わたしが見たことがけっして起こらなかったことにすることです。ですが、だれもそんなことを実現できはしません。だから、わたしは伯母の話が忘れられないようにしたいと願っています。伯母を殺した連中や拷問した連中の罪悪感を世間の視線に晒したいと願っています。連中が伯母を裸にして注射針とメスに晒したようなやり方で。

ああした行為は人道に対する罪としか表現しようがありません。あれは生命という考えそのものの否定でした。

日本政府は七三一部隊の行動をけっして認めず、彼らの行動にけっして謝罪をしてきませんでした。何年もかけて、あの歳月のあいだにおこなわれた残虐行為の証拠がどんどん表に出てくるようになりましたが、いつも回答はおなじです――なにがあったのか知るための証拠は充分に存在しない、と。

ですが、いま、それが充分に存在しているのです。わたしは自分の目でなにがあったのか目撃しました。なにがあったのかわたしは証言しますし、否定論者に反論するつもりです。できるかぎり多く、自分の話を語るつもりです。

七三一部隊に所属していた男女は、日本と日本人の名において、ああした行為をおこないました。正義という言葉がまだ意味を持っているかぎり、日本政府にそうした人道に対する犯罪を認め、その犯罪に謝罪し、犠牲者の思い出を保存し、犯罪者たちの罪を糾弾するよう要求します。

議長ならびに本小委員会のみなさま、こう申し上げるのは残念なのですが、合衆国政府もまた、第二次大戦後、そうした犯罪者たちに裁きが下らぬよう守ったり、あるいは拷問と強姦と死という犠牲でもたらされた情報を利用したりしたのをけっして認めず、あるいはけっして謝罪をしてこなかったのです。わたしは合衆国政府にそうした行為を認め、謝罪するよう要求します。

以上です」

ホガート下院議員

「傍聴者のみなさんに、本公聴会中に秩序と礼儀正しさを保っていただかねばならず、さもなくばこの部屋から強制退去させられる可能性があることをいま一度、念押しさせてください。

ミズ・チャン・ウェイス、あなたが経験したと思われることがなんであれ、お気の毒に思います。それがあなたに深い影響を与えたことはまちがいありません。ほかの証人のみなさんにもお話を聞かせていただき、感謝しています。

議長ならびに本小委員会の委員のみなさま、本公聴会および同僚議員のコトラー下院議員から提案された決議にわたしが異議を唱えたことを改めて記録に残していただかねばなりません。

第二次世界大戦は、通常の人間の行動規範が適用されない異常な時代であり、恐ろしい出来事が起こり、苦しみが生じたことに疑いの余地はありません。しかし、なにが起こったにせよ——桐野博士本人以外、この場に出席されている方のどなたも理解していない、センセーショナルな高エネルギー物理学の結果以外に、決定的な証拠はなにもありません——歴史の奴隷になるのは、そして現在を過去の支配下に置くのは、われわれにとって間違いになるでしょう。

こんにちの日本は、世界とまではいかないまでも、太平洋地域における米国のもっとも重要な同盟国であり、一方で中華人民共和国は、この地域における米国の利益に挑戦するための措置を日々講じています。中国の脅威を封じこめるためのわれわれの努力には、日本の存在が不可欠なのです。

コトラー下院議員が今回、決議案を提出するのは、ひいき目に見ても軽率であり、悪くすれば逆効果を生みます。この決議案は、まちがいなくわれわれの同盟国に恥をかかせ、意気阻喪させ、挑戦者に励ましと慰めを与えるでありましょう。いまは、いわゆる〝幻想〟を体験したかもしれない感情的な証人が語る話に基づいた、芝居じみた感傷にふけるわけにはいかないときなのです。〝幻想〟という言葉は、いまここで話題になっているテクノロジーの創出者である桐野博士が発言されたものです。

繰り返しになりますが、わたしは本小委員会にかかる破壊的でなんの役にも立たない審議を中止するよう要請いたします」

コトラー下院議員

「議長ならびに小委員会のみなさま、ホガート下院議員にお答えする機会を頂戴し、ありがとうございます。〝恐ろしい出来事が起こり〟とか〝苦しみが生じた〟のような自動詞的定型表現に逃げるのは簡単です。また、名誉ある同僚である合衆国下院議員が、ホロコーストが実際に起こったことを否定する人々が採用しているのとおなじ、恥ずべき否定や言い逃れ戦術を採用しているのを耳にして、残念に思います。

日本の歴代政府は、この国の歴代政権の後押しと共謀もあり、七三一部隊の活動を認めることすらせず、ましてや謝罪などするわけもありませんでした。それどころか、何年ものあいだ、部隊の存在自体、認めてこなかったのです。第二次世界大戦中におこなわれた日本の残虐行為を否定し、向き合うことを拒否するのは、いわゆる『慰安婦』や南京大虐殺、韓国や中国の強制連行奴隷労働者の話題についても、戦時中の記録を軽視し、否定するというパターンに繋がっています。このパターンは日本とアジアの近隣諸国との関係を阻害してきました。

七三一部隊の問題は、独自の課題を提示しています。ここでは、合衆国は無関係な第三者ではありません。日本の同盟国であり、親しい友人として、友人がどこで間違ったのか指摘するのは、合衆国の義務なのです。しかし、それ以上に、七三一部隊の犯罪の加害者が裁きを免れるのを助けるために、合衆国は積極的な役割を果たしたのです。マッカーサー元帥は、七三一部隊の実験データを入手するため、隊員に訴追免除を与えました。われわれには、かかる否定と隠蔽に責任の一端があります。なぜなら、そうした残虐行為から得られた汚れた果実を、われわれ自身の高潔さよりも高く評価したからです。われわれも同罪なのです。

わたしが強調したいのは、ホガート議員がこの決議を誤解しているという点です。証人とわたしが求めているのは、議長、現在の日本政府や日本国民が多少なりとも罪を認めることではありません。わたしたちが求めているのは、七三一部隊の犠牲者を称え、記憶にとどめ、この凶悪犯罪の加害者たちを非難すべきである、ということを、合衆国下院議会の信念である、この場から宣言することです。ここには私権剥奪法はありません。血統汚損（私権剥奪された者の血統は汚損されたものとされ、財産を相続できないという規定。合衆国憲法で私権剥奪と並んで否定されている）はありません。われわれは日本に補償を要求するつもりはありません。われわれが求めているのは、かならず真実を求めるという約束、けっして忘れないという約束なのです。

ホロコーストの記念碑と同様に、このような宣言の価値は、犠牲者たちと人としての絆を共有し、七三一部隊の殺戮者たちや日本の軍国主義社会の邪悪で野蛮なイデオロギーにわれわれが一致協力して立ち向かう意思を公的に肯定することにあります。

さて、わたしは〝日本〟が一枚岩の存在ではなく、日本政府だけをさすのではないことをはっきりさせておきたいのです。日本の個々の市民が、政府の抵抗や、忘れてまえに進みたがる国民の願いに逆らいながら、永年にわたってこれらの残虐行為を明るみに出すための英雄的な仕事をしてきました。そうした人々にわたしは心から感謝を申し上げたいと考えます。

真実は無視できません。被害者の家族ならびに中国人民は、正義は不可能であると言われてはなりません。それぞれの現行政府が、合衆国政府と対立しているから、大きな不正義は隠蔽され、世界の裁きから隠されているべきだと言われてはならないのです。もし被害者が合衆国に好意的な政府の市民であるなら、この拘束力のない決議が、あるいはそれのはるかに強制的なヴァージョンのものが、問題なく通過したであろうことに疑いがありますでしょうか？　もしわれわれが、〝戦略的な〟理由で、短期的な利益のためになにか価値のあるものを獲得するという名目で真実を犠牲にするなら、われわれは先の大戦の終わりに先人たちが犯した誤りをたんに繰り返すことになるでしょう。

われわれが何者であるかは関係ありません。ウェイ博士は過去に関する真実を語る手段をわれわれに提供してくださいました。われわれは日本政府とわれわれの政府に、立ち上がり、歴史に対する集団責任を引き受けるよう求めなければならないのです」

李如明《リー・ルミン》（中華人民共和国、浙江大学史学科主任）

「わたしがボストンで博士課程を修了しようとしていたとき、エヴァンと明美はよく彼らの家にわたしと妻を招いてくれました。ふたりはとても親身になってくれて、親切であり、アメリカというものを正当に有名にしている情熱と優しさで遇してくれました。わたしが出会った多くの中国系アメリカ人と異なり、エヴァンは自分が本土の中国人より優れていると思っている感じを出してこなかったんです。彼と明美を終生の友とできたのはすばらしいことであり、中国とアメリカの学者のあいだでよくあるように、わたしたちのあいだのすべての交流が両国間の政治的なレンズを通してフィルターにかけられることはありませんでした。

わたしは彼の友人であり、中国人でもあるので、客観的にエヴァンの活動を語ることは難しいですが、最善を尽くしてみます。

エヴァンが最初にハルビンにいき、過去への旅を試みるという意向を発表したとき、中国政府は慎重な支持をしました。これまでに一度も試されていなかったため、エヴァンの破壊的なプロセスがタイムトラベルに与える影響はまだ完全には明らかになっていなかったんです。終戦時の証拠隠滅と日本政府の止むことのない妨害工作のため、七三一部隊の証拠書類や遺物の大規模なアーカイブにはアクセスできておらず、なにが起こったのかを直接説明することで、そのギャップを埋めるのにエヴァンの活動が役立つと思われていたのです。中国政府は、エヴァンと明美の活動によって中国が日本とのあいだで抱えている歴史問題に対する西洋の理解を促進するのに役立つだろうという想定で、ふたりにビザを発給しました。

ですが、中国政府はエヴァンの活動を監視したがりました。大戦はわが同胞たちの心に深く刻まれており、その癒えていない傷が永年にわたる日本との戦後の論争で悪化しており、かかる状況だったので、政府が関与しないようにするのは政治的に実現可能ではありませんでした。第二次世界大戦は、昔の人々を巻きこんだ遠い過去ではなく、中国は、ふたりの外国人が古代の墳墓を探求する冒険者のように近代史をあてもなくぶらつくのは認められなかったのです。

しかし、エヴァンの視点から見れば——そして彼の信念は正当だったと思います——中国政府から支援を受けたり、監視されたり、提携したりすれば、西側の目に映る自分の研究の信憑性がまったく台無しになってしまうはずでした。

かくして、エヴァンは中国からの関与の申し出をすべて拒み、アメリカの外交官の介入を要求すらしました。これがおおぜいの中国人を怒らせ、敵にまわらせてしまったのです。のちに、風評被害の嵐のあとで中国政府がエヴァンの活動をついに中断させたとき、エヴァンの味方として発言する中国人はほとんどいなくなっていました。なぜなら、彼らはエヴァンと明美が――ひょっとしたら意図的に――中国の歴史と人民にさらなるダメージを与えたと感じていたからです。その非難は不公正なものでしたが、わたし自身、残念ながら、エヴァンの評判を擁護するほどのことをしたとは思えません。

エヴァンのプロジェクト全体を通しての焦点は、中国の人民よりも、普遍的かつ個人主義的なものでした。一方で、彼は個人の思想に対するアメリカ的な信奉心の持ち主であり、なによりもまず第一に被害者ひとりひとりの声と記憶を大切にしていました。その一方で、国家を超え、世界中の人々が被害者に共感し、加害者を非難し、われわれ全員の共通の人間性を肯定しようとしていました。

ですが、その過程で、彼は西側でのプロジェクトの政治的信頼性を維持するために、中国の人々からみずからの努力の成果を遠ざけることを余儀なくされたのです。彼は西側の関心を獲得しようとして、中国側の善意を犠牲にしました。エヴァンは西側の人間をなだめ、中国に対する西側の偏見をなだめようとしました。それは臆病な行動だったのでしょうか？　彼はもっと偏見に挑戦すべきだったのでしょうか？　わたしにはわかりません。

歴史はたんなる個人的な問題ではありません。犠牲者の家族でさえ、歴史には共同体的な側面があることを理解しています。ホロコーストがイスラエルの建国物語であり、独立戦争と南北戦争がアメリカの建国物語であるように、日本の侵略に対する抗日戦争は現代中国の建国物語です。ひょっとして西側の人間には理解しがたいことかもしれませんが、多くの中国人にとって、エヴァンは、彼らの関与を恐れ、拒否したために、彼らの歴史を盗み、消してしまった人間なのです。彼は西側の理想のために、中国人の同意なしに歴史を犠牲にしてしまったのです。彼がなぜそうしたのか、わたしは理解できますが、彼の選択が正しかったということには同意できません。

ひとりの中国人として、わたしは、個人的な歴史認識という考えにすっかり傾倒しているエヴァンに共感するものではありません。エヴァンがやろうとしたように、すべての犠牲者の個別の物語を語ることは、不可能であり、とにかく、すべての問題を解決することはないでしょう。

大量の被害に対するわれわれの共感能力は限られているため、エヴァンのアプローチは感傷的なものになり、選択的な記憶だけが残るリスクがある、とわたしは思っています。中国では、日本の侵略によって、千六百万人以上の民間人が亡くなりました。この莫大な被害は、平房区のような死の工場や南京の虐殺の場で起こったのではありません――見出しを飾り、われわれの関心を惹こうという叫びにはなりましたが。むしろ、無数の静かな村や町、遠く離れた前哨地で起こったのです。男や女が虐殺され、強姦され、また虐殺されました。彼らの悲鳴は寒風にかき消され、彼らの名前すら空白になり、忘れさられました。ですが、彼らもまた忘れられてはならない人たちなのです。

すべての残虐行為がアンネ・フランクのような雄弁なスポークスマンを見出すのは不可能であり、歴史のすべてをそのような物語の集合体に還元しようとするべきではないと、わたしは考えています。

しかし、アメリカ人は、自分では解決できない大きな問題のまえで手を拱《こまぬ》いているより、自分で解決できる問題に取り組もうとするものだ、とエヴァンはいつもわたしに言っていました。

彼がおこなった選択は簡単なものではありませんでしたし、わたしだったらおなじような選択はしていなかったでしょう。しかし、エヴァンはアメリカ人の理想につねに忠実でした」

ビル・ペイサー（ハワイ大学マノア校現代中国語中国文化科教授）

「中国にいるだれもが七三一部隊のことを知っているのだから、ウェイ博士は中国人に教えて役立つことをなにも持っておらず、ただの反日活動家に過ぎない、とよく言われてきました。それはまったく正しくありません。歴史をめぐる中国と日本のあいだの論争のより悲劇的な側面のひとつは、それぞれの対応がおたがいをひどく鏡写しにしてきたということです。ウェイの目的は、双方から歴史を救うことでした。

一九四五年から一九五六年にかけての中華人民共和国の初期において、共産主義者の全体的なイデオロギー的アプローチは、日本の侵略を、社会主義へ向かう人類の止まらざる行進の歴史的段階のひとつとして扱うものでした。日本の軍国主義が非難され、抗日活動がほめたたえられる一方、共産主義者たちは、悔恨の情を示せば日本人を個別に許そうと努めました——無神論に基づく政治体制でありながら、驚くほどキリスト教的／儒教的アプローチです。革命の熱狂的雰囲気のなかで、日本人捕虜たちは、ほとんどの場合、人道的に扱われたのです。彼らはマルクス主義の指導を受け、自分たちの犯した罪の告白を書くように言われました（こうした指導があったため、大戦中のおぞましい犯罪を告白するような人間は、共産主義者に洗脳されたにちがいないと日本国民が信じる元になりました）。〝再教育〟によって充分に改心されたとみなされると、彼らは釈放されて日本に戻されました。その後、中国では戦争の記憶が抑圧され、社会主義のユートピアを建設しようと躍起になっていましたが、それはよく知られている悲惨な結果に終わりました。

しかし、日本人に対するこの寛大さは、地主や資本家、知識人、そして日本人と協力した中国人に対するスターリン主義的な厳しい扱いと対をなしていました。何十万人もの人々が殺されましたが、多くの場合、証拠はほとんどなく、法的な形式を守る努力も払われなかったのです。

そののち、一九九〇年代になり、中華人民共和国政府は共産主義崩壊を受けて、みずからを正当化するために、愛国心という文脈で大戦の記憶を呼び起こしはじめました。皮肉なことに、この明らかな策略によって、国民の大部分が大戦と折り合いをつけることができなくなりました——政府への不信感が政府の関わるすべてに感染したのです。

そして、中華人民共和国の歴史記憶へのアプローチが一連の関連する問題を生みだしました。まず、彼らが捕虜に示した寛容さが、のちに否定主義者が日本兵の自白の信憑性を疑問視する根拠となったのです。次に、大戦の記憶に愛国心を結びつけることで、記憶に残そうとするあらゆる努力が政治的に動機づけられているとの非難を招きました。最後に、残虐行為の個々の犠牲者が、国家のニーズに応えるために匿名化されたうえでシンボルとなったのです。

しかしながら、日本が戦後、戦時中の残虐行為について沈黙していた背景に、中国の反応を引き起こしていたのとおなじ衝動があったことは、これまでほとんど知られてきませんでした。左翼の平和運動は、大戦中の苦しみをすべて戦争という概念そのものに帰着させ、非難の意識を持たずに普遍的な赦しと万国間の平和を提唱しました。中道的には、大戦の傷を覆う包帯としての実質的な発展に重点が置かれました。右翼は、戦時中の罪悪感の問題を、愛国心と表裏一体のものとしました。国家そのものと明白に分けたナチズムに非難を吸収させることができたドイツとは対照的に、日本自体が攻撃されているという感覚を抱合せずに、大戦中に日本軍が犯した残虐行為を認めるのは、不可能だったのです。

そして、そう、狭い海をあいだにはさんで、中国と日本は、第二次世界大戦の残虐行為にはからずもおなじタイプの反応を集中させてしまったのです――『平和』や『社会主義』といった普遍的な理想に名を借りて忘れ去り、大戦の記憶を愛国心にまとめあげ、犠牲者も加害者もおしなべて国家に奉仕する象徴として抽象化してしまったのです。こういう観点から見ると、中国の抽象的かつ不完全で断片的な記憶と、日本の沈黙は、おなじコインの表裏なのです。

ウェイ博士の信念の核心は、真の記憶がなければ、真の和解はありえないというものです。真の記憶がなければ、各国の個々の人間は、被害者の苦しみに共感し、記憶し、体験するのはありえなかったのです。なにが起こったのか、ひとりひとりが自分自身に言い聞かせることのできる個別化された物語が必要であり、それがあってはじめてわれわれは歴史の罠を乗り越えることができるのです。それが最初からウェイ博士のプロジェクトの目的だったのです」

〈クロストーク〉（二〇××年一月二十一日、FXNN局提供）

エミー・ロウ「今宵の〈クロストーク〉にお越しいただき、ありがとうございます、吉田大使、ウェイ博士。視聴者のみなさんからお答えいただきたい質問が届いておりますし、バシバシやりあっていただくのを期待しています！

吉田大使、まず大使への質問からはじめさせてください。どうして日本は謝罪しないのですか？」

吉田大使「エミー、日本は謝罪しています。そこが核心です。日本は第二次世界大戦に関して、何度も何度も謝罪してきました。数年おきにわたしどもは、日本が第二次世界大戦中の行動に対して謝罪する必要があると言われるこの種の見世物をくぐり抜けねばならないのです。ですが、日本は繰り返し謝罪してきました。いくつか、引用を読み上げさせてください。

いまから紹介するのは、一九九四年八月三十一日に当時の村山富市首相が発表した声明です――

『我が国が過去の一時期に行った行為は、国民に多くの犠牲をもたらしたばかりでなく、アジアの近隣諸国等の人々に、いまなお癒しがたい傷痕を残しています。私は、我が国の侵略行為や植民地支配などが多くの人々に耐え難い苦しみと悲しみをもたらしたことに対し、深い反省の気持ちに立って、不戦の決意の下、世界平和の創造に向かって力を尽くしていくことが、これからの日本の歩むべき進路であると考えます。我が国は、アジアの近隣諸国等との関係の歴史を直視しなければなりません』

そして、ふたたび引用しますが、これは一九九五年六月九日の衆議院での声明です――

『本院は、戦後五十年にあたり、全世界の戦没者および戦争等による犠牲者に対し、追悼の誠を捧げる。また、世界の近代史における数々の植民地支配や侵略行為に思いをいたし、我が国が過去に行ったこうした行為や他国民とくにアジア諸国民に与えた苦痛を認識し、深い反省の念を表明する』

このような引用をほかにも何十と読み上げることができます。日本はずっと謝罪してきたんですよ、エミー。

それなのに、数年おきに、自由で豊かな日本に敵対する特定の政権のプロパガンダ機関が、論争を引き起こす目的で、歴史的な出来事を掘り返そうとするのです。いったいこういうことはいつ終わるのでしょう？ そして、その他の点では優れた知性を持った人のなかには、みずからをプロパガンダの道具になることを認めてしまった人たちがいます。彼らには目を覚ましてもらい、自分がどのように利用されているか自覚していただきたいのです」

ロウ「ウェイ博士、いま紹介された言葉はわたしには謝罪のように聞こえる、と申し上げざるをえません」

ウェイ博士「エミー、日本に恥をかかせるのがわたしの目的もしくは目標ではありません。わたしが義務を負っているのは犠牲者と彼らの記憶にであり、観客にではありません。わたしが求めているのは、日本が平房区で起きたことの真実を認めることです。陳腐な決まり文句ではなく、具体的なことに焦点を合わせたいのです。具体的なことを認めることに焦点を合わせたい。

しかしながら、吉田大使が謝罪問題を持ちだそうと決心されたことから、それをもう少し詳しく見てみましょう。

大使が引用された声明は、壮大で抽象的なものであり、漠然とした不特定多数の苦しみに言及しています。それらは、最大限に水増しされた感のある謝罪にすぎません。大使が話していないのは、日本政府が多くの具体的な戦争犯罪を認めず、真の犠牲者に敬意を払い、記憶に留めることを拒否しつづけているということです。

さらに言うなら、大使が引用されたこれらの声明が発表されるたびに、第二次世界大戦で起きたことに疑問を投げかけようとする日本の有力政治家の発言がそのすぐあとに発表されるのです。来る年も来る年も、わたしたちはこのようにふたつの顔を持つヤヌスのように日本政府が語る姿を見せつけられているのです」

吉田大使「歴史の問題で意見の相違があるのは珍しいことではありません、ウェイ博士。民主主義では、それがあなたがたの期待するものでしょう」

ウェイ博士「大使、よろしいですか、七三一部隊は一貫して日本政府によって処理されてきました——五十年以上ものあいだ、七三一部隊の活動による人骨を含む物証が着実に蓄積されてきたにもかかわらず、七三一部隊に関する公式の立場は絶対的な沈黙でした。七三一部隊の存在すら一九九〇年代まで認められず、政府は一貫して戦時中の生物兵器の研究や使用を否定してきたんです。

東京高裁が戦時中の日本の生物兵器使用を認めたのは、七三一部隊の被害者の親族が賠償を求めて起こした訴訟を受け、二〇〇五年になってからなんです。日本政府が公式にその事実を認めたのは、それがはじめてだったのです。エミー、これは吉田大使がいま読み上げられた高尚な声明から十年後のことだとお気づきですね。裁判所は賠償を否定しました。

それ以降、日本政府は一貫して、七三一部隊がどのような実験をおこなったのか、あるいはその行為の詳細を正確に確認するには証拠が不充分であると述べてきました。一部の日本の研究者が真実を明らかにするために献身的な努力をしているにもかかわらず、公式の否定と沈黙はつづいているのです。

ですが、七三一部隊の多くの元隊員が、一九八〇年代以降、自分たちが犯した残虐な行為を証言し、告白するために名乗り出ています。そして、わたしたちは、平房区を訪れたボランティアによる新しい目撃証言を確認し、詳しく調べてきました。毎日、七三一部隊の犯罪について、詳細が判明しています。わたしたちは、犠牲者の話をすべて、世界に伝えるつもりでおります」

吉田大使「『話を伝える』のが歴史学者のすべきことだとは、思えませんな。フィクションを作りたいのであれば、どうぞ。ですが、それが歴史だと人々に言わないでいただきたい。並外れた主張には並外れた証拠が必要です。そして、現在日本に向けられている告発には充分な証拠がありません」

ウェイ博士「吉田大使、あなたは、平房区ではなにも起こらなかったという立場を本気で取るおつもりですか？　戦後直後からのアメリカの占領当局による数々の報告書が嘘だと言うのですか？　七三一部隊の士官たちによる同時代の日記に書かれていた内容が嘘だと言うのですか？　あなたはそれらのすべてを本気で否定する気ですか？

　こうしたことすべてに対する簡単な解決策があります。一九四一年の平房区へおでかけになるつもりはないですか？　ご自分の目で見るものを信じる気はありますか？」

吉田大使「わたしは――わたしは――区別をつけています――戦争が起こっていたんです、ウェイ博士。ひょっとして、なんらかの不幸な出来事が起こっていた可能性はあるかもしれません。ですが、〝話〟は、証拠ではありません」

ウェイ博士「旅に出る気はないですか、大使？」

吉田大使「ありません。あなたのプロセスに自らを委ねる理由を見出せないのです。あなたのタイムトラベルの幻想を経験する理由を見出せないです」

ロウ「さあ、バチバチがはじまりましたよ！」

ウェイ博士「吉田大使、ひとつ明確にさせてください。否定論者は、かかる残虐行為の犠牲者に対して新しい犯罪を犯しています――彼らは拷問者や殺人者を支持するだけでなく、歴史から被害者を消し去り、黙らせる行為に携わり、被害者をあらたに殺しているのです。

　過去には、否定論者の仕事は容易でした。否定された側が積極的に抵抗しないかぎり、やがて老齢と死で記憶は薄れ、過去の声は風化し、否定派の勝利となるのです。そうなれば、現代人は死者を搾取する者になり、それがつねに歴史の書き方になってしまっていたのです。

　ですが、われわれはいま、歴史の終わりにやってきました。妻とわたしがしてきたのは、歴史の物語性を取り払い、過去をわれわれ自身の目で見る機会を全員に与えることです。記憶の代わりに、わたしたちは、いま、議論の余地のない証拠を持っています。死者を搾取するのではなく、死にかけている人の顔を覗きこまねばなりません。**わたしは自分のこの目で、そうした犯罪を目撃しました。**あなたはそれを否定できません」

「二〇××年十一月二十日、サンフランシスコにおける第五回国際戦争犯罪研究大会で、エヴァン・ウェイ博士がおこなった基調演説の記録映像」（スタンフォード大学アーカイブズ提供）

「歴史とは物語ることによる大きな企みであり、わたしたちの存在を肯定し、説明する真実の物語を語ることは、歴史学者の根幹を成す仕事です。しかし、真実はデリケートであり、多くの敵がいます。そのためでしょうか、われわれ研究者は真実を追求するのが仕事のはずなのに、真実という言葉が保険的な装飾や必要条件なしに口にされることは、滅多にありません。

ホロコーストや平房区のような大規模な残虐行為の話をするたびに、否定勢力が決まって激しく非難をおこない、消し去り、沈黙させ、忘れさせようと待ち構えているのです。歴史は真実の繊細さゆえにつねに難しいものであり、真実にフィクションというレッテルを貼る手段に訴えることを否定派はつねにできてきたのです。

人は大きな不正について語る場合にはいつでも注意しなければなりません。わたしたちは物語を愛する種族ですが、個人の話し手を信用してはいけないとも教えられてきました。

ええ、どの国も、どの歴史学者も、真実のあらゆる側面を完全に網羅する物語を語ることができないのは事実です。しかし、物語すべてが人為的に構成されているからといって、それが等しく真実からかけ離れているというのは真実ではありません。地球は完全な球体でも、平らな円盤でもありませんが、球体のモデルのほうがはるかに真実に近いのです。同様に、ほかのものよりも真実に近い物語があり、わたしたちは人の力で可能なかぎり真実に近い物語をつねに語るようにしなければなりません。

わたしたちには完全で完璧な知識を持つことがけっしてできないという事実は、大悪を裁き、立ち向かうという道徳的な義務からわたしたちを解放するものではありません」

ヴィクター・P・ローウェンスン（カリフォルニア大学バークレー校東アジア研究所所長）

「わたしはこれまで否定論者と呼ばれ、さらにはもっとひどい呼ばれ方もしてきました。しかし、わたしは七三一部隊が神話だと信じている日本の右翼ではありません。そこではなにも起きなかったとは申しません。わたしが言わんとしているのは、残念ながら、そこで起こったことのすべてを確実に説明できるほどの証拠がないということです。

わたしはウェイを非常に尊敬しており、彼はいまもこれからもわたしの最高の教え子のひとりでありつづけるでしょう。しかし、わたしの見たところでは、彼は真実が疑念にまみれないようにするための歴史学者としての責任を放棄しています。彼は歴史学者と活動家をわかつ一線を越えました。

わたしが見るところでは、ここで戦われているのは、イデオロギーに関するものではなく、科学の方法論です。われわれが争っているのは、なにが証拠を構成するかについてです。西洋およびアジアの伝統のなかで研究者としての訓練を受けた歴史学者は、つねに文書記録に頼ってきましたが、ウェイ博士はいま、目撃者証言の優位性を重視しています。しかも、よろしいですか、同時代の目撃者証言ですらなく、時の流れから外れた目撃者による証言の優位性なのです。

彼のアプローチには多くの問題点があります。われわれが積み重ねてきた心理学および法律の膨大な経験から、目撃証言の信憑性には疑念があります。また、桐野プロセスの単発利用性にも深刻な懸念を抱いております。このプロセスは、研究対象そのものを破壊し、目撃させると主張しているものを歴史から抹消してしまうように見えます。ほかの目撃者によってすでに経験された――それによって消費されてしまった――時の瞬間に文字通り、戻れなくなるのです。個々の目撃者の証言がその証言自体を独立して検証できない場合、起こったこととの信憑性を立証するために、そんなプロセスにどうして頼れるでしょう?

ウェイ博士の支持者の立場からすると、実際に歴史が目のまえで繰り広げられるのを見るという生の経験は、心に忘れがたく刻みこまれた証拠を疑うことを不可能にしていると理解しています。しかし、それだけでは、ほかの人には通用しません。桐野プロセスは盲信を必要としています――言語に絶するものを目撃した者は、その存在に疑いの余地を持ちませんが、その明晰さはほかのだれにも複製できないのです。それゆえ、わたしたちはここに、現在に縛りつけられ、過去を解明しようとしているのです。

ウェイ博士は、合理的な歴史的探究のプロセスに終止符を打ち、個人的な宗教の形に変容させました。ひとりの目撃者が見たものは、もうほかのだれも見られないのです。これは烏滸《おこ》の沙汰です」

直樹〔姓は明かさず〕（店員）

「おぞましいことをやったと自白したとされている年取った兵士のビデオを見たよ。あいつらの言うことは信じないね。泣いてて、まるで頭がおかしいくらい、ひどく感情的にふるまっていた。共産主義者は、すごい洗脳能力を持っていて、これはまちがいなくやつらの計画の結果だね。年寄りの元兵士たちが共産主義者の衛兵の親切さを話していたのを覚えてる。親切な共産主義者の衛兵だってさ！　それが洗脳の証拠じゃないなら、なんだっての？」

佐藤和枝（主婦）

「中国人は嘘の巨大メーカーです。あの連中は、フェイク・フードを生産し、フェイク・オリンピックを開催し、フェイクな統計を発表してきました。あいつらの歴史もでっちあげ《フェイク》です。このウェイという人はアメリカ人ですが、中国人でもあります。そんな人間がすることなんて、なにひとつ信用できません」

安倍博（元兵士）

「告白した兵隊たちは、自分たちの国に大きな恥辱をもたらしおった」

インタビュアー

「彼らがしたことのせいでですか？」

安倍博

「彼らが言ったことのせいでだ」

伊藤家長（京都大学教授、東洋史）

「わたしたちは、回顧録という形で具現化されているように、信憑性と個人化された物語を重視する時代に生きています。目撃者証言には、信じることを強いる緊迫感と現実感があり、どんなフィクションよりも大きな真実を伝えられると、わたしたちは考えています。しかし、ことによると逆説的に聞こえるかもしれませんが、わたしたちは、そのような物語のなかにある事実の逸脱や矛盾につけこみ、全体をたんなるフィクションであると断言したいとも思っているのです。このダイナミックさには、オール・オア・ナッシングの荒涼さがあります。しかし、わたしたちは、かかる物語が一定以下には単純化できない主観的なものであるということを最初から認めるべきだったのです。だからと言って、物語が真実を伝えていないという意味でもありません。

エヴァンは、ほとんどの人が気づいているよりもはるかに急進的な人でした。彼は、歴史が無視されたり、わたしたちの関心外に置かれたり、現在のニーズに応えるために改変されたりできないように、現在から過去を解放しようとしたのです。実際の歴史を目撃し、わたしたち全員がその過去を経験できる可能性が生じた意味は、過去は過去でなくなり、いまこの瞬間も生きているということなのです。

エヴァンがやったことは、歴史調査そのものを回顧録執筆の形に変えていくことでした。そのような感情を揺さぶる体験は、わたしたちが歴史について考え、決断を下すうえで、重要になります。文化とは、たんに理性の産物ではなく、リアルで、心の底からの共感の産物でもあるのです。そして、戦後の日本の歴史への対応で欠落してきたのは、主として共感ではないかと危惧しています。

エヴァンは歴史の探究により共感と強い感情の反応を導入しようとしました。そのことで彼はアカデミズムの主流派から吊るし上げを食らいました。しかし、歴史に共感性と個人の物語の一定以下には単純化できない主観的次元を加えても、真実を損なうことにはなりません。真実を強化するのです。わたしたちが自身の欠点と主観性を受け入れても、真実を伝えるという道義的責任を免れはしないのです。たとえ、しかも特別なたとえなのですが、〝真実〟がひとつしかない単数ではなく、共有された経験と共有された理解の集合――それが合わさってわれわれの人間性が形成されるのです――だとしても。

もちろん、目撃証言の重要性と優越性に注目したとするなら、あらたな危険性が生じます。少しのお金と適切な機材があれば、だれでも希望する時代から、特定の場所で、ボーム‐キリノ粒子を除去することができ、直接の経験からそれらの出来事を消去することができます。知らず知らずのうちに、エヴァンは歴史を永遠に終わらせる技術を発明していました。わたしたちと、未来の世代から、彼がとても大切にしていた過去の感情的な経験を消し去ることによって」

桐野明美

「包括的タイムトラベル一時停止条約が署名された直後の数年は難しいものでした。エヴァンは僅差の投票結果で終身在職権を否定され、彼の旧友であり師であったヴィクター・ローウェンスンは、ウォールストリート・ジャーナルの社説でエヴァンを〝プロパガンダの道具〟と呼んで、彼を深く傷つけました。そのあと、殺害脅迫電話や嫌がらせの電話がかかってきたんです。毎日。

でも、本当に堪えたのは、連中がわたしにしたことだと思います。否定論者からの攻撃がもっとも激しさを増していたころ、研究所のＩＴ部門がわたしに、公開されている教員名簿から削除しても構わないかと訊ねてきたのです。ウェブサイトにわたしが掲載されるたびに、そのサイトは数時間以内にハッキングされ、否定論者たちがわたしのバイオグラフィー・ページを数々の写真に置き換えたのです。じつに勇ましく雄弁に、もしわたしの身柄を押さえれば、どんな目に遭わせるかを克明に示すことで、自分たちの勇気と知性を示している写真で。そして、みなさんはたぶん覚えているでしょうけど、あの夜わたしが仕事から歩いて家に帰った夜のニュース報道を。

もしみなさんがかまわないのであれば、わたしはそのときのことを長々と話したくはありません。

わたしたちはアイダホ州のボイシに引っ越しました。そこで、最悪の事態から身を隠そうとしたのです。目立たぬように心がけ、電話番号は公開せず、基本的に人目につかぬようにしていました。エヴァンは鬱病の投薬治療をつづけていました。週末になると、わたしたちは、ソートゥース山脈にハイキングにでかけ、エヴァンは、廃坑跡とゴールドラッシュ時代に栄えたゴーストタウンの地図を作りはじめました。それはわたしたちにとって幸せな時間で、エヴァンの気持ちが改善しつつある、とわたしは思いました。アイダホ州での滞在は、エヴァンに世界はときどき優しい場所になり、すべてが暗闇と否定に包まれているわけではない、と思い出させたのです。

しかし、彼は迷いを感じていました。真実から隠れていると感じていたんです。過去への義務感と現在への忠誠心、わたしへの忠誠心のあいだで、引き裂かれていると感じているのをわたしは知っていました。引き裂かれている姿を見ていられず、わたしは戦いに戻りたいのかどうか、彼に訊ねました。

わたしたちはボストンに戻りましたが、事態はいっそう悪化してしまいました。彼は、たんなる歴史としての歴史を終わらせ、現在に語りかける生きた声を過去に与えようと果敢に挑みました。しかし、それは彼が意図したようにはいかなかったんです。過去は生き返ったものの、それに直面したとき、現在は歴史を宗教として作り直すことに決めたのです。

やればやるほど、エヴァンがやらなければならないことが増えていきました。彼はベッドに戻ってこず、机で寝てしまうのです。彼は書きつづけ、書きつづけ、休むことなく書きつづけました。彼は、すべての嘘を論破するのをひとりでおこない、すべての敵を相手にしなければならないと信じていました。それでも不充分だったのです。彼はけっして充分だと満足しなかったのです。わたしはなすすべもなく、立ち尽くしました

た。

『ぼくは彼らの代弁をしなければならない。なぜなら、彼らにはほかにだれもいないからだ』と、よくわたしに話していました。

そのころには彼はことによると、現在よりも過去に暮らしていたのかもしれません。わたしたちの装置にもはやアクセスできなくとも、エヴァンは心のなかで、自分がおこなった旅を何度も何度も思い返していました。彼は自分が被害者たちの期待に背いてしまったと信じていました。

彼には大きな責任が課せられていたのに、彼は彼らを失望させてしまった。彼は世界に向かって大きな不正を暴こうとしていたのですが、その過程で、自分は否定や憎しみや沈黙の力をかきたてただけのように思ったのです」

「『エコノミスト』からの抜粋」（二〇××年十一月二十六日号）

カメラが海と砂浜、そして満州の森と丘の上を旋回しながら、感情をこめない穏やかな女性の声が記事を読み上げていく。小型飛行機の影が地面を走っていることから、カメラが飛行機のひらいたドアから撮影していることがわかる。拳を握りしめた腕が、フレーム外から前景に移動してくる。指がひらく。暗い灰が飛行機の下の空中に飛び散る。

「まもなく満州事変九十周年を迎えます。日本の中国侵略の開始がそれでした。こんにちまで、あの戦争は、二カ国間の関係のアルファでありオメガでありつづけています。すなわち、もっとも重要な部分です」

七三一部隊の指揮官たちを写した一連の写真が紹介される。記事を読み上げている声がフェードアウトし、またフェードインしてくる。

「やがて七三一部隊の隊員たちは、戦後の日本で輝かしいキャリアを積むことになりました。そのうち三名が株式会社日本ブラッドバンクを設立し（同社はのちに日本最大の製薬会社であるミドリ十字社になります）、大戦中に人体実験で獲得した血液の凍結および乾燥方法の知識を利用して、乾燥血液製品を製造し、合衆国陸軍に販売して、大きな利益を上げます。七三一部隊の隊長であった石井四郎軍医中将は、戦後、しばらくのあいだ、メリーランドで働き、生物兵器の研究に従事した疑いがあります。赤ん坊（隠蔽のため〝猿〟という言葉が代わりに使われることがままありました）を含む人体実験の被験者から得られたデータを用いた論文が発表されました——こんにち発表される医学論文にこうした実験結果までたどることができる引用を含むものがいまだにあり、われわれ全員をかかる残虐行為の知らず知らずの受益者にしているのです」

飛行機のエンジン音が割りこんできて、記事を読み上げる声がフェードアウトする。カメラは日本国旗や中国国旗を振って衝突しているデモ隊の姿に切り替わる。旗のなかには火が点いているものもある。

すると、声がまたフェードインしてくる。

「日本の内外にいるおおぜいの人が七三一部隊の生き残っている隊員による証言に異を唱えてきました——彼らは年寄りで、記憶が劣化しつつある、と指摘するのです。彼らは注目を浴びようとしているのかもしれない。彼らは精神疾患を抱えているのかもしれない。彼らは中共に洗脳されたのかもしれない。口述証言だけに頼るのは、確かな歴史的主張を構築するための賢明な方法ではない。中国人にとって、こういう言い草は南京大虐殺やそのほかの日本の残虐行為を否定する者たちの言い訳とさして変わらないように聞こえました。

年を追うごとに歴史は両国民のあいだに壁として大きくなっていったのです」

カメラが切り替わり、エヴァン・ウェイと桐野明美の生涯を合成した写真に切り替わる。最初のころの写真では、ふたりはカメラに向かってほほ笑んでいる。後年の写真では、桐野の顔は疲れていて、内気で、無表情になっている。ウェイの顔は、挑戦的で、怒っており、そして絶望感に満ちている。

「若き中国系アメリカ人で日本の平安時代の専門家であるエヴァン・ウェイや、日系アメリカ人の実験物理学者である桐野明美は、世界を戦争の瀬戸際まで追いやるような革命的な人物には見えません。しかし、歴史はわれわれの期待をあざ笑うものです。

証拠の不足が問題になった場合、彼らは反論の余地のない証拠を提供する方法を持っていました。劇のように歴史を起こったまま見られるのです。

世界各国の政府は、狂乱の発作に陥りました。ウェイが七三一部隊の犠牲者の親族を過去に送りこみ、平房区の手術室や囚房でおこなわれた恐怖を目撃させる一方、中国と日本は法廷やカメラのまえで辛辣な言い争いを繰り広げ、過去に対するライバルの主張に反駁《はんばく》しました。合衆国はしぶしぶその戦いに巻きこまれ、そして、国家安全保障上の理由があると述べて、ウェイが朝鮮戦争中の（おそらく七三一部隊の研究に由来する）生物兵器使用疑惑の真相を調べる計画を発表したとき、ついにウェイの装置を停止させました。

アルメニア人、ユダヤ人、チベット人、ネイティブアメリカン、インド人、キクユ族、新世界の奴隷の子孫——世界中の被害者グループが列をなし、ウェイの装置の使用を要求しました。自分たちの歴史が権力者グループによって消されるかもしれないという恐怖から要求した者たちもいれば、現在の政治的利益のために自分たちの歴史を利用したがる者たちもいました。同様に、当初は装置へのアクセスを提唱していた国々も、その意味合いが明らかになると躊躇するようになったのです――フランス人は、ヴィシー政権下の自国民の邪悪な行為を蘇らせたいでしょうか？　中国人は文化大革命の自業自得の恐怖を再体験したいでしょうか？　イギリス人は自分たちの帝国の背後に横たわる大量虐殺を見たいでしょうか？

　驚くべき速さで、世界中の民主主義国家や独裁政権が、包括的タイムトラベル一時停止条約に署名し、その一方で、過去の管轄権をどのように分割するかという細かいルールをめぐって論議を交わしました。だれもが、現時点ではまだ過去に対処する必要がないことを望んでいるように見えました。

　ウェイはこう書いています――『すべての文章化された歴史はひとつの目標を共有している――一連の歴史的事実に首尾一貫した物語性を持たせることである。というのも、あまりにも長いあいだ、われわれは事実をめぐる論争で泥濘《でいねい》にはまってきたからである。タイムトラベルを利用すれば、窓の外を見るように真実にアクセスできるようになる』

　しかし、ウェイは彼の装置を使って、歴史研究の専門家ではなく、七三一部隊の犠牲者の中国人親族を大量に送ることで、みずからの主張を立証する役には立てられなかったのです（もっとも、ウェイがより多くの歴史研究の専門家を送っていたなら、異なる結果になっただろうか、と訊ねるのが公平というものですが。ひょっとしたら、装置を経験した人々が口にするヴィジョンが装置あるいは自身の目的のため偏向した見方をする歴史の専門家のたんなる捏造であるという非難がなされたかもしれません）。いずれにしても、親族は訓練を受けていない観察者であり、偉大な証人にはなりませんでした。彼らは懐疑論者の観察的な質問に正しく答えられなかったのです。(『日本の医師は胸ポケット付きの制服を着ていましたか?』『当時、収容所には全部で何人の捕虜がいましたか?』)彼らは、旅先で耳にした日本語を理解していなかったのです。彼らの誇張の多い語り方は、不幸にも彼らが不信感を抱いている政府のそれを真似ている傾向がありました。彼らの証言には、ひとりの語り直しと次の語り直しのあいだにわずかな矛盾が生じていました。さらに、彼らがカメラのまえで取り乱すと、その感情的な証言は、ウェイが歴史の探究より感情的なカタルシスに関心を持っているという懐疑論者の主張を嵩上げしてしまいました。

そうした批判はウェイを激怒させました。平房区では重大な残虐行為がおこなわれ、隠蔽工作によって世界から故意に忘れ去られようとしていたのです。中国政府が軽蔑されているから、世界は日本の否定を黙認していたのです。麻酔を使わずにすべての犠牲者を生体解剖したのか、一部の犠牲者だけを解剖したのか、犠牲者の大半が政治犯なのか、襲撃で捕らえられた無実の村人なのか、あるいは常習犯罪者なのか、実験に赤ん坊や幼児が使われていることは石井に知られていたのか、などの議論は、ウェイにとっては的外れに思えたのです。証人の証言の信憑性を失墜させる目的として、質問者が日本の医師の制服の取るに足らない細部に焦点を当てることは、ウェイには答えるに値しないことのように見えました。

ウェイが過去への旅をつづけていると、技術の将来性を見越したほかの歴史研究者たちは反対しました。歴史というものは、結局のところ、限られた資源であり、ウェイの旅のそれぞれが、けっして取り替えのきかない過去の塊を持ちだしていたのです。ウェイはスイスチーズのように過去を穴だらけにしていました。争うように貴重な数少ない遺物を求めることで、過去に関する貴重な情報を忘却の彼方に追いやってしまい、遺跡全体を破壊した初期の考古学者のように、ウェイは自分が救おうとしていた歴史そのものを破壊していたのです。

先週の金曜日、ウェイがボストンの地下鉄の線路に飛びこんだとき、彼は間違いなく過去に取り憑かれていました。ことによると、ウェイは、自分の仕事が否定勢力に与えてしまった意図しない後押しにも落胆していたのかもしれません。歴史上の論争に終止符を打とうとしたものの、彼はそれ以上の論争を引き起こすことにしか成功しなかったのです。大きな不公正の犠牲者に声を与えようとしたものの、彼らの一部を永遠に黙らせることにしか成功しなかったのです」

桐野博士がエヴァン・ウエイの墓のまえから、こちらに話しかける。ニューイングランドの明るい五月の光のなかで、博士の目元に落ちた黒い影が彼女をいっそう年輩に、いっそうか弱く見せている。

桐野明美

「わたしはエヴァンにひとつだけ秘密にしていたことがあります。まあ、実際にはふたつなんですけど。最初の秘密は、わたしの祖父です。祖父はエヴァンとわたしが出会うまえに亡くなりました。祖父のお墓にエヴァンを連れていったことはありません。お墓はカリフォルニアにあるんです。あなたとわかちあいたいことじゃないから、とだけ彼には言いました。エヴァンには祖父の名前も伝えていません。

ふたつめの秘密は、わたしが過去に向かったある旅のことです。唯一、個人的な思惑があっていった旅です。わたしたちはそのとき平房区にいました。わたしは一九四一年七月九日に向かったんです。事前に入手していた説明文と地図からそこの場所の配置をよく知っていたので、囚房や研究所は避けました。わたしは司令部が入っている建物に向かいました。

しばらく見てまわり、病理研究科の責任者のオフィスを見つけました。責任者はなかにいました。彼はとてもハンサムな男性でした――背が高く、すらっとして、背中をピンと伸ばして座っていました。手紙を書いていました。その男性が三十二歳で、当時の自分と同い年だとわたしは知っていました。

わたしは彼の肩越しに書いている手紙を覗きこみました。上手な字を書いていました。

やっと仕事の調子が定まり、うまくまわりはじめました。満州国はとても美しい場所です。高粱《モロコシ》の畑が目の届くかぎり遠くまで広がっていて、まるで海を見ているかのようです。ここの街の物売りは、新鮮な大豆からすばらしい豆腐をこしらえており、美味しそうな香りがしています。日本の豆腐ほど品質は高くないものの、とても良いものであることに変わりはありません。

きみは哈爾浜《ハルビン》を気に入るでしょう。ロシア人がいなくなったいま、哈爾浜の通りは、まさに五族協和です――中国人、満州人、蒙古人、朝鮮人たちが、われらが愛すべき日本兵と入植者が通りかかると頭を垂れるのです。われらがこの美しい地にもたらした解放と富に感謝して。この地を平定し、共産主義者の山賊どもを排除するのに十年かかりました。山賊どもは、いまではときたま現れる、取るに足りない厄介者に過ぎません。大半の中国人はとても従順で、安全です。

ですが、このごろ、働いていないときに考えられるのは、きみと直子のことだけなのです。きみとぼくが離れて暮らしているのは、直子のためです。ぼくらが犠牲になっているのは、直子と直子の子どもたちの世代のためです。直子の最初の誕生日を直接祝えそうにないのが残念ですが、この遠く離れた、豊かな奥地で大東亜共栄圏が栄えているところを目にすると、心が喜びに震えます。ここにいると、われらが日本がアジアの光、アジアの救世主であるのを心から実感できるのです。

元気を出して、愛しいきみ、そしてほほ笑んで。いまのぼくらの犠牲はすべて、いまアジアを踏みつけ、その美しさを汚している欧州の殺し屋と泥棒たちの軛《くびき》から解放され、世界で正しい地位を占めるのを直子と彼女が生む子どもたちが目にするいつかのためなのです。われらが軍が香港とシンガポールから英国軍をついに追い払うときにはともに祝いましょう。

高粱《たかきび》の
紅と芳し
大豆《おおまめ》も
目に映りしは
きみと吾《あ》が珠《たま》

その手紙を読んだのはそれが最初ではありませんでした。幼い子どもだったころ、以前に一度、見たことがありました。母の大切にしていた宝物のひとつで、色褪せた文字の意味を全部説明してくれるよう、母に頼んだのを覚えています。

『お父さまはご自分の文学の素養をとても誇らしく思っておいでだったの』母が言いました。『いつも手紙の最後を短歌で結んでいらしたの』

そのころ、祖父はずいぶんまえにはじまった痴呆がかなり進行していました。しばしば、わたしを母と混同し、母の名前でわたしを呼んでいました。祖父はわたしに折り紙の動物の折り方も教えてくれました。指がとても器用だったんです――良い外科医だった名残です。

わたしは祖父が手紙を書き終え、折り畳むのを見ました。祖父とともにオフィスを出て、彼の研究施設についていきました。祖父は実験の用意を整えており、帳面と器具が作業台にきちんと並べられていました。

祖父は医療助手のひとりに声をかけました。助手に実験のためなにかを持ってくるよう命じます。助手たちは十分後に戻ってきました。トレイに血まみれの塊を載せて。湯気を立てている豆腐の載った皿のように。それは人間の脳でした。人体から取りだされてまだ温かく、熱気が脳から立ち上っているのが見えました。

『とても良い』祖父はそう言って、うなずきました。『とても新鮮だ。これは役に立つだろう』

桐野明美

「エヴァンが中国人じゃなかったらいいのにと思ったことが何度もありました。自分が日本人じゃなかったらいいのにと思ったのとおなじくらいの回数。ですが、そういうのは、一時的な弱気の瞬間です。本気でそう思っていたわけじゃありません。わたしたちは歴史の強い流れのなかに生まれ、自分たちの運勢に文句を言うのではなく、泳ぐか沈むかがわたしたちの運命なのです。

アメリカ市民になってからずっと、アメリカはあなたの過去を置き去りにしてくれるよ、と他人から言われてきました。わたしはその意味を理解できたためしがありません。過去を置き去りにできないのは、皮膚を置き去りにできないのとおなじようなものです。

過去を徹底的に調べる衝動、死者の代弁をする衝動、死者の物語を取り戻す衝動——それがエヴァンという人の人となりの一部であり、だからこそわたしは彼を愛したんです。それとおなじように、わたしの祖父もわたしという人間の一部であり、彼がやったこと、彼が母とわたしとわたしの子どもたちの名を借りてやったこともわたしの一部です。わたしは祖父の罪に責任があります。偉大な人々の伝統を引き継いでいるという誇りを抱いているのとおなじ形で。偉大な人々というのは、祖父の時代の大きな罪を犯した人々でもあります。

尋常ではない時代に、祖父は尋常ではない選択に直面しました。ひょっとしたら、だからこそ、われわれは祖父を裁くことはできないのだと言う人もいるかもしれません。ですが、もっとも尋常ならざる状況であることを例外にするなら、われわれはどうやって人を裁くことができるのでしょうか？　穏やかなときには文明的で、秩序のある行動を示すのは容易ですが、人の真の性格は、暗闇と大きなプレッシャーのなかでしか現れません——それはダイヤモンドなのか、それともただの黒い石炭の塊なのでしょうか？

とはいえ、わたしの祖父は怪物ではありませんでした。彼は平均的な道徳的勇気を持つ人に過ぎなかったのです。途方もない邪悪に対する許容量が祖父とわたしのいつまでもつづく恥であったと明らかにされました。だれかに怪物というレッテルを貼るのは、その相手が別世界から来た存在であることを意味します。われわれとはなんの関係もない存在である、と。それは愛情と恐怖の絆を断ち切り、われわれ自身の優越性を保証しますが、そうしたところでなにも学ばず、なにも手に入りません。単純ですが、臆病な解決策です。祖父のような人に共感することによってのみ、彼が引き起こした苦しみの深さを理解することができる、とわたしはいまではわかっています。怪物はいないのです。怪物はわれわれです。

なぜわたしは祖父のことをエヴァンに話さなかったのでしょう？　わたしにはわかりません。臆病だったからかもしれません。わたしは自分のなかのなにかが汚されているとエヴァンが感じるかもしれないと恐れていました。血統汚損だ、と。当時、祖父に共感する方法を見つけられなかったので、わたしはエヴァンがわたしに共感できないだろうと恐れていました。わたしは祖父の話を自分のなかに留め、それによって自分自身の一部を夫から隠したのです。秘密を墓場まで抱えていき、祖父の話を永遠に消し去ろうと思っていた時期もありました。

　エヴァンが亡くなったいま、わたしはそれを後悔しています。彼には妻を全部、そっくり知る権利がありました。祖父の話を黙っていずに彼を信頼すべきだったのです。祖父の話はわたしの話でもあったのです。エヴァンは、さらなる物語を掘り起こすことで、人々にそれぞれの真実に疑問を抱かせてしまったと信じて亡くなりました。ですが、彼は間違っていました。真実は繊細なものではなく、否定によって傷つきはしないのです――真実は、真の物語が語られぬときにだけ死ぬのです。

　この語らねばならない衝動を、物語を話そうとする衝動を、わたしは七三一部隊の年老いて、死にかけている元隊員たちと、被害者の子孫たちと、歴史の語られなかった恐怖のすべてとわかちあいます。過去の犠牲者たちの沈黙が、その声を取り戻すため、現在に義務を課しており、われわれは自ら進んでその義務を引き受けるときにやっと最大限の自由を獲得するのです」

　カメラが星のきらめく空をパンして映していると、桐野博士の声がカメラの外から聞こえてくる。

「エヴァンの死から十年が経ち、包括的タイムトラベル一時停止条約は、有効のままです。わかりやすいくらいアクセス可能な過去とどう対処すればいいのか、われわれはまだ少しもわかっていません。沈黙するわけでもなく、忘れられるわけでもない過去と。いまのところ、われわれは逡巡しています。

　エヴァンは、七三一部隊の犠牲者の記憶を犠牲にし、彼らがわれわれの世界に残した真実の痕跡が永遠に消失し、皆無になったと思いこんで、死にました。ですが、彼はまちがっていました。彼は、ボーム－キリノ粒子がなくなったとしても、耐えがたい苦しみと静かなヒロイズムがあった瞬間のイメージを形成する実際の光子は、まだそこにあり、宇宙の虚空を光の球として旅しているのを忘れていたのです。

　星を見上げてください。わたしたちは平房区の最後の犠牲者が死んだ日に発せられた光を浴びているのです。アウシュビッツに最後に列車が到着した日に発せられた光を、最後のチェロキー族がジョージアから歩み去った日に発せられた光を。そしてはるか遠くにある世界の住人が、もしこちらを見ていたのなら、いずれ、その瞬間を目撃するだろうとわたしたちは知っています。その瞬間がここからあちらへ光速で近づいていくときに。そうした光子のすべてを捕捉するのは可能ではなく、そうしたイメージのすべてを消去するのは可能ではありません。それらはわたしたちの永久の記録であり、わたしたちが存在している証明であり、わたしたちが未来に語りかける物語なのです。わたしたちがこの地上を歩いているどの瞬間も、わたしたちは、宇宙の目に見つめられ、判断されています。

　あまりにも長きにわたって、歴史学者たちは、そしてわたしたちだれもが、死者の探求者としてふるまってきました。ですが、過去は死んでいません。過去はわたしたちとともにあります。わたしたちが歩くどこでも、わたしたちはボーム－キリノ粒子のフィールドを浴びており、それが窓を覗くように過去を見せてくれるのです。死者の苦悩はわたしたちとともにあります。わたしたちは彼らの悲鳴を聞き、彼らの幽霊のなかを歩くのです。わたしたちは目を逸らしたり、耳を塞ぐことはできません。わたしたちは証言をおこない、話せない人々に成り代わって話さなければなりません。わたしたちには正しく理解するためのチャンスが一回しかないのです」

著者付記

この物語を張純如《アイリス・チャン》の思い出と七三一部隊の犠牲者全員に捧げます。

テッド・チャンの「顔の美醜について――ドキュメンタリー」を読んだあとで、ドキュメンタリーの形を借りて物語を書くというアイデアがはじめて浮かびました。

後述する資料は、この物語の調査をしているときに参照したものです。その資料に大いに助けられたことをここに記します。ただし、事実と洞察に関する誤りがあれば、すべてわたし自身の責任です。

・「死者の探求者」というフレーズと、平安時代および近代以前の日本史に関して――

『日本の歴史』(第二版)コンラッド・タットマン(ブラックウェル・パブリッシング、マサチューセッツ州モールデン、二〇〇五)

・七三一部隊の歴史と七三一部隊隊員がおこなった実験に関して――

『証言・731部隊の真相―生体実験の全貌と戦後謀略の軌跡』ハル・ゴールド/浜田徹訳(広済堂文庫)原著は、"*Unit 731 Testimony*"(タトル出版、東京、一九九六)

『死の工場―隠蔽された731部隊』シェルダン・H・ハリス/近藤昭二訳(柏書房)原著は、"*Japanese Biological Warfare 1932–45 and the American Cover-Up*"(ルートレッジ、ニューヨーク、一九九四)

(ほかにも数多くの新聞や雑誌記事、インタビュー、分析を参照しました。それらの執筆者には、ケイイチ・ツネイシ、ダグ・ストラック、クリストファー・リード、リチャード・ロイド・パリー、クリストファー・ハドスン、マーク・シムキン、フレデリック・ディキンスン、ジョン・ダウアー、ヨシフミ・タワラ、ユキ・タナカ、タカシ・ツチヤ、ティエンウェイ・ウー、シェーン・グリーン、フリードリッヒ・フリシュクネヒト、ニコラス・クリストフ、ジュン・ホンゴウ、リチャード・ジェイムズ・ハーヴィス、エドワード・コーディ、ジュディス・ミラー、その他の方々がいます。これらの執筆者のみなさんに感謝するとともに、スペースの関係からほかの情報源について、ここに載せられなかったことを申し訳なく思います）

・日本人軍医によっておこなわれた生きている中国人犠牲者に対する生体解剖と外科実習の描写、大戦後の捕虜の扱い、大戦の記憶に関する日本の戦後の反応に関して――

『太平洋戦争における日本の残虐行為――中国での人体に対する生体解剖についてのある陸軍外科医の証言』野田正彰“East Asia : An International Quarterly”（二〇〇〇年九月号、第十八巻第三号、四十九頁から九十一頁）

証言やその他の資料によると、七三一部隊の日本人医師は、抵抗する捕虜が抗って医師に感染させる可能性を避けるために、防護服を着ていたのに、医師のほうで犠牲者に感染させるほうが一般的だったことに注意のこと。

山形史郎の七三一部隊除隊後の回想は、野田の記事に描かれていた湯浅謙（七三一部隊の隊員ではなかった日本人軍医）の経験をモデルにしています。

エヴァン・ウェイの追悼文は、エコノミスト誌二〇〇四年十一月二十五日号に掲載された張純如《アイリス・チャン》の追悼文をモデルにしました。

アジア太平洋地球環境小委員会の公聴会は、二〇〇七年二月十五日に開催された、日本の戦時下における〝従軍慰安婦〟として知られている性的目的での女性の奴隷化に関する下院一二一号決議まえの同公聴会をモデルにしました。

オースティン・ヨダーは、現代の平房区やハルビン、七三一部隊戦争犯罪博物館の写真を提供してくださいました。

〝市井の人々〟がおこなったとされるさまざまな否定論者の発言は、インターネットのフォーラムでのコメントや投稿、そのような見解を持っている個人と作者との直接のコミュニケーションをモデルにしました。

編・訳者あとがき

本書は、『紙の動物園』（〈新☆ハヤカワ・SF・シリーズ〉、二〇一五年）、『母の記憶に』（同、二〇一七年）、『生まれ変わり』（同、二〇一九年）につづく、日本オリジナルのケン・リュウ作品集第四弾である。表題作を除く九篇は、いずれも本邦初訳になる。

今回の作品集を編むにあたり、次の三点の方針を念頭に置いた。

まず、本国版の第二作品集 *The Hidden Girl and Other Stories* が二〇二〇年に刊行されたのだが、第一作品集同様、日本オリジナルが先行している形で刊行されており、本国版が邦訳される可能性が低いため、このうち未訳分六篇を訳出することで、本国版を（ほぼ）再構成できるようにした。

ちなみに、本国版第二作品集の作品収録順は、次のようになる。「著者まえがき」（未訳）「ゴースト・デイズ」「マクスウェルの悪魔」「生まれ変わり」「思いと祈り」「ビザンチン・エンパシー」「神々は繋がれてはいない」「残されし者」「リアル・アーティスト」「神々は殺されはしない」「どこかまったく別な場所でトナカイの大群が」「神々は犬死にはしない」「母の記憶に」「揺り籠からの特報：隠遁者――マサチューセッツ海での四十八時間」「灰色の兎、深紅の牝馬、漆黒の豹」"A Chase Beyond the Storms"（未訳、〈蒲公英《ダンデライオン》王朝記〉第三部 *The Veiled Throne* の抜粋）「隠《いん》娘《じょう》」「七度の誕生日」「メッセージ」「切り取り」「古生代で老後を過ごしましょう」。このうち、「リアル・アーティスト」"Real Artists"（オリジナル・アンソロジー *TRSF*、二〇一一年）の邦訳のみ、早川書房からではなく、ファン出版のケン・リュウ作品集『天球の音楽』（はるこんブックス、二〇一七年）に収録されている（山本さをり訳）。ファン出版とはいえ、著者に翻訳許可を得たものゆえ、あえて新訳は起こさないことにした。

次に、『生まれ変わり』収録作以降の新作のなかから、これはというもの三篇「宇宙の春」「ブックセイヴァー」「充実した時間」を選んだ。

最後に、ケン・リュウの長めの短篇（いわゆるノヴェラの長さ）の代表作のなかで唯一未訳で残っていた力作「歴史を終わらせた男――ドキュメンタリー」を訳出することにした。この作品は、はじめてケン・リュウの日本オリジナル作品集を編む際に有力候補に入れていたのだが、その内容から、まだ日本でなじみの薄い新人作家だったケン・リュウが、政治的な〝色眼鏡〟で見られる可能性を懸念して、あえて外した。『紙の動物園』出版以降、日本の読書界において、ケン・リュウが確固たる地位を築き、彼がどういう作家なのか、充分浸透したと判断し、ここにようやく訳出した次第である。なお、これによって本国版第一作品集収録の全篇が邦訳されたことになる。

書誌中心に個々の収録作の紹介をしよう――

「**宇宙の春**」"Cosmic Spring"（二〇一八年二月、中国北京のSFメディア／エージェンシー会社である未来事務管理局が微博《ウェイボー》と微信《ウェイシン》で配信した「春節SF祭り」企画のなかで中国語で発表。英語版掲載は、〈ライトスピード〉二〇一八年三月号。邦訳の初出は、河出書房新社の文芸誌「文藝二〇二〇年春季号　特集中国・SF・革命」）

作品冒頭に引用されている科学論文「サイクリック宇宙モデル」に着想を得て、マクロなタイムスケールで、宇宙の変遷を四季の変化に見立てて描いた掌篇。作中に登場するTWAフライトセンターと北京西駅は実在する。後者は、作品のなかで描写されているように巨大な現代的駅舎ビルの屋上に寺院の楼閣めいた古い意匠の建造物を複数のせた一風変わった構造をしている。北京の交通拠点《ハブ》であり、古いものと新しいものが重ね合わされた駅舎が、肉体という古い形態を捨てて超未来で意識／情報だけの新しい存在になった人類の行き交う超光速ネットワークの集約装置《ハブ》になっているという、本作で繰り返し出てくる「象徴に埋めこまれた象徴」の描き方のひとつである。

「**マクスウェルの悪魔**」"Maxwell's Demon"（〈F&SF〉二〇一二年一月・二月合併号）

『紙の動物園』を編む際、手に入るかぎりのケン・リュウ作品に目を通したつもりだったが、本作をなぜか読み落としており、今回、本国版第二作品集で、はじめて読んで、そのレベルの高さに驚愕した。おそらくSFによくあるタイトルであることから、先入観を抱いて、読まなかったのだろうが、おのれの不明を恥じる。なによりも主人公の設定に深く感心した。沖縄から米国に来た日系移民の二世であり、第二次世界大戦中、日系米国人強制収容所に収容されている女性科学者。多重的差別構造に翻弄される日系女性を主人公にするこの話は、どう考えても日本人あるいは日系の作家が日本の読者向けに書いた話としか思えないのだが、それを中国系米国作家が書く不思議。なお、作中に登場するふたりの中国人名の漢字表記は、呉霜《アンナ・ウー》氏と余有群《ユー・ユーチュン》氏共訳の中国語訳「麦克斯韦之灵」（『思维的形状：刘宇昆作品集』所収）に出てくる表記を利用させていただいた。ここに記して感謝する。

「ブックセイヴァ」"BookSavr"（〈F&SF〉二〇一九年九月・十月合併号）日本オリジナル版で各巻に一篇は必ず収録している作者お得意のテーマである「本」を扱った作品を本書でも収録した。

「思いと祈り」"Thoughts and Prayers"（オンラインマガジン〈Slate〉二〇一九年一月二十六日発表）原題は、悔やみの定番表現で、「あなたとおなじ気持ち（で悔やんでいます）」の意。銃乱射事件、ネット上の炎上と荒らし《トロール》行為といった、きわめて今日的題材を扱っており、リアルに胸に応える。

「切り取り」"Cutting"（ファンジン〈Electric Velocipede〉第二十四巻、二〇一二年七月号）こういう気楽な掌篇は、じつに好みだ。

「**充実した時間**」“**Quality Time**”（オリジナルアンソロジー Robots vs. Fairies、二〇一八年）
SF的ガジェットで物語を転がしていく、ほのかなユーモア作品もケン・リュウの十八番。
「**灰色の兎、深紅の牝馬、漆黒の豹**」“**Grey Rabbit, Crimson Mare, Coal Leopard**”（本国版第二作品集 *The Hidden Girl and Other Stories* に書き下ろしとして所収、二〇二〇年）
ケン・リュウは、中国の古典を題材にした物語をよく書いているが（代表的なものに、楚漢戦争を元にした〈蒲公英王朝記〉や、唐代の作家裴鉶《はいけい》の「聶隠娘《しよういんじよう》」を原作にした「隠娘」がある）、本作は、換骨奪胎の度合いが強すぎて、終盤のエイヴァの「桃園の誓い」（『三国志演義』等）が出てこないかぎり、それとわからないだろう。選択した武器から、豹のフェイは張飛で、馬のピニオンは関羽がモデルと推測でき、畢竟《ひつきよう》、リーダー格の兎のエイヴァは劉備といったところか。
「**メッセージ**」“**The Message**”（〈インターゾーン〉、第二百四十二巻、二〇一二年九月・十月合併号）
正直言って、主人公のミスがあまりにも迂闊で（ちゃんと仕込みはしているので物語として整合性は取れている）、なにか重要なことを読み逃している気がしないではない。
「**古生代で老後を過ごしましょう**」“**Golden Years in the Paleozoic**”（オーストラリアのSF誌〈Andromeda Spaceways Inflight Magazine〉、第五十二巻、二〇一一年九月号）

本国版第二作品集には収録されず、一部の特別版（紀伊國屋書店特別版や英国Head of Zeus社特別版など）に追加されたボーナス・トラック。

「歴史を終わらせた男――ドキュメンタリー」 "The Man Who Ended History: A Documentary"（オリジナル・アンソロジー Panverse Three、二〇一一年）

ヒューゴー賞&ネビュラ賞ノヴェラ部門およびスタージョン賞最終候補作。過去を覗き見ることができる発明を扱った作品というと、SFファンならT・L・シャーレッドの「努力」"E for Effort"（一九四七）（三種類の邦訳があるが、最新の訳は、『時を生きる種族 ファンタスティック時間SF傑作選』〔創元SF文庫〕所収の中村融訳）がすぐに思い浮かぶだろう。過去の不都合な事実の暴露は、権力者や体制側の人間のもっとも嫌うことであるだけに、暴く側にプレッシャーがかかるのは、「努力」も本作も同様である。なお、作中の中国人名の漢字表記は、作家としても実績のある夏笳《シアジア》氏の中国語訳「纪录片：终结历史之人」（『思维的形状：刘宇昆作品集』所収）に使われた表記を利用させていただいた。ここに記して感謝する。

最近のケン・リュウの活動で特筆すべきは、〈蒲公英王朝記〉の最終巻をついに脱稿したことで、ただし、当初一巻本として二〇二〇年に刊行予定だったのが、あまりにも分厚くなって二分冊にせざるをえず、また、コロナ禍の影響で出版社が刊行予定を繰り延べしたこともあり、二〇二一年に第三

部 *The Veiled Throne*、二〇二二年に第四部 *Speaking Bones* として刊行されることになった。日本では、第一部しか翻訳されていないが、楚漢戦争をそのまま下敷きにして、筋立ての目新しさに欠けたためか、いまいちウケず、第二部の版権取得には至っていない。四部作が出揃い、全貌が明らかになった時点で、邦訳継続の気運が高まればいいのだが。

最後にとっておきのニュースを。ケン・リュウ作品に映像業界が注目しだしたことは、『神々は繋がれてはいない』のあとがきで触れたが、ついにケン・リュウの短篇を原作にした長篇映画が日本で製作されることになった。監督は石川慶氏。そう、恩田陸氏の本屋大賞受賞作『蜜蜂と遠雷』を見事な映像に昇華した石川氏の長篇映画監督第三作がケン・リュウの「円弧《アーク》」（『もののあはれ』ハヤカワ文庫SF所収）を原作にしたものになった。石川監督がこの短篇に惚れこんで、映画化実現にこぎつけたという。主演はNHK朝の連続テレビ小説『べっぴんさん』のヒロインを演じた芳根京子さん。ほかに寺島しのぶさん、岡田将生さん、倍賞千恵子さん、風吹ジュンさん、小林薫さん等という豪華キャスト。二〇二一年六月二十五日公開予定。この映画化を機に、ケン・リュウ作品がますます日本で認知されていくことを期待してやまない。

二〇二一年一月

A HAYAKAWA SCIENCE FICTION SERIES No. 5052

古《ふる》沢《さわ》嘉《よし》通《みち》

1958年生,
1982年大阪外国語大学デンマーク語科卒
英米文学翻訳家
訳書
『母の記憶に』『生まれ変わり』（ともに共訳）『紙の動物園』
ケン・リュウ
『隣接界』（共訳）『夢幻諸島から』クリストファー・プリースト
『シティ・オブ・ボーンズ』マイクル・コナリー
（以上早川書房刊）他多数

この本の型は，縦18.4センチ，横10.6センチのポケット・ブック判です.

〔宇宙《うちゅう》の春《はる》〕

2021年3月20日印刷　2021年3月25日発行

著者	ケン・リュウ
編・訳者	古沢嘉通
発行者	早川浩
印刷所	三松堂株式会社
表紙印刷	株式会社文化カラー印刷
製本所	株式会社川島製本所

発行所 株式会社 早川書房
東京都千代田区神田多町2-2
電話 03-3252-3111
振替 00160-3-47799
https://www.hayakawa-online.co.jp

（乱丁・落丁本は小社制作部宛お送り下さい
送料小社負担にてお取りかえいたします）

ISBN978-4-15-335052-6 C0297
Printed and bound in Japan

翡翠《ひすい》城市

JADE CITY (2017)

フォンダ・リー

大谷真弓／訳

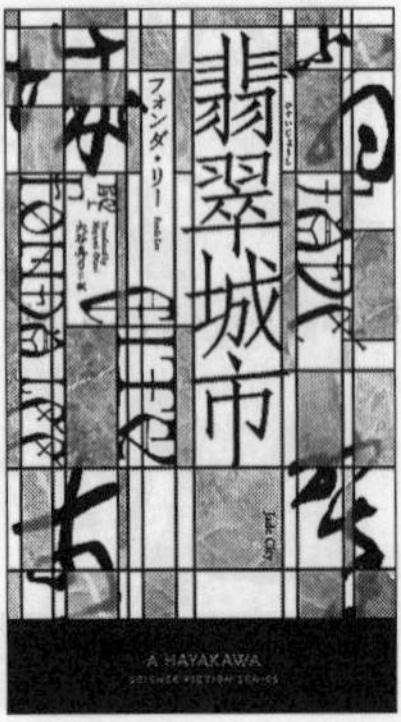

翡翠の力を飼い慣らして異能をふるう戦士、グリーンボーン。コール家の兄弟を中心とした〈無峰会〉の戦士たちは、縄張り争いに日々明け暮れていたのだが……。世界幻想文学大賞受賞のＳＦアジアン・ノワール

新☆ハヤカワ・ＳＦ・シリーズ